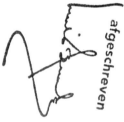

Drakenhoeder

Carole Wilkinson

Vertaling
Suzanne Braam

De Eekhoorn

Voor John

DIE ME DE DRAKEN
LEERDE KENNEN

EN VOOR LILI

MIJN REDACTEUR
EN KLANKBORD

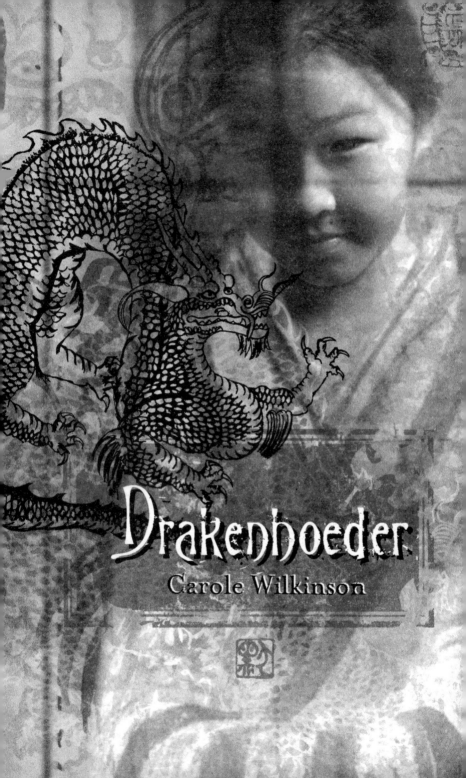

Drakenhoeder

Carole Wilkinson

Oorspronkelijke titel: Dragonkeeper
Voor het eerst verschenen bij Black Dog Books
15 Gertrude Street, Fitzroy Vic 3065, Australia
dog@bdb.com.au
Ontwerp: Blue Boat Design
Kaarttekening: Julian Bruère

Tweede druk, maart 2008

Voor Nederland:
© 2008 Uitgeverij De Eekhoorn BV, Oud-Beijerland
Internet: www.eekhoorn.com
Vertaling: Suzanne Braam
Bewerking: YDee, Amstelveen
Vormgeving: Bureau Maes & Zeijlstra, Oosterbeek

ISBN 978-90-454-1219-1 / NUR 308

INHOUD

KEIZERRIJK HAN IN DE TIJD VAN DE DRAKENHOEDER

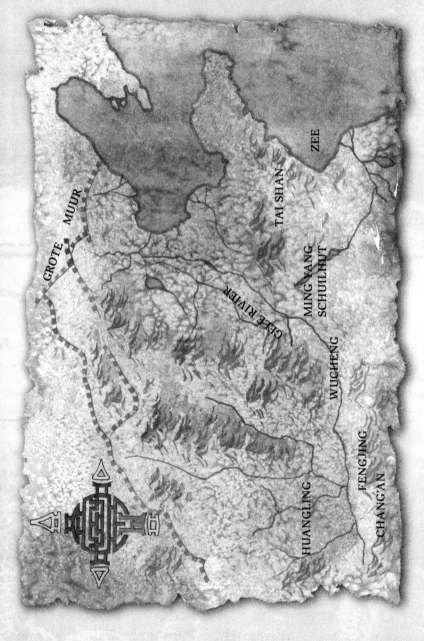

Hoofdstuk 1

AAN DE RAND VAN HET KEIZERRIJK

*Lan bekeek haar met afkeer. Hij bekeek haar zoals hij
gewoonlijk naar ratten, spinnen en vlees vol maden keek.
Alleen als hij lachte om haar domheid
veranderde de uitdrukking op zijn gezicht.*

Een bamboeschaal vloog door de lucht naar het hoofd van het slavenmeisje. Ze wist hem perfect te ontwijken. Ze was heel ervaren in het wegduiken voor vliegende voorwerpen – van inktkokers tot kippenpoten.

Meester Lan, haar baas, zakte uitgeput terug op zijn bed. 'Ga de beesten voeren, kreng.'

'Ja, Meester Lan,' antwoordde het meisje.

'En blijf niet de hele dag weg.'

Lan bekeek haar met afkeer. Hij bekeek haar zoals hij gewoonlijk naar ratten, spinnen en vlees vol maden keek. Alleen als hij lachte om haar domheid veranderde de uitdrukking op zijn gezicht.

'Nee, Meester Lan.'

Ze glipte vlug naar buiten toen een lege wijnkan haar kant op vloog.

Het was een bitterkoude dag. De sneeuw knerpte onder de rieten schoenen van het slavenmeisje, terwijl ze zich naar de dierenkooien haastte. De lucht had de kleur van as. Het zag ernaar uit dat er nog meer sneeuw ging vallen.

Het slavenmeisje had geen naam; ze wist niet hoe oud ze was. Ze woonde in het Huangling Paleis sinds haar ouders haar aan Lan hadden verkocht. Ze was toen nog een klein kind. Afgelopen zomer had Lan geschreeuwd dat ze dom was voor een meisje van tien jaar. Omdat ze maar tot tien kon tellen, wist ze niet hoe oud ze nu was.

De berg Huangling was een kale berg. Hij lag in een hele rij kale bergen die de westelijke grens vormde van het keizerrijk Han. De bergtoppen waren de hele winter door tot halverwege met sneeuw bedekt en elke dag waaide er een ijskoude wind. In de zomer was het er zo warm dat het leek of je vlammen inademde. De vader van de keizer had op deze afgelegen plek een paleis gebouwd opdat de wereld zou weten hoe uitgestrekt zijn keizerrijk was. Alleen lag het paleis overal zo ver vandaan dat maar weinig mensen het ooit zagen.

Het paleis was omgeven door een hoge wal van aangestampte aarde. In de oostelijke wal was de toegangspoort. De residentie van de keizer besloeg meer dan driekwart van het hele grondgebied rond het paleis. De stallen en kooien van de dieren, de winkeltjes en de huisjes van de bedienden waren bij elkaar gepropt in het resterende kwart. In al de tijd dat het slavenmeisje nu in Huangling was, was er nooit keizerlijk bezoek geweest. De prachtige zalen en kamers in het paleis, de tuinen met hun paviljoenen, ze waren altijd leeg.

Slaven mochten niet in het paleis komen. Meester Lan zei dat hij haar een pak slaag zou geven als ze er ooit binnen zou gaan. Van tijd tot tijd ging Lan naar het paleis, maar hij kwam altijd boos terug. Hij mopperde over de verspilde ruimte, de ongebruikte slaapkamers en het met stof beklede meubilair, terwijl hij moest slapen in zijn huisje met maar één kamer en een lekkend dak.

Vergeleken bij de hoek in de ossenstal, waar het slavenmeisje sliep op een berg stro, was het huis van Meester Lan luxueus. Er lag een kleed op de lemen vloer en aan de muur hing een lap blauwe zijde met een schildering van een draak. Het vuur brandde de hele winter door en een slim systeem van pijpen leidde de warmte naar het bed van Meester Lan. Zelfs de geit had een beter onderkomen dan het slavenmeisje.

Maar het was niet de geit die ze nu ging voeren. Het waren niet de ossen, die treurig stonden te loeien in hun hok. Het waren ook niet de varkens of de kippen. In de verste hoek van het meest afgelegen paleis in het hele keizerrijk, achter de vertrekken van de bedienden, achter de schuren en stallen, was nog een omheind deel voor dieren. Het was een diepte in de grond, een soort kerker uitgehouwen in de rotsen van de Huangling. De enige ingang naar deze kerker was een scharnierend rooster, niet gemaakt van bamboe, zoals bij de andere kooien, maar van brons.

De broek van het slavenmeisje was te kort en had versterkte stukken op de knieën. Haar jasje was tot op de draad versleten en al tientallen malen versteld. Dit waren haar enige kleren. Een ijskoude wind blies dwars door de versleten stof, zelfs aan de voorkant waar de panden elkaar overlapten. Ze keek in de kerker, maar zag niets in de duisternis beneden. Voorzichtig schoof ze de grendel opzij, maakte het rooster open en liep de in de rotsen uitgehouwen trap af.

Het meisje huiverde. Niet vanwege de kou of de duisternis. En ook niet vanwege de bedompte stank die uit de kerker opsteeg. Er was iets anders waardoor ze zich helemaal niet op haar gemak voelde. Iets dat ze niet kon omschrijven. De kerker had altijd dat effect op haar, alsof iets haar opwachtte in het donker – iets griezeligs en gevaarlijks. Wat het was wist ze niet, maar het had niets te maken met de beesten die er zaten. Hoewel ze groot waren en scherpe tanden en klauwen hadden, was ze niet bang voor ze. Het waren een onnatuurlijk soort beesten, anders dan de boerderijdieren waar ze voor zorgde. Deze schepsels waren, voor zover zij het kon zien, van geen enkel nut voor wie dan ook. Het waren draken.

Het was donker en rook naar urine en rottend stro. Het was lang geleden dat de drakenkerker was schoongemaakt. Het meisje verdween uit het vierkant van bleek gestreept licht onder het rooster, in het donker. Ze schuifelde langzaam naar voren en wenste dat ze een lamp mocht meenemen. Maar Meester Lan had het verboden: teveel verspilling van lampolie. Na een tijdje waren haar ogen gewend aan de duisternis. Het verlichte, gestreepte vierkant onder het rooster leek nu helder.

De draken sliepen in de donkerste hoek van de kerker. Het waren er nu maar twee. Het meisje kon zich nog herinneren dat er vier waren geweest. Lao Ma, de oude vrouw die het paleis schoonhield, kon zich de dag herinneren waarop de draken voor het eerst kwamen. Ze was toen zelf nog maar een meisje. Lao Ma zei dat er toen misschien wel twaalf of meer draken waren. Het slavenmeisje vroeg zich af wat er met alle andere draken gebeurd was.

De beesten bewogen zich niet terwijl het slavenmeisje dichter bij kwam. Ze hadden nooit pogingen gedaan haar kwaad te doen, maar het meisje had het gevoel dat ze hun ware aard verborgen. De geschilderde vliegende draak op de lap blauwe zijde in het huis van Meester Lan, was een prachtig gouden schepsel, glinsterend tussen de wolken. In de bijna donkere kerker was het moeilijk te zien hoe de twee keizerlijke draken eruit zagen. Mooi waren ze in ieder geval niet. Hun vacht was grauw, hun schubben glinsterden niet en ze vlogen niet. Hun lange, geschubde lijven lagen de hele dag opgerold, als rollen dik touw in het vuile stro.

Meester Lan was de keizerlijke drakenhoeder. Zijn ambtszegel hing van zijn middel naar beneden aan een vuil lint. Het zegel was een rechthoek van wit jade. Aan de ene kant stonden gegraveerde Chinese karakters en aan de andere kant was een draak te zien. Het was de taak van Meester Lan om de keizerlijke draken eten te geven en ze te verzorgen. Het meisje moest de andere dieren eten geven en voor Meester Lan zelf zorgen – zijn maaltijden bereiden, zijn versleten zijden gewaden verstellen en zijn huis schoonhouden. Maar de drakenhoeder was lui. In de loop van de tijd had hij steeds meer van zijn taken overgedragen aan het meisje. De laatste maanden bracht hij de meeste dagen liggend op zijn bed door, etend, wijn drinkend en jammerend.

Het was de schuld van de keizer, zei hij. De keizerlijke draken hoorden thuis in het keizerlijk paleis in Chang'an. Zo was het duizenden jaren geweest. Een medicijnman die sjamaan werd genoemd, moest de draken dagelijks onderzoeken, waarbij hij de toekomst van de keizer kon lezen uit het gedrag van de draken. Als de draken vrolijk door de tuin draafden, was dat een goed voorteken voor de keizer. Als ze mokten en niet aten, was dat een slecht voorteken. Jaren geleden had een van de draken een keizer gebeten. Het was de vader van de huidige keizer, toen hij nog kind was. Hij was bang voor de draken. Zodra hij aan de macht kwam, had hij de beesten zo ver mogelijk weggestuurd – naar de berg Huangling. Er ging geen dag voorbij dat Meester Lan niet klaagde dat hij in Chang'an thuishoorde.

Het slavenmeisje zette de schaal met gemengde groenten en gierst neer die ze had klaargemaakt voor de draken.

'Etenstijd,' zei ze.

Een draak bewoog zich. Ze kon nauwelijks zijn vorm onderscheiden. Hij stak zijn snuit in de lucht om het voer te ruiken en draaide toen zijn kop af.

'Ondankbaar beest,' mopperde ze.

De schaal met eten die ze die morgen had gebracht stond er nog steeds, onaangeraakt, op de stukjes langs de rand na. Daar hadden de ratten aan zitten knabbelen.

Het slavenmeisje had de draken gevoederd sinds Meester Lan had besloten dat hij slechte knieën had en niet elke dag de kerkertrap af en op kon klimmen. Dat moest bijna een jaar geleden zijn. De ossen loeiden zodra het meisje maar in de buurt van hun stal kwam. De geit kwispelde met haar staartje als ze haar het eten gaf. Zelfs de kippen fladderden vol verwachting rond als ze voer kwam strooien. Maar de draken hadden haar in al die tijd nauwelijks bekeken.

'Ik wilde jullie stro verversen,' mopperde het meisje 'Maar nu moeten jullie wachten.'

Ze pakte de schaal met vers eten op. Onzin om het

aan zulke arrogante beesten te verspillen. Ze moesten eerst maar het eten van die ochtend opeten.

Het stro ruiste en kraakte. Een snuit kwam tevoorschijn, snoof de lucht op. Onder de neus zag het meisje twee grote, gele tanden. De snuit werd een grijze kop, een dik, zacht, harig lijf en ten slotte een lange staart.

Het meisje glimlachte. 'Hé, ben jij het, Hua?'

Hua was een grote rat. Het meisje tilde hem op en knuffelde het dier. Ze hield hem tegen haar gezicht en voelde zijn zachte vacht tegen haar wang.

'We hebben lekker eten vanavond,' zei ze. 'Ik heb groenten en gierst. Als ik een beetje gember kan achterhouden van Meester Lans eten, wordt het een traktatie!'

De rat gluurde nerveus naar de draken.

'Maak je over die twee niet druk,' zei het meisje. 'Die doen je heus niets.' Ze stopte Hua in haar jasje naast het vierkantje van bamboe dat om haar hals hing. Er stond een verweerd Chinees karakter in gegraveerd. Lao Ma had tegen haar verteld dat ze dat droeg op de dag dat ze in Huangling aankwam. Het meisje wist niet wat het karakter betekende. Ze kon niet lezen en Lao Ma evenmin. Ze rende de stenen trap weer op.

Het slavenmeisje stond het eten voor Meester Lan klaar te maken in de keuken van de bedienden, toen hij opeens achter haar stond, en haar vreselijk liet schrikken.

'Ik heb rattenkeutels in mijn bed gevonden!' schreeuwde de drakenhoeder. 'Ik zei toch dat je dat pokkenbeest moest doden.'

'Heb ik ook gedaan, Meester Lan,' zei het meisje. Ze hoopte dat Hua zich stil hield in haar jasje. 'U had het bevolen.'

'Je liegt,' snauwde haar baas. 'Als ik hem ooit vind, kook ik hem levend.'

Hij pakte de kom met linzen die stonden te weken voor het eten van het meisje en gooide hem met een zwaai leeg op het grote binnenplein waar het huisje aan grensde. De linzen verdwenen in de sneeuw.

Hij rook aan de stoofpot. 'Als er geen uien in mijn eten zitten, krijg je een pak slaag!'

Het meisje had geen ui in de stoofpot gedaan. Er waren geen uien meer in de voorraadkast van Lao Ma.

Ze rende naar de poort. Niet de grote houten poort met de bronzen scharnieren, die altijd op slot zat, maar een kleine poort van bamboestokken achter de geitenstal. Buiten de paleismuren lagen de boomgaard – een paar armetierige appelboompjes en wat halfdode kersenbomen, de groentetuin en de rest van de wereld. Het grootste deel van de tuin was met sneeuw bedekt, maar er was een hoek die de tuinman schoonhield. Onder een berg stro vond het meisje een paar bevroren uienplanten die uit de grond staken. Ze probeerde de planten los te wrikken, maar de bevroren grond was zo hard als steen. Ze sneed de verwelkte bladeren af en hoopte dat die genoeg uiensmaak zouden geven.

Ze ging op haar hurken zitten en keek naar een donkere, oranje vlek aan de horizon. Ergens achter de wolken ging de zon onder. Ze vroeg zich af wat ze op dit moment zou doen als ze niet als slaaf was verkocht. Zou ze gelukkig zijn? Zou ze in een gezellig huis wonen met haar ouders? Broers en zusjes? Zou ze een volle maag hebben?

Ze had er vaak over gedacht weg te lopen van Huangling. Dat zou niet zo moeilijk zijn. Maar waar moest ze heen? Ze keek naar de horizon in het noorden, oosten, zuiden en westen. Ze zag alleen maar met sneeuw bedekte bergen die langzaam van wit naar grauw gingen in het schemerlicht. Er waren geen dorpen, geen verre garnizoensplaatsen, zelfs geen bomen te zien. Ze keek naar een eenzame adelaar die in de verte zweefde en kwam tot dezelfde conclusie als al die andere keren dat ze aan weglopen had gedacht. Ze zou op Huangling moeten blijven, tenzij ze opeens vleugels kreeg. Ze stond op en liep terug om het eten van de drakenhoeder af te maken.

Nadat ze de stoofpot naar Meester Lan had gebracht, haalde ze haar eigen eten weer uit de sneeuw. Ze zat meer dan een uur op haar knieën in de kou en in het donker en vond nauwelijks de helft van de linzen terug. Ze was blij dat ze de gierst en groenten van de draken had gehouden. Zonder die twee gerechten zou haar eten wel héél schraal zijn geweest. Ze liet de linzen in een pan kokend water glijden.

Een leren zakje hing aan een stuk henneptouw vanaf haar riem naar beneden. Het zakje bevatte behalve haar roestige ijzeren mes, haar andere geheime bezittingen: een haarspeld die ze had gekregen van de man die tweemaal per jaar de voorraden leverde, een stukje vermolmd hout dat leek op een vis en een witte adelaarsveer. Ze haalde het mes uit de leren zak en sneed het stuk gember in stukken; ze had het uit het eten van haar meester gehouden. Ze voegde de gember toe aan de schaal met gemengde groenten en gierst.

Ze ging de vuile vaat halen in het huis van Meester Lan. Hij lag breeduit op het bed te snurken. Ze pakte een kom op die ondersteboven naast het bed lag, een omgevallen wijnbeker en de bronzen lamp die naast het bed stond. De lamp had de vorm van een ram. Terug in de keuken trok ze een kleine stenen kruik achter het fornuis vandaan. De kruik was gevuld met lampolie. Ze vulde de lamp bij.

Meester Lan zou haar een pak rammel geven als hij merkte dat ze elke keer dat ze een lamp voor hem bijvulde, zelf een beetje van de olie achterhield. Elke avond nam ze niet meer dan een of twee druppels, maar langzamerhand had ze genoeg olie verzameld om er een lamp mee te vullen.

'Kom, Hua,' zei het slavenmeisje, terwijl ze de rat optilde en hem in haar jasje stopte. 'Terwijl we wachten tot ons eten klaar is, gaan we de wereld verkennen.'

Buiten schermde ze de lamp af met haar jasje,

voor het geval er iemand van het paleispersoneel in de buurt was. Dat was niet waarschijnlijk. De mannen waren allemaal van Lao Ma's leeftijd en gingen graag vroeg naar bed. Het meisje kroop door een gat in de warrige wingerd die de vertrekken van de bedienden, de stallen en andere lelijke gebouwen vanuit het paleis aan het oog onttrok. Door die wingerd wisten de andere bedienden ook niets van haar geheime bezoeken aan het paleis. Ze keek op naar de donkere lucht en hoopte dat de wolken haar zouden verbergen voor de goden. Ze liep door de donkere tuin en maakte de deur open van de Bloemenhal van Jade. De lamp wierp een kleine lichtcirkel op de vloer. Ze kwam in een donkere gang. Dit was haar geheime plezier, het paleis verkennen terwijl iedereen sliep.

Meester Lan zei altijd dat Huangling klein was vergeleken bij de paleizen in Chang'an, maar voor het slavenmeisje was Huangling reusachtig groot. Als ze zo'n nachtelijke excursie naar het paleis maakte, bekeek ze elke keer een andere kamer. Ooit was ze de kamer van de keizer binnengegaan. Ze had zelfs op zijn bed durven zitten, een bed dat zo groot was als een korenveld. Deze keer ging ze naar een kleine zaal waarin de vrouwen van het paleis – als die er waren – hun dagen doorbrachten. Hier kwam ze heel graag.

Ze hield de lamp omhoog. De lichtcirkel bewoog zich van de vloer naar de muur. Hij verlichtte een schilderij van een berg met een huisje op de top.

De berg leek zich dreigend te verheffen boven een vlakte, onmogelijk hoog. De berghellingen waren bezaaid met kleine, knoestige bomen die zich kromden in de wind, maar er wel mooi uitzagen.

Ze hield de rat omhoog zodat hij het schilderij kon zien. 'Denk jij dat de wereld er zo uitziet, Hua?' fluisterde ze.

De snorharen van de rat trilden.

Het meisje liet de lamp verder over de muur schijnen. Het licht viel op een zijden wandkleed, waarop een tuin geschilderd was. In de tuin lag een grote vijver. Een brug zigzagde eroverheen. De tuin stond helemaal vol met bloemen: roze, blauwe, zachtpaarse en heldergele bloemen. Het meisje kende de namen van de bloemen niet. Ze had op Huangling nooit bloemen in zulke heldere kleuren zien bloeien.

'Denk je dat er echt zulke bloemen bestaan, Hua?'

In de zomer vochten een paar pioenen zich in bloei in de verwaarloosde tuinen van Huangling, maar ze zagen er slap en flets uit vergeleken bij de prachtige bloemen in de geschilderde tuin. Ze vond het leuk om te denken dat er plekjes op de wereld waren waar alles zo helder en mooi was als op het schilderij, maar ze betwijfelde of die plaatsen echt bestonden.

'Zo willen kunstschilders graag dat de wereld is,' fluisterde ze tegen de rat. 'In werkelijkheid bestaan er niet zulke tuinen.'

Haar maag knorde.

'Kom, laten we gaan eten,' zei ze.

Terug in de keuken keek het meisje nauwkeurig of de olie in de lamp op precies hetzelfde niveau stond als daarvoor. Meester Lan controleerde dat altijd. Ze lepelde haar eten uit een houten nap. Toen ging ze terug naar het huis van haar baas, waar ze op haar tenen naar binnen liep om bij het vuur te zitten. Hua kwam tevoorschijn uit zijn schuilplaats in haar jasje.

'Kijk eens, Hua, voor jou,' zei het meisje, terwijl ze een tweede, kleinere nap met eten op de vloer bij de haard zette.

De rat begon gulzig te eten.

Hua was niet altijd het troeteldier van het meisje geweest. Ze had hem voor het eerst gezien toen hij een kippenpoot stal – die zij weer had gestolen van Meester Lan. Ze was woedend en probeerde de rat met een stuk brandhout te slaan. Hij was vlug en ontsnapte met gemak. Toen werd ze op een nacht wakker en merkte dat hij aan haar vingers zat te knabbelen. Ze besloot de pestkop te vangen en bouwde een val van dunne bamboestokjes.

Maar toen ze de rat eenmaal gevangen had, kon ze het niet over haar hart verkrijgen het beest te doden. Ze vond hem leuk met zijn glanzende grijze vacht, roze oortjes en zwiepende staart. Ze noemde hem Hua, wat bloesem betekent. Ze begon hem te trainen en het duurde niet lang voor hij helemaal tam was. Hij werd de beste en enige vriend van het meisje.

Toen Meester Lan ontdekte dat ze een rat als huisdier hield, beval hij haar het beest te doden. Ze moest Hua dus goed verborgen houden. En zo kreeg ze het idee hem in de plooien van haar jasje te stoppen.

Ze nestelde zich bij het vuur om in alle rust van het eten en de warmte te genieten. Dit deel van de dag vond ze het fijnst.

'Het leven is nog niet zo slecht, of wel Hua?' De rat lag tevreden voor het vuur. 'We hebben weer wat van de wereld gezien, we hebben ons buikje rond gegeten en we kunnen onze tenen warmen bij het vuur.' De rat rolde op zijn rug zodat hij zijn buik kon krabben. 'En we hebben elkaar.'

Hoofdstuk 2

EEN KWADE NACHT

Het beest brulde weer,
een geluid dat het meisje het gevoel gaf
dat ze huilend in elkaar wilde kruipen.

De volgende dag voelde het slavenmeisje zich
schuldig omdat ze het eten van de draken had opgegeten. Ze ploeterde door de sneeuw naar de stal
waar Lao Ma net klaar was met het melken van de
geit. De oude vrouw kon niet meer zo goed zien en
ze merkte dus niet dat het slavenmeisje een kom in
de emmer met warme melk doopte, terwijl ze over
het weer babbelde.

Het meisje ging de kerker in en zette de kom met
melk voor de draken neer. De beesten hadden zich
in elkaar gerold. De grotere draak tilde zijn kop
op. Twee gele ogen staarden haar aan. Het was de

eerste keer dat ze het beest van zo dichtbij zag. Hij slobberde wat melk op en liet toen zijn kop weer zakken.

Het slavenmeisje draaide zich om en wilde weggaan, toen een van de draken brulde. Ze had de beesten nooit eerder een geluid horen maken. Het was een verschrikkelijk geluid, alsof iemand twee koperen schalen tegen elkaar sloeg.

Eenzaamheid, dacht het slavenmeisje, hoewel ze niet wist waarom.

Ze legde haar handen op haar oren. Ze wilde het treurige geluid niet horen.

Ellende.

De draak ging door met brullen. Hua kroop uit het jasje van het meisje en rende piepend weg.

Wanhoop. Het woord echode in haar hoofd, hoewel ze niet precies wist wat het betekende.

Bovenaan de trap verscheen een lamp. Meester Lan stommelde naar beneden. Hua schoot tussen zijn benen door. Lao Ma was er ook bij, maar ze was bang voor de draken en kwam de trap niet af.

'Wat heb je gedaan, sukkel?' schreeuwde Lan.

'Niets,' zei het meisje. En dat was waar. 'Ik heb ze gisteravond hun eten gegeven zoals altijd.' En dat was niet waar.

Meester Lan liep langzaam op de draken af. Hij hield de lamp in zijn ene hand en een bamboestok in de andere, klaar om zich te verdedigen. Hij liep op zijn versleten zijden slippers, trapte in draken-keutels en dat maakte een zuigend geluid. Het beest brulde weer, een geluid dat het meisje het gevoel gaf dat ze huilend in elkaar wilde kruipen.

'Dit is een slecht voorteken,' kreunde Lao Ma bovenaan de trap. 'Het zou het einde van de wereld kunnen zijn.'

In het licht van de lamp kon het meisje de draak met de gele ogen zien zitten. Hij keek naar het plafond van de kerker en jankte nu met gierende uithalen. De andere draak had zich niet bewogen. Meester Lan porde hem met zijn bamboestok, maar hij verroerde zich niet.

'Hij is dood,' zei hij.

De draak jankte harder. Lao Ma jammerde ook.

'Dit is jouw schuld!' Lan gaf het meisje een klap tegen haar oor. 'Je hebt niet goed voor de beesten gezorgd.'

Meester Lan bekeek het kadaver. 'Wat zonde. Dat beest zou bij de juiste koper vijfduizend gouden *jin* hebben opgebracht.'

'Ik heb mijn best gedaan, meester,' zei het meisje, hoewel ze wist dat dat niet helemaal waar was.

'Je bent een nutteloos kreng. Blijf daar niet zo stom staan,' schreeuwde hij. 'Help me het beest hier weg te slepen.'

Het slavenmeisje was bang voor de metaalachtige geluiden die de andere draak maakte, maar ze was nog banger voor haar baas. Ze kroop naar de dode draak. Toen ze het levenloze lijf zag, werd ze heel verdrietig. Ze voelde zich ook schuldig. Ze had moeten weten dat hij ziek was. Meester Lan greep de draak bij zijn staart. Het meisje pakte een van zijn geklauwde poten vast. Het was de eerste keer dat ze de geschubde huid van een draak aanraakte. De huid voelde ruw en droog aan, als leer dat te lang aan de buitenlucht was blootgesteld. Nu de draak in zijn volle lengte lag uitgestrekt, was hij groter dan ze altijd had gedacht. Ze sleepten het kadaver tot onderaan de trap, maar hij was te zwaar voor hen tweeën om hem zelfs maar één trede op te hijsen.

'Ga de andere mannen halen,' beval Lan.

Het meisje rende weg om de rest van het paleis-personeel te halen. Dat waren drie mannen – de tuinman, de timmerman en de schilder. De mannen bonden een touw om de hals van de dode draak en begonnen hem op te hijsen. Ze sleepten het kada-ver vier treden op. Het geluid van de dode draak die tegen de treden van de stenen trap sloeg, maakte het meisje misselijk. De andere draak jammerde bij elke klap.

De mannen sleepten de dode draak met de groot-ste moeite over de trap naar boven. Ondanks de kou liep het zweet in stralen langs hun gezicht. Het meisje had Meester Lan nog nooit zo hard zien wer-ken. Hoe ze ook hun best deden, ze kregen het dode dier niet helemaal de trap op. Uiteindelijk moest de timmerman een katrol bouwen. Met behulp van het wiel en het touw hesen de mannen de draak op de binnenplaats. De donkere dag werd nog donkerder. Het begon te schemeren. Een stortbui veranderde in natte sneeuw. De ijzige vlokken die door de harde wind tegen ieders gezicht en handen werden geblazen, voelden als speldenprikken. Ze hadden er de hele dag over gedaan om de dode draak uit de kerker te hijsen. Al die tijd had de andere draak zijn enge, kletterende, metaalachtige geluiden gemaakt, waardoor het meisje haar kiezen op elkaar moest zetten. Ze begon te denken dat ze de rest van haar leven dit verschrikkelijke lawaai moest horen.

'Maak een vuur!' schreeuwde de drakenhoeder.

'Wat gaat u doen?' vroeg het meisje.

'Geen vragen!' snauwde Lan. Zijn lange mantel wapperde in de wind.

Hij draaide zich om naar Lao Ma. 'Breng je grootste kookpot hier.'

Het meisje had geen idee wat haar baas van plan was. Maar Lao Ma scheen het wel te weten. Ze schudde haar hoofd en begon op één toon gebeden om vergeving te zingen.

'Wat is er aan de hand?' vroeg het meisje terwijl ze zag en hoorde hoe haar baas de mannen beval hout te halen en kolen van zijn eigen haard. Even later vlamde er een groot vuur op de binnenplaats, ondanks de sneeuw die bleef vallen. De mannen zetten een reusachtige pot op het vuur en vulden hem met sneeuw.

In de kerker bleef de draak kreunen en jammeren. Het meisje kreeg daar meer kippenvel van dan van de wind en de sneeuw. Ze wilde wegkruipen en schuilen in het donker. Maar het werd nog erger, veel erger. Meester Lan stuurde het meisje weg om een bijl te halen. Hij pakte de bijl, tilde hem boven zijn hoofd en liet hem neerkomen. Het blad van de bijl drong diep in het vlees van de dode draak. Dik, donkerrood bloed droop uit de wond. Lan sneed het hart en de lever van de draak eruit en legde die in een schaal. Vanuit de kerker klonk het jammeren van de andere draak luider. Het slavenmeisje legde haar handen op haar oren en bad voor de ziel van de draak.

'Breng me knoflook en azijn,' schreeuwde Lan. 'En ik heb aubergines nodig en pompoenen.'

Lao Ma schudde haar hoofd.

Lan gromde als een beest. 'Doe wat ik zeg.' Hij greep de oude vrouw bij haar arm en duwde haar richting de voorraadkamer. 'Ga met haar mee, ratten-meisje,' schreeuwde hij. 'Jullie gehoorzamen me allebei of jullie belanden ook in het zuur.'

'Zuur?' Het meisje begreep niet wat er gebeurde. 'Waarom maakt hij zuur?' vroeg ze Lao Ma, terwijl ze naar de voorraadkamer renden. 'Is hij gek gewor-den?'

Leo Ma gaf haar een streng knoflook en een kruik azijn.

'Hij wil alle sporen uitwissen. De aarde is te hard bevroren om de draak te begraven. Hij kan het hart, de lever en de botten verkopen, maar hij moet de rest kwijt. De keizer houdt niet van de draken, maar als hij erachter komt dat Lan niet goed voor ze heeft gezorgd, gaat hij eraan, net als zijn vader.'

'Maar waarom gaat hij niet...'

'Doe nou maar wat hij zegt, meisje.'

Ze haastten zich terug met de ingrediënten. Donkere wolken waren voor de maan geschoven en het meisje was blij. Het betekende dat ze maar weinig kon zien als de drakenhoeder de dode draak in stukken hakte, giechelend alsof dat het leukste was wat hij in lange tijd had gedaan. Hij gooide de stukken vlees in de dampende kookpot op het vuur, schepte het dikker wordende bloed uit de sneeuw en goot dat ook in de pot. Hij liet het meisje de aubergines en de pompoenen snijden en bij het walgelijke mengsel gooien van de azijn en de knoflook. Haar vingers waren stijf van de kou. Ze probeerde zich te concentreren op de sneeuwvlokken op haar mouw. De mooie witte vlokken waren een ogenblik lang te zien als volmaakte stervormen, allemaal anders, voor ze smolten door de hitte van het vuur. Maar ze konden haar niet afleiden van de gruwelijke aanblik van Lan, die nog steeds bezig was de draak te slachten. De gekruide geur deed haar lege maag knorren, maar ze werd misselijk bij de gedachte dat ze het drakenvlees moest eten. Het zou nooit meer hetzelfde zijn op Huangling.

Wilde dieren brulden achter de muren die het paleis en de bijgebouwtjes omringden en vormden een verschrikkelijk koor met de enige draak die nog over was. De vlammen likten om de kookpot, verlichtten Lans met bloed bevlekte gezicht en weerspiegelden zich in zijn wilde ogen. Terwijl hij in de pot stond te roeren, zag hij eruit als een duivel. Als ze niet werden gedood wegens hoogverraad, was het meisje er zeker van dat ze allemaal naar de ergste regionen van de hel gingen, voor de afschuwelijke misdaad van het slachten van een keizerlijke draak. Maar ze kon zich niet voorstellen hoe de hel erger kon zijn dan Huangling in die verschrikkelijke nacht.

'Buig of je wordt onthoofd, slaaf!'
schreeuwde hij.
Het meisje gooide zich op de grond
en bleef plat op haar buik liggen.

Het meisje deed haar ogen open. 's Nachts had ze liggen wachten tot er donderstenen letterlijk uit de hemel zouden storten, of schildwachten van de keizer door de poorten zouden binnenstormen. Maar er was niets gebeurd. Ze had niet verwacht dat ze er de volgende ochtend nog zou zijn, maar een bloedrode bal aan de horizon in het oosten bewees dat ze er nog was. Ze was in slaap gevallen bij het vuur, waar nu niets meer van over was dan een kring smeulende as. Ze had het ijzig koud. Haar kleren voelden hard aan op plekken waar de sneeuw bevroren was. De kookpot lag leeg op zijn kant. Daarnaast lag een hoekige, met sneeuw bedekte vorm. Wie of wat het was kon ze niet zien in het vroege ochtendlicht. Verstijfd als ze was kroop ze moeizaam overeind. Terwijl de lucht lichter werd, zag ze dat de met sneeuw bedekte vorm een stapel gebroken, bloederige botten was. Gelukkig was de draak in de kerker opgehouden met janken.

Die hele dag bad het meisje tot de onsterfelijken om vergeving en beloofde goed te zorgen voor de overgebleven draak. Meester Lan reed de berg af met het hart en de lever van de draak in een pot en de botten in zakken. De potten met stukken gepekeld drakenvlees verdwenen in de keukens. De volgende dag ging voorbij en nog steeds was er geen hemelse wraak om hen te straffen voor hun zonden. Op zijn minst verwachtte het meisje dat ze zeker een pak slaag van Meester Lan zou krijgen, maar toen hij terugkwam hoefde ze alleen maar de dierenmest bij elkaar te vegen voor de tuinman. Hij had het niet meer over de verschrikkelijke nacht.

'Ik had beter moeten opletten toen ik je kocht, rattenmeisje,' zei Lan. Hij keek toe, terwijl het slavenmeisje de lege wijnkannen opraapte die verspreid rond zijn bed lagen.

Zijn haar, dat in een strakke knoop boven op zijn hoofd behoorde te zitten, viel voor zijn ogen. Zijn mantel zat vol wijnvlekken.

'Ik wist niet dat je vervloekt was.'

Het meisje probeerde de kannen met haar rechterhand op te pakken.

'Je arme ouders hadden me moeten vertellen dat je linkshandig was.'

De vermelding van haar ouders maakte het meisje nerveus. Ze liet een kan vallen en hij brak in stukken.

'Idioot!' snauwde Lan. 'Geen wonder dat je zo goedkoop was. Ik heb alleen maar pech gehad sinds jij hier bent.'

De drakenhoeder greep het dichtstbijzijnde voorwerp en gooide het naar het meisje. Het was de bronzen lamp in de vorm van een ram.

Het meisje probeerde zichzelf van het tegendeel te overtuigen, maar ze kon het gevoel niet van zich afschudden dat het haar schuld was dat de draak was gestorven. Ze had niet zo goed voor de draken gezorgd als voor de andere dieren. Ze was dol op de ossen met hun grote ogen. Ze moest altijd lachen om de capriolen van de geiten. Ze praatte tegen de varkens en die knorden terug. De draken hadden haar altijd een ongemakkelijk gevoel bezorgd. Ze beloofde de goden dat ze aardiger zou zijn tegen de overgebleven draak.

Het eerste wat ze deed was de drakenkerker schoonmaken. Ze moest heel vaak de trap op en af om het stinkende stro naar boven, en emmers warm water naar beneden te brengen om de vloer te schrobben. De draak toonde maar weinig belangstelling, tot ze bij de verste hoek van de kerker kwam. Opeens raakte de draak opgewonden – althans het meisje dacht dat hij opgewonden was, toen ze de geluiden hoorde die het beest maakte – het leek of iemand heel vlug op een gong sloeg. Het meisje had de olielamp meegesmokkeld, de kerker in, zodat ze goed kon zien bij het schoonmaken. De lamp gaf maar een beetje licht omdat de saaie zwarte rots-wanden al het licht opzogen. Het meisje was ver-baasd toen ze een vage weerspiegeling zag in de verste hoek van de kerker. Ze schoof de lamp wat dichterbij om beter te kunnen kijken. Het angstige gonggeluid van de draak werd sneller. Weggestopt in een wigvormige nis achter in de kerker lag iets dat zo groot was als een meloen, maar dan ovaal van vorm. Het was volgesmeerd met keutels van de draak. Het meisje pakte het op. Het was koud om aan te raken. Ze veegde een stuk schoon met haar mouw en hield het dicht bij de lamp. Haar adem stokte even. Het was een grote, donkerrode steen getekend met melkwitte krullen die in zijn diepten verdwenen. Een beeld verscheen in haar hoofd – een breed blauw uitspansel. Ze wist niet wat het was. Het beeld kwam en verdween in een flits.

Ze schrok van een geluid. Het was een diep rommelend geluid alsof iemand op een trommel van metaal sloeg.

'Raak steen niet aan!' Ze keek om, maar het leek of de stem in haar hoofd zat, zoals ook in de nacht van het pekelen. Deze keer was de stem niet treurig maar boos.

Het meisje draaide zich om. Achter haar stond een angstwekkend monster op zijn achterpoten. Zijn gele ogen waren niet meer dan spleten. Zijn reusachtige tanden waren ontbloot. Voor het eerst was het meisje bang voor de draak. Ze legde de steen terug in de nis.

'Ik wilde h-hem niet p-pakken,' stamelde ze, hoewel ze niet wist tegen wie ze praatte. 'Ik kan hem niet gebruiken.'

De draak liet zich zakken. Nu stond hij weer op zijn vier poten en sloop terug naar het bed van vers stro. Het meisje zat stil tot het bonzen van haar hart minder werd en haar handen niet meer trilden. Lao Ma had haar verhalen verteld van draken die geheime voorraden goud en juwelen bewaakten. Misschien was dit alles wat er nog over was van de voorraad van de draak. Ze probeerde zich het beeld te herinneren dat door haar hoofd was geschoten. Hoe meer ze probeerde het zich te herinneren, hoe vager het werd, tot het helemaal uit haar hoofd verdwenen was.

'Wat denk je dat draken graag eten, Hua?' vroeg ze die avond aan de rat.

Ze had verschillende combinaties van groenten door het eten van de draak gedaan, om hem aan te moedigen meer te eten. Hij at nog steeds weinig. Hua knabbelde aan een kippenpoot die hij had gevonden.

'Je hebt gelijk!' riep het meisje. 'Hij is misschien anders dan de andere dieren. Misschien eet hij graag vlees, net als jij.'

Ze bracht een schaal van haar eigen kippenbrij naar de draak. Hij at het niet onmiddellijk op, maar toen ze de volgende morgen terugkwam, was de schaal leeg.

Daarna bracht ze vlees mee wanneer ze maar kon en stal melk zo vaak als ze durfde. Het was moeilijk te zeggen in het schemerlicht, maar ze dacht dat de draak er beter uitzag. Met wat tijd en geduld zou de draak haar gaan vertrouwen en, net als de ossen en de geit, gaan uitzien naar haar komst.

Een week ging voorbij en toen nog één. Het sneeuwde minder vaak. Af en toe waren stukken lichtblauwe lucht tussen de wolken te zien.

'Wat de draak echt nodig heeft, is wat frisse lucht,' zei het slavenmeisje op een ochtend tegen Hua. 'Maar hij moet niet proberen weg te rennen.'

De mannen waren op jacht, Lao Ma was ergens in het paleis aan het werk. Toen Meester Lan zijn middagdutje deed ging het meisje naar de kerker. Ze bond een eind touw om de hals van de draak en leidde hem zachtjes naar de stenen trap. De draak tilde een voet op de eerste trede. Toen zette hij een voet op de tweede trede. Hij was stijf omdat hij te weinig beweging had gehad. Elke stap leek hem pijn te doen. Ze wist het beest over te halen heel langzaam naar boven te klimmen tot hij uiteindelijk op de binnenplaats tussen de stallen stapte. Zonlicht sijpelde door gaten in het wolkendek als water uit een lekke emmer. De draak sloeg een poot voor zijn ogen. Het duurde een paar minuten voor zijn ogen gewend waren aan het daglicht.

Het meisje leidde de draak rustig over de binnenplaats. De kippen vlogen geschrokken opzij, luid kakelend en fladderend met hun vleugels. Toen er een groter gat in de wolken was en het zonlicht een stuk van de binnenplaats verlichtte, liep de draak daarheen en ging in de zon staan.

'Het moet lang geleden zijn sinds jij de warmte van de zon hebt gevoeld,' zei het meisje, terwijl ze klopjes gaf op zijn geschubde hals.

Voor het eerst kon ze de draak duidelijk zien en ze kon het niet helpen, maar haar mond zakte bijna open van verbazing. Hij was groter dan ze zich had voorgesteld. Van zijn neus tot en met zijn staart had hij de lengte van drie mannen, maar zijn lijf draaide en kronkelde als dat van een slang zodat hij veel kleiner kon lijken als hij dat wilde. Tot aan zijn schouder was hij niet groter dan een jonge os. Maar als hij zijn kop helemaal oprichtte stond hij oog in oog met het meisje. In het zonlicht waren zijn schubben groenachtig blauw, de kleur van water in een diepe bron. Zijn kop werd bekroond door twee lange, gebogen hoorns met scherpe punten. Hij had een lange snor, niet van haar, maar van pezige strengen die aan weerskanten van zijn dikke neus neerhingen. Zijn lijf werd naar achteren smaller tot het eindigde in een slangachtige staart.

Bosjes lang haar groeiden vanuit zijn knieholten. Zijn korte dikke poten eindigden in reusachtige kattenklauwen met zachte kussentjes eronder. Elke klauw was gewapend met vier lange, scherpe nagels. In tegenstelling tot kattenklauwen, konden ze niet worden ingetrokken, en ze zagen er altijd even gevaarlijk uit. Zijn tanden waren ook groot en angstaanjagend. Maar omdat de draak zachte rode lippen had, leek het eerder dat hij glimlachte dan dat hij zijn tanden ontblootte als hij zijn mond open had.

Vanaf die dag nam ze de draak elke dag mee naar boven, naar de binnenplaats. Na een week liet ze hem los rondlopen. Ze ontdekte een zachte, niet geschubde plek onder zijn kin. Hij werd daar graag gekrabd. Hij maakte zachte metaalachtige geluiden, dezelfde geluiden die hij maakte wanneer ze hém melk bracht. De geluiden klonken als de klokjes die buiten hingen, bij de grote deuren die toegang gaven tot het paleis. Ze klingelden in de wind en hielden de boze geesten weg. Het was een melancholiek geluid, maar het meisje dacht dat het betekende dat de draak blij was.

Een krassende stem verstoorde de vrede op de binnenplaats.

'Waar zit je, kreng?' Meester Lan was wakker.

'Je kunt een poosje buiten blijven, in de zon, als je dat leuk vindt,' zei het meisje tegen de draak.

Ze bond het beest aan een drinkbak en rende naar haar baas, voor hij op zoek ging naar haar.

'Vanavond wil ik varkensvlees eten,' zei de drakenhoeder, toen ze buiten adem voor hem stond. Het was een uur of twee 's middags, maar de vloer lag al vol met lege wijnkannen. 'Met wat van dat uitstekende gepekelde drakenvlees dat ik een paar weken geleden gemaakt heb. De smaak moet nu zo'n beetje op zijn best zijn.'

Het was de eerste keer dat Meester Lan praatte over het gepekelde drakenvlees. Hij leek het een grote grap te vinden. Hij lachte zo hard dat hij van zijn bed viel.

'Haal nog wat wijn,' commandeerde hij terwijl hij weer in bed kroop.

'Er is geen wijn meer,' antwoordde het meisje. 'U hebt het allemaal opgedronken. U zult moeten wachten tot de voorraad voor het voorjaar wordt gebracht.'

'Ik wil nu wijn!' schreeuwde de drakenhoeder. 'Haal wijn uit de voorraad van de keizer. De oude vrouw zal je vertellen waar die ligt.'

'Maar ik mag niet in het paleis komen.'

'Ik geef je toestemming.'

'Ik mag het niet,' zei ze. Ze slikte. 'Stelen van de keizer is een misdaad waar de doodstraf op staat!'

'Ik zal het hem niet vertellen, als jij dat ook niet doet.' De drakenhoeder giechelde om zijn eigen grap. 'Doe wat ik zeg of je krijgt een pak slaag.'

De keizer was de zoon van de hemel. Hij was maar één stap verwijderd van het godendom. Het meisje wist zeker dat hij alles wist – over haar geheime nachtelijke bezoeken aan het paleis, over die keer dat ze op het keizerlijke bed had gezeten, over de gepekelde draak. Hij had ervoor gekozen haar niet te straffen voor haar eerdere misdaden, maar er nog een aan toe te voegen leek een uitdaging aan het keizerlijke geduld. Maar ze had geen keuze. Lan was haar baas. Ze moest hem gehoorzamen.

'Schiet op, sukkel,' schreeuwde hij, terwijl hij een inktpot naar haar gooide. Hij miste.

Ze was al heel vaak in het paleis geweest, maar nooit bij daglicht. Terwijl ze erheen liep voelde ze dat er naar haar gekeken werd – de ogen van de hemel.

Het meisje dook door het gat in de wingerd. Elk voorjaar bloeide de blauwe regen. Dan was hij bedekt met paarse bloemen, maar de rest van het jaar was het een martelende wirwar van kale takken. Een pad leidde naar de Bloemenhal van Jade. De klokjes tinkelden in de zachte wind. Zo'n geluid maakte de draak als hij blij was. Het meisje voelde zich helemaal niet blij. Ze kon zien dat de deuren beschilderd waren met beelden van de twee deurgoden. Op de linkerdeur stond het bleke gezicht van de mooie Yu Lei; op de rechterdeur was zijn broer Shen Tu geschilderd met een wreed, rood gezicht en uitpuilende ogen. De deur van Shen Tu hing uit zijn scharnieren. Het slavenmeisje duwde de linkerdeur open en stapte binnen. Het licht van de middag sijpelde binnen door de ingewikkeld getraliede luiken van de zeskantige ramen. Het paleis zag er in het daglicht armoedig en verwaarloosd uit. Reusachtige, bestofte lantaarns hingen aan het plafond van houtsnijwerk. Tegen de muren stonden smalle tafels vol met verfijnde, gebeeldhouwde versieringen van groene jade – en omhuld met spinnenwebben. Verwelkte potplanten stonden op de stenen vloer.

De neus van de rat stak uit het jasje van het meisje. De rat snoof de lucht op.

'Ik ben blij dat jij er bent om me gezelschap te houden, Hua.'

Het meisje liep door de hal naar de deuropening aan de andere kant. Die deur gaf toegang tot een grote binnentuin. Alleen twee kale bomen en een vijver van donker bevroren water waren zichtbaar. De rest was met sneeuw bedekt. Er was een paviljoen – rood met groen – dat ooit mooi was geweest, maar de verf was verkleurd en bladderde af. Rond de hele binnentuin was een overdekte wandelweg aangelegd die aan één kant open was en uitkeek op de binnentuin. De pilaren die het dak van de wandelweg steunden waren gebeeldhouwd met wervelende wolken en moesten ook nodig geverfd worden. Ze liep langs de westelijke wandelgang.

Het grote paleis doemde voor haar op en gaf haar het gevoel dat ze niet groter was dan een krekel. Het dak van het huis van Meester Lan was zo laag dat ze het bijna kon aanraken. Het dak van het paleis leek tot aan de hemel te reiken. De hoeken wezen in een elegante boog omhoog. Aan beide kanten van de nok van het dak was de kop van een grauwende draak te zien. Terwijl ze naar boven stond te kijken, gleed een laag smeltende sneeuw van het dak.

Eronder zaten gebogen terracotta tegels die glanzend zwart geglazuurd waren. De glanzende deuropening was reusachtig, zo groot als een hele muur van Meester Lans huis en gebeeldhouwd met kraanvogels op lange poten. Ze ging de deur niet door. Ze wist zeker dat ze daar de wijn van de keizer niet zou vinden.

Ze liep rond het hoofdgebouw en volgde nog een overdekte wandelweg. Aan haar rechterkant verscheen een boogvormige ingang. Ze liep onder de boog door en bevond zich in een gang. Op een van haar eerdere bezoeken was ze door de donkere keizerlijke keukens gestommeld. Dat zou misschien een goede plaats zijn om naar wijn te zoeken. De gangen waren behangen met verschoten zijden wandkleden. Waar het meisje ook keek, overal zag ze tekenen van verwaarlozing. Lao Ma deed haar best om het paleis schoon te houden, maar het karwei was te groot voor een oude vrouw. Ze werkte voortdurend, maar zodra ze een schoongemaakte kamer haar rug toekeerde zou het er weer stoffig worden. Het kostte Lao Ma weken voor ze alle vertrekken in het paleis had gehad en weer terug was op de plek waar ze was begonnen. De oude vrouw had slechte ogen. Ze kon de spinnenwebben die over de lantaarns hingen niet zien, noch het stof dat zich verzamelde in hoeken. De tuinman, de schilder en de timmerman waren minder gewetensvol. Ze hadden lang geleden het werken al opgegeven. Het meisje liep een hoek om en toen nog een. Ze bleef staan. Ze had geen idee waar de keukens waren.

Het slavenmeisje begon net te denken dat een pak slaag van haar baas beter zou zijn dan de hemel te beledigen, toen Lao Ma aan het andere einde van de gang verscheen. Ze zwaaide met haar armen en jammerde in het dialect van haar geboortedorp. Het meisje verstond er geen woord van. De oude vrouw verdween door een deur. Een groep mannen verscheen plotseling om een hoek. Het slavenmeisje bleef staan en staarde naar de groep. Het waren meer dan tien mannen.

Ze vroeg zich af of ze droomde. Wie waren deze mannen? Waar kwamen ze vandaan? De eerste twee waren schildwachten, gekleed in een zwarte broek met een kort rood jasje erop en onder het jasje een leren vest. Ze hadden speren bij zich met twee speerpunten. Een punt stak recht uit de greep van de speer, de andere stond er loodrecht op. De rest van de mannen droeg loshangende zijden mantels met wijde mouwen. Om hun middel droegen ze lange, gekleurde linten die wapperden in de wind. Ze droegen gevleugelde hoofdtooien. Ze kwamen in pas naar het meisje toe. Een van hen sloeg op een gong. Ze wist dat deze mannen heel belangrijk moesten zijn.

'Buig voor je keizer!' schreeuwde de man met de gong.

Het slavenmeisje stond als aan de grond genageld. De man met de gong was nu zo dichtbij dat ze zijn lange baard kon zien en zijn strenge wenkbrauwen.

'Buig of je wordt onthoofd, slaaf,' schreeuwde hij.

Het meisje gooide zich op de grond en lag plat op haar buik. De mannen marcheerden voorbij, waarbij ze zand in haar ogen schopten. Ze wachtte tot ze voorbij waren, maar hoorde het geluid van meer naderende voetstappen. Er kwam nog iemand aan. Ze knipperde het stof uit haar ogen.

Toen zag ze een glimp van een voet die in een grote zijden muil was gestoken, en de zoom van de prachtigste mantel die ze ooit had gezien. Hij was gemaakt van glanzend, zwart satijn. Chinese karakters en afbeeldingen van draken waren vakkundig met gouddraad ingeweven. Het borduursel van de draken was dik en leek óp de stof te liggen, alsof kleine draakjes op de stof waren genaaid. De zijden muil was geborduurd met fijne steken, ook in goud. Het borduursel vormde een kronkelend patroon dat het meisje deed denken aan de flarden van wolken.

Haar hart bonkte zo hard, dat ze dacht dat het uit haar borst zou barsten. De prachtige zoom en de mooie slipper waren van de keizer zelf. Hij wist alles over de misdaden van zijn bedienden op Huangling. Hij was persoonlijk gekomen om getuige te zijn van hun bestraffing. Hij had gewacht tot ze dachten dat hun misdaden in het vergeetboek waren geraakt, om de straf nog pijnlijker te maken.

Het slavenmeisje stond op en rende een paar gangen door. Ze wilde naar buiten. Nu ze er niet naar zocht vond ze de keukens. Het paleis was plotseling tot leven gekomen als een dier dat ontwaakt uit zijn winterslaap. De keuken was gevuld met schreeuwende vreemdelingen. Bedienden brachten manden en dozen binnen. Fruit en groenten werden op de lange banken gelegd die tegen de muur stonden. Dode kippen en fazanten werden, met hun pootjes vastgebonden, aan haken gehangen. Het meisje had nog nooit zoveel eten bij elkaar gezien. Koks pakten messen en lepels uit langwerpige dozen. Keukenmeisjes maakten fornuizen aan en tilden er kookpotten op.

'Opzij, meisje.' Een lange man met de helft van een geslacht rund op zijn rug liep haar bijna omver.

De voorkant van haar jasje begon te bewegen.

'Stil, Hua,' fluisterde ze tegen de rat. 'Ik weet dat het hier lekker ruikt, maar we moeten weg.'

Het meisje probeerde weer de gang in te gaan, maar een vrouw met een hakmes duwde haar opzij om zichzelf ruimte te geven om zes kippen klaar te maken voor de pan. Het meisje werd geduwd, gestompt, gepord en geslagen, tot ze door een deur werd geschoven en opeens in een andere kamer stond.

Deze kamer was tweemaal zo groot als de Bloemenhal van Jade, maar veel rustiger dan de keuken. Er was niemand, op een bediende na die de vloer stond te vegen. In de kamer lagen een paar kleden op de vloer. In de kleden was een bepaald patroon geweven. Geborduurde kussens lagen verspreid op de kleden en er stond een gelakt kamerscherm. Meer was er niet. Het meisje keek naar het kunstige werk in het scherm. Het onderste deel was ingelegd met parelmoer, waarvan de stukjes op zo'n manier verwerkt waren dat het een voorstelling van een tuin werd. In het open houtwerk van de bovenkant waren vogels gebeeldhouwd en bloesems op takjes die zo dun waren, dat het slavenmeisje zeker wist dat ze al zouden breken bij een enkele aanraking. Ze hoorde voetstappen uit een andere richting komen en het geluid van de gong kwam steeds dichterbij. De bediende haastte zich de kamer uit. De benen van het meisje trilden. Er waren maar twee deuren. Een deur gaf toegang tot de drukke keuken. Ze was ervan overtuigd dat de keizer elk moment door de andere deur zou komen. Er was maar één plekje waar ze zich kon verstoppen. Ze slaagde erin haar onwillige, trillende benen aan het lopen te krijgen en dook weg achter het kamerscherm.

Het meisje keek door de ruimtes tussen de vogels en de takjes door, en zag dat haar angst bewaarheid werd. De twee schildwachten marcheerden binnen en gingen aan weerskanten van de deuropening in de houding staan. De keizer en zijn ministers kwamen binnen. Het meisje probeerde niet naar het gezicht van de keizer te kijken, omdat ze wist dat dat verboden was, maar ze kon het niet helpen. Ze deed het toch. Hij was een man met een zuur gezicht. Zijn mondhoeken hingen naar beneden en zijn kleine oogjes werden omgeven door zware rimpels. Zijn gezicht was dik, zijn lijf reusachtig. Ze zou voor zulke gedachten onthoofd kunnen worden, maar ze kon ze niet tegenhouden. Een minister, die meer linten had dan de anderen en een gouden ambtszegel droeg, praatte met de keizer. Hij hield zijn hoofd gebogen. Met hulp van twee andere ministers liet de keizer zich op een stapel geborduurde kussens zakken. De ministers namen allemaal plaats achter de keizer.

Het slavenmeisje werd opeens bang. De angst woog zwaar op haar maag.

Nog twee mensen kwamen binnen. Een was een slanke vrouw, prachtig gekleed, net als de keizer, met mouwen die zo wijd waren dat ze bijna de grond raakten. De vrouw ging naast de keizer zitten. Het meisje dacht dat ze de keizerin was. De andere nieuwkomer was een man die er heel vuil uitzag. Hij had de donkere, rimpelige huid van iemand die het grootste deel van zijn leven buiten doorbrengt. Zijn haar hing in slierten tot op zijn schouders en zat vol met klitten. Hij had een ketting van dierentanden om en zijn kleren waren gemaakt van slecht geconserveerde dierenhuiden. De stank die hij verspreidde was zo walgelijk dat het meisje het gevoel kreeg dat haar maag zich omdraaide. Hij had wapens en een rinkelende ketting aan zijn riem hangen. Hij zag eruit als een ruige boer, maar toch zat hij tegenover de keizer alsof hij een geëerde gast was en de keizerlijke ministers bogen naar hem.

Bedienden kwamen binnen met zilveren dienbladen op poten waarop vergulde schalen stonden en glanzende ivoren eetstokjes lagen. Met gebogen hoofd zetten ze de dienbladen naast de keizer en de keizerin. De andere dienbladen werden tussen de ministers gezet. De vreemde gast had een blad voor zichzelf, net als de keizer en de keizerin.

Meer bedienden kwamen binnen met schalen vol dampend eten en kannen met wijn. Iedereen wachtte totdat de keizer klaar was met de eerste gang, voor ze allemaal begonnen te eten. De keizer propte het eten naar binnen. Ze hoefden niet lang te wachten.

Drie muzikanten schuifelden met eerbiedig gebogen hoofd de kamer binnen. Ze knielden op een afstand. Een muzikant had een groot snaarinstrument bij zich. Het meisje dacht dat het een citer was. Hij legde zijn instrument op de grond en begon te spelen. De andere muzikanten begeleidden hem met klokken en trommels. Meer en meer eten werd uit de keukens binnengebracht. De bezoekers probeerden één gang bij hun keizer achter te blijven, maar moesten vaker hun bord onaangeraakt teruggeven, omdat de keizer elke gang met grote snelheid verslond.

Het meisje kreeg het water in haar mond toen ze de geur van het eten opsnoof. Ze rook vis en gember en sojasaus en andere heerlijke luchten die ze niet thuis kon brengen. Ze haalde diep adem. Het was alweer een paar dagen geleden dat ze het linzen-maaltje had gegeten. Dat was de laatste keer dat ze iets te eten had gehad. De geur alleen leek haar al te voeden en bracht een glimlach op haar gezicht.

Haar hartslag kalmeerde. Alles zou goed komen. Ze moest verborgen blijven tot de keizer weer vertrok. Dan kon ze teruggaan naar waar ze thuishoorde.

'Waren de leeuwen die ik in Chang'an heb afgeleverd naar de zin van Zijne Majesteit?' vroeg de rare, vuile man.

De minister met de gouden ambtszegel aan zijn riem schuifelde op zijn knieën naar voren naar de keizer en boog diep tot hij met zijn voorhoofd de grond raakte. De keizer fluisterde rustig een paar woorden tegen de achterkant van het gebogen hoofd van de minister.

'Ze waren zeer naar de zin van Zijne Keizerlijke Majesteit, meester Diao,' antwoordde de minister. 'De leeuwen waren fantastisch, hoewel eentje een minister zo toetakelde dat hij eraan is bezweken, voordat Zijne Keizerlijke Majesteit het beest met zijn speer kon doorboren.'

De keizer fluisterde iets tegen de minister.

'Zijne Keizerlijke Majesteit wil graag horen over uw expedities in onbeschaafde landen.'

'Ik ben naar landen in het westen gereisd op zoek naar draken.'

Achter het kamerscherm vervaagde de glimlach op het gezicht van het meisje.

'Ik heb er helaas geen gevonden, maar ik heb een reusachtig grijs beest met twee witte hoorns gedood. De hoorns hingen gekruld aan weerskanten van zijn lange snuit. Ik heb de hoorns, als de keizer belangstelling heeft.'

De gast zei niets meer en at drie kommen ossen-staartsoep. Toen veegde hij met zijn mouw langs zijn mond en begon weer te praten tegen de minister.

'Heeft de keizer mijn voorstel in overweging genomen, Grote Raadsman?'

Weer kroop de minister naar voren om de woorden van de keizer te horen. Toen draaide hij zich om en boog naar de gast.

'Zijne Keizerlijke Majesteit heeft uw voorstel enkele minuten overwogen, Diao.' Hij probeerde te glimlachen tegen de onaangename man, maar kon slechts een blik van afkeer produceren. 'Zijne Keizerlijke Majesteit zal niet minder dan vierduizend *jin* accepteren voor elk schepsel.'

Diao snoof en spuwde op de vloer. 'Een buitengewoon groot bedrag,' antwoordde hij, 'maar ik ben een nederig man en de wil van de keizer is de wil van de hemel.'

'Goed,' zei de raadsman. 'We zullen de lelijke beesten zien kwijt te raken.'

'Is Zijne Majesteit niet zo dol op draken?' informeerde Diao.

'Draken zeggen Zijne Keizerlijke Majesteit niets,' antwoordde de minister scherp zonder met de keizer te overleggen. 'Maar hij gelooft dat ze in uw handen beter gebruikt zullen worden.'

'Inderdaad.' Op Diao's wrede gezicht brak een glimlach door die drie zwarte tanden liet zien, een afgebroken stompje en twee grote gaten.

'Drakenhersens genezen neusbloedingen en steen-puisten. De drakenlever is goed tegen dysenterie, in het bijzonder als hij uit een levend dier is gesneden. Drakenspeeksel wordt gebruikt om parfum mee te maken.' Diao maakte zijn tanden schoon met een visgraat. 'Het zijn nuttige dieren.'

'Je weet heel veel over draken, Diao,' zei raadsman Tian.

'Ik ben drakenjager. Het is mijn vak om alles over die beesten te weten.'

Het meisje kon haar oren niet geloven. De keizer verkocht de keizerlijke draken aan een drakenjager... Wat zou hij doen als hij ontdekte dat er nog maar één beest over was?

'Er zijn vast niet veel draken meer over in de wereld,' zei de keizerin.

'Er zijn er nooit veel geweest,' antwoordde Diao. 'En er zijn er nu nog maar weinig. Wilde draken verbergen zich goed voor de mensen.'

'Probeer dit zuur eens, lieve,' zei de keizerin tegen de keizer. Een geur drong in de neus van het meisje. Ze hield haar adem in bij de verschrikkelijke herkenning. Het was een scherpe, gekruide lucht die ze haar hele leven nooit zou vergeten. De nacht van het pekelen... Ze keek dodelijk geschrokken toe, ter-wijl de keizer het gepekelde drakenvlees in een dun laagje over zijn gepocheerde vis smeerde. Met zijn eetstokjes pakte hij een stuk van de vis en at dat op. Het meisje wist niet wat er zou gebeuren, maar ze was ervan overtuigd dat het erg zou zijn.

'Het is het bijzonderste dat ik ooit heb geproefd,' ging de keizerin door. Ze keek de raadsman aan. 'Tian Fen, probeer erachter te komen welk ingrediënt verantwoordelijk is voor deze bijzondere smaak.'

Het meisje hield haar adem in. Dit was het moment dat ze door de hemel zou worden neergeslagen en het paleis op zijn grondvesten zou staan trillen en daarna instorten. De keizer kauwde op zijn vis en haalde zijn schouders op.

Het meisje zuchtte diep. Ze was nog steeds in leven, het paleis stond nog overeind. Ze prevelde een dankgebedje en knuffelde Hua. De rat was wakker geschrokken en beet in haar vinger. Het meisje gilde met een scherp, schril geluid. Iedereen werd stil. De ministers keken om zich heen, op zoek naar de schuldige. Hun ogen vielen op de bediende die een stapel van dertig kommen mee naar de keuken nam. De angstige bediende schudde zijn hoofd en wees naar het kamerscherm. De twee schildwachten liepen erheen en vouwden een stuk van het scherm om.

Het slavenmeisje voelde dat alle ogen in de kamer op haar waren gericht – ook twee paar keizerlijke ogen. De schildwachten richtten hun speren op haar, alsof ze een gevaarlijke misdadiger was.

De keizerin staarde walgend naar het groezelige meisje dat opeens opgedoken was in de keizerlijke eetzaal. Hua stak zijn neus uit het jasje van het meisje en snoof de geurige lucht op. De geschrokken rat wist zich uit het jasje van het meisje te werken.

Hij sprong op de vloer en rende weg. De schildwachten dachten niet meer aan het meisje en joegen achter de rat aan.

Hua verdween in een gat in de plint. Het meisje rende naar de deur, maar de schildwachten zaten haar op de hielen. Ze voelde hun speren in haar rug prikken. Ze stak haar handen omhoog en draaide zich om. De speerpunten glinsterden in het zonlicht dat door de ramen binnenviel. De schildwachten grepen haar bij haar armen. Ze keken boos alsof ze haar zouden steken als ze zich maar bewoog.

Wat was ze dom geweest te denken dat de hemel haar misdaden over het hoofd zou zien. De onsterfelijken waren haar niet gunstig gezind. De keizer was alwetend, alziend, een god op aarde. Hij moest al die tijd al geweten hebben van de dood van de draak.

Ze viel op haar knieën. 'Het is niet mijn schuld dat de draak is gestorven,' pleitte ze. 'Ik heb hem eten gegeven en zijn stro ververst. Ik weet wel dat ik heb geholpen toen hij in stukken werd gesneden en in de pekel werd gelegd, maar ik had geen keus. Als ik niet hielp zou Meester Lan me een pak slaag hebben gegeven.'

'Gestorven?' informeerde de grote raadsman.

'In de pekel gelegd?' vroeg een minister.

'Tian Fen, breng Meester Lan bij me,' zei een diepe stem die ze nog niet had gehoord. Het was de stem van de keizer.

Het geluid van de keizerlijke stem boezemde het meisje angst in. Op de een of andere manier vond ze de kracht zich los te wurmen uit de greep van de schildwachten en lukte het haar naar de deur te rennen voordat ze haar weer konden pakken. Ze vond haar weg door de gangen, zonder een vergissing te maken. Ze draaide zich niet om, wilde niet zien of iemand haar achtervolgde. Ze rende aan een stuk door.

Hoofdstuk 4

ONTSNAPPING

'Vlug!' schreeuwde het meisje,
terwijl ze het touw met trillende vingers losmaakte.
'Wegwezen! Er is een drakenjager hier op Huangling.'

Terwijl het slavenmeisje wegrende schoten er
allerlei gedachten door haar hoofd – angst voor de
dood die haar nu misschien wachtte, plannen voor
een ontsnapping, bezorgdheid omdat ze niet de vaat
van het middagmaal van Meester Lan had gedaan.
De gedachten botsten met elkaar, ontploften half
afgemaakt en verdwenen weer. Eén gedachte hield,
helder en duidelijk, stand in de verwarring: ze moest
de draak redden. Ze rende naar de binnenplaats bij
de dierenkooien. De draak lag nog steeds van de zon
te genieten.

'Vlug!' schreeuwde het meisje, terwijl ze het touw

met trillende vingers losmaakte. 'Wegwezen! Er is een drakenjager hier op Huangling.'

De draak bewoog zich niet.

'Schiet op! Je bent nu vrij. De keizerlijke schildwachten kunnen elk moment hier zijn.' Ze wachtte even om op adem te komen. 'De drakenjager zal je lever in stukken snijden en je hart eruit halen.' Ze trok aan het touw dat nog steeds om de hals van de draak hing. 'Je hebt nog genoeg tijd om naar de poort te gaan en te ontsnappen.'

Maar de draak bleef doodstil liggen. Hij verstond blijkbaar geen woord van wat ze zei.

'Kom op, stom beest!' schreeuwde ze, terwijl ze met het eind touw tegen zijn romp sloeg.

De draak maakte bange geluiden, alsof iemand heel snel op een gong stond te slaan.

'Steen.' Het woord vormde zich ongevraagd in het hoofd van het slavenmeisje. 'Drakensteen.'

Opeens snapte het meisje dat de draak de paarse steen bedoelde.

'Laat de steen liggen!' riep ze, terwijl ze probeerde het lelijke beest richting de poort te duwen. 'Red jezelf.'

Het meisje moest er niet aan denken dat er nog een dode draak zou zijn. Maar het grote beest weigerde te doen wat ze zei. Ze wist niet meer wat te doen om hem aan het lopen te krijgen. Ze moest nu ook denken aan haar eigen veiligheid. De schildwachten zouden haar komen zoeken. Ze moest een schuilplaats zoeken – in elk geval tot de keizer en zijn schildwachten weer uit het paleis vertrokken waren. Ze liet het touw vallen en rende naar de poort toen ze zich opeens Hua herinnerde. Ze kon niet weggaan zonder hem. Hij was maar een rat, maar hij was haar vriend – haar enige vriend. Hij was een slimme rat. Wanneer de drakenhoeder hem zag en achter hem aanzat met de pook, verstopte Hua zich in de kerker, de enige plek waar Lan nooit kwam.

Het meisje rende naar de kerker. Ze liep de trap af. Dit was wel de laatste plek waar ze op dit moment wilde zijn. Het licht van de late middag verlichtte flauwtjes een vierkant onder het rooster. Ze had geen lamp bij zich. Ze ging op de tast het donker in, haar armen voor zich uit, struikelend over de ongelijke vloer. Ze riep Hua's naam. Ze hoorde een zacht gepiep helemaal achterin de kerker. Haar handen raakten de muur. Haar vingers rustten op iets dat koel was en rond. De steen...

Plotseling groeven scherpe klauwen zich in de dunne stof van haar broek en prikten in haar huid daaronder. Ze glimlachte toen Hua zich in de plooien van haar jasje nestelde. Haar handen lagen nog steeds op de koele steen. Ze raapte hem op en liep terug naar het licht. Met twee treden tegelijk rende ze de trap op.

Op het moment dat ze uit de kerker klom en weer voet op de binnenplaats zette, kwamen zes keizerlijke schildwachten – allemaal in zwarte broek en kort rood jasje – de binnenplaats op. Ze gingen om de draak heen staan. Sommigen hadden speren, anderen zwaarden. Alle wapens waren op het beest gericht. De geluiden van de draak klonken over de binnenplaats. De drakenjager was vlakbij de schildwachten. Toen hij de draak zag, bleef hij staan en bekeek het beest. Even later sloop hij langzaam naar de draak toe. Het meisje kon de hebzucht op zijn lelijke gezicht zien toen hij de waarde van de draak schatte. Hij hield een kruisboog op het dier gericht.

'Nee!' riep het meisje. 'Doe hem geen kwaad!'

De drakenjager lachte. Het was een hard, vreugdeloos geluid. Hij liep naar de draak, legde zijn kruisboog neer en trok een stuk ijzeren ketting van zijn riem.

IJzer brandt, dacht het meisje, hoewel ze wel wist dat dat niet waar was.

Diao sloeg de ketting om de voorpoten van de draak om hem te laten strompelen. De geluiden werden harder, sneller en hoger, tot ze zich samenvoegden tot één lange, rauwe schreeuw. Het geluid weerkaatste tegen de muren op de binnenplaats. Het meisje liet de drakensteen vallen en stopte haar vingers in haar oren in een nutteloze poging het lawaai uit te bannen. Maar het geschreeuw dat in haar hoofd weerklonk was erger. Ze was zich vaag ervan bewust dat de steen wegrolde over de stoffige binnenplaats tot hij tegen de waterbak botste. De kreten van pijn in haar hoofd begonnen zich tot woorden te vormen.

'Drakensteen. Red steen.' De woorden klonken in

haar hoofd, maar ze had duidelijk de indruk dat ze van de draak kwamen.

De ketting om de poten irriteerde de geschubde huid van de draak. De huid was rauw en bloedde alsof hij maandenlang geketend was geweest, in plaats van een paar minuten.

Diao zag de drakensteen in het grind liggen. Hij zei tegen de schildwachten: 'Maak die ketting goed vast.'

De schildwachten aarzelden. Ze waren er niet zeker van of ze bevelen van de woeste jager moesten uitvoeren.

'Doe wat ik zeg!' schreeuwde Diao. 'De draak van de keizer moet goed vastgelegd worden.'

De schildwachten sprongen in de houding. Hun plicht tegenover de keizer was duidelijk.

De drakenjager liep naar de waterbak. Op zijn gezicht lag de triomfantelijke blik van een hebzuchtige man die meer krijgt dan hij verdient. Maar het slavenmeisje was hem te vlug af. Ze rende naar de steen en raapte hem met haar linkerhand op. De draak steigerde en gooide de ketting weg die de schildwachten nog steeds met grote moeite probeerden vast te maken. Het beest schopte de schildwachten opzij. Diao aarzelde, keek van de draak naar de steen. Een moment lang leek het of hij niet kon beslissen wat belangrijker was. Hij dook naar zijn kruisboog terwijl het meisje over de binnenplaats rende.

'Boei de draak!' schreeuwde Diao en hij rende achter het meisje aan.

De drakenjager had haar met drie grote stappen ingehaald. Hij had zijn kruisboog in zijn ene hand. Met zijn vrije hand greep hij haar arm met zo'n kracht vast dat hij bijna brak. De draak maakte de boze, grommende geluiden die het meisje hem had horen maken in de kerker, toen ze de drakensteen had opgeraapt. Het schepsel sjokte stijf over de binnenplaats, vertrapte bijna – het scheelde een haar – twee schildwachten en zou tegen de muur van de ossenstal zijn opgebotst als hij niet zijn twee leerachtige vleugels – als grote vleermuisvleugels – had uitgeslagen. De schildwachten keken in stomme verbazing naar de draak die opvloog en even later boven de stallen zweefde. Nu was het Diao's beurt om woedend te schreeuwen toen hij zijn buit zag ontsnappen.

De draak helde over in een bocht en vloog terug. Hij nam een duik naar de binnenplaats. De schildwachten stoven uit elkaar, maar het meisje stond alleen maar te staren van verbazing. De vleugels hadden zo strak gevouwen gezeten dat ze haar nooit eerder waren opgevallen. Diao liet het meisje los en legde zijn kruisboog aan. Een pijl flitste naar de draak en sloeg in zijn schouder. Het beest scheerde over het hoofd van het meisje. Ze dacht dat hij op de binnenplaats te pletter zou slaan, maar ze voelde iets scherps dat zich door de stof van haar jasje in haar rug drong. Toen verdween de grond onder haar. Haar voeten scheerden rakelings over het dak van de ossenstal. Ze zag Meester Lan buiten zijn huis staan. Hij keek naar boven en schudde zijn vuist naar haar toen de keizerlijke schildwachten hem grepen. Ze zag dat zijn mond heftig bewoog. Hij stond vast te schelden, dacht ze. Lan en de schildwachten werden steeds kleiner, tot ze niet veel groter waren dan kleine poppetjes. De stallen werden dozen. De zwarte daken van het paleis waren onder haar. Ze leken op de schilden van glanzende, zwarte kevers. Het slavenmeisje voelde zich ziek.

'Zet me neer, draak!' riep ze, terwijl ze de drakensteen tegen zich aandrukte. 'Ik wil terug naar beneden.'

De draak maakte een scherpe bocht en het hart van het meisje bonkte in haar borst.

'Ik moet overgeven,' schreeuwde ze toen ze het paleis achter zich lieten. Ze vlogen over de top van de berg Huangling.

De draak volgde de hele bergketen. Toen leek het opeens of de berg dook en wankelde omdat de draak een plek zocht om te landen. Het meisje gilde en kneep haar ogen dicht.

'Ik ga dood,' mompelde ze tegen zichzelf.

'Nee,' zei een stem in haar hoofd.

De draak bewoog zijn poten. Hij landde in looppas op een lange wal van sneeuw. Zijn poten bleven steken. Het meisje sprong van hem af. Hij viel naar voren en gleed een eindje door op zijn neus.

Het meisje moest lachen. Ze was opgelucht dat ze weer vaste grond onder zich voelde, al was die dan besneeuwd. Haar vingers, stijf van de kou, omklemden nog steeds de drakensteen. Toen liet ze de steen in de sneeuw vallen en greep de voorkant van haar jasje beet alsof ze opeens ergens pijn had. Had ze Hua verloren tijdens de vlucht? Had ze hem doodgedrukt tijdens de landing? Ze trok haar jasje bij de hals open. De rat was er nog. Hij zag er verdoofd uit, maar verder goed. Ze keek naar de draak die even verderop moeizaam overeind kwam.

'Je had me kunnen doden... en Hua erbij!' schreeuwde ze, opeens weer boos.

Met zijn rechtervoorpoot pakte de draak de pijl die nog steeds in zijn linkerschouder zat en trok hem eruit. Toen liep hij wankelend weg.

'Waar ga je heen?' vroeg het meisje.

De draak maakte een van zijn rare metaalachtige geluiden. Een woord vormde zich in haar hoofd. 'Grot.'

Het begon te sneeuwen. Het meisje had geen keus. Ze liep achter de draak aan. Ze ploeterden een uur of nog langer door de sneeuw. Eindelijk vond de draak de grot die hij zocht.

Eenmaal binnen, zakte de draak in elkaar van uitputting. De kleren van het meisje waren nat en haar tanden klapperden. Ze bibberde van de kou en haar hoofd deed pijn. Ze kroop naar de draak toe. Zijn geschubde lijf was hard en ruw. Van dichtbij rook hij niet lekker. Het was een mengeling van overrijpe pruimen en het pekelnat van vis, maar hij gaf wel wat warmte af.

Hoofdstuk 5

VLIEGANGST

'Keizerlijke schildwachten!' zei de draak. 'Verberg je!'
Het dier trok haar met zijn poot achter een rots
die net breed en hoog genoeg was
om een meisje en een hurkende draak te verbergen.

Toen het slavenmeisje wakker werd, lag ze in een nest van warm, droog mos. Ze krabbelde overeind, verbaasd dat ze zo'n slap gevoel in haar benen had. Van de draak was geen spoor te bekennen. Op de grond in de grot lagen drie dode lijsters keurig op een rij, een bos korenhalmen, een paar paddenstoelen en een bundel droog gras en takken. Ze stapte eroverheen en liep naar de ingang van de grot.

De wolken waren verdwenen. De draak zat in de zon zijn vleugels te bekijken. Ze waren niet beschadigd. Hij draaide zich om naar het meisje. Zijn ogen hadden hun gele zweem verloren en waren nu warm-bruin. De metaalachtige geluiden kwamen diep uit zijn borstkas. Ze hoorde deze geluiden met haar oren, maar in haar hoofd hoorde ze ook een stem.

'Vuur. Vuur nodig.'

Het meisje kon nauwelijks bevatten wat er de vorige avond en de afgelopen nacht allemaal was gebeurd, maar een vuurtje maken en eten koken waren bekende, geruststellende bezigheden. Ze zocht twee stokken uit en wat van het droge gras, en knielde neer om een vlam te maken. Al gauw begon het gras te smeulen en ze bouwde een vuur. Terwijl ze wachtte tot het vuur niet meer zo rookte en zich gloeiende stukjes hout begonnen te vormen, plukte ze de lijsters. Toen reeg ze de vogels aan een scherpe stok en roosterde ze boven haar vuurtje. Ze plukte de korenaren van hun stengels en roosterde die in de as, samen met de paddenstoelen. Ze gaf twee vogels aan de draak. Ze waren dan misschien niet op het paleis, maar het was nog steeds haar taak de draak te voederen.

'Dank je,' zei de stem in haar hoofd.

Ze aten in stilte en lesten hun dorst aan een plas bij de ingang van de grot. Daar had sneeuw zich ver-zameld in een kleine diepte in de rots en was gaan smelten. Maar ze kon haar gedachten niet bij deze vertrouwde activiteiten houden. Ze vlogen steeds terug naar de onmogelijke gebeurtenissen van de vorige dag.

'Sinds die afschuwelijke nacht van het pekelen

hoor ik een stem in mijn hoofd,' zei het meisje. 'Ben jij dat?'

De draak boog zijn hoofd. Hij bekeek haar voorzichtig, alsof hij haar reactie wilde zien. Hoe kon ze zo dom zijn geweest om te denken dat hij een dier was, niet slimmer dan een os of een geit?

'Waarom heb ik je niet eerder gehoord?'

'Praatte nooit.'

Het meisje keek toe terwijl de draak voorzichtig een van de paddenstoelen pakte. De middelste klauwen van elke poot konden naar elkaar toe buigen, net als een vinger en een duim. Hij legde de paddenstoel in zijn mond.

'Heb je een naam, draak?'

Het beest maakte nog meer metaalachtige geluiden. In haar hoofd hoorde ze de drakenstem. 'Iedereen heeft naam.'

Hua kwam terug van zijn zoektocht naar eten, aangetrokken door de geur van geroosterd vlees. Hij bleef stokstijf staan toen hij de draak zag.

'Zelfs rat heeft naam.'

'Ik niet,' antwoordde het meisje.

'Wel waar.' De echo van de woorden draaiden rond in het hoofd van het meisje. 'Wel waar, wel waar, wel waar!'

Hua rende tegen haar kleren op en kroop in haar jasje.

Ze keek de draak aan. 'Hoe weet je dat?'

De draak stak een poot uit en strekte een van zijn klauwen naar haar hals uit. Het meisje deinsde terug. Hua nestelde zich onder haar oksel. De klauw was vlijmscherp en zou haar keel even gemakkelijk hebben kunnen doorsnijden als de koksmaatjes van de keizer de biefstuk sneden.

'Niet bang zijn,' zei de drakenstem.

Met zijn klauw haalde het beest het vierkantje van bamboe tevoorschijn dat om haar hals hing. Het meisje keek naar het Chinese karakter dat erin stond gegraveerd. Het was vrij vaag, doordat het afgesleten was.

'Wat betekent het?' fluisterde ze.

'Ping,' zei de drakenstem.

'Is dat mijn naam?'

De draak boog weer zijn hoofd.

'Ping,' herhaalde het slavenmeisje.

'Ouders gaven je deze naam,' zei de draak.

Tranen sprongen in Pings ogen terwijl ze haar naam steeds herhaalde. Veel mensen hadden twee namen. Sommige belangrijke mensen hadden er zelfs drie. Ze was blij dat ze er eindelijk één had.

'Bedankt dat je me mijn naam hebt gegeven.' Ze stak haar hand uit en krabde de draak op het zachte plekje onder zijn kin.

'Je hebt me jouw naam nog niet verteld, draak,' zei ze, terwijl ze haar tranen wegveegde.

'Leef al heel, heel lang,' antwoordde de draak. 'Had veel namen. Da Lu, dat betekent Grote Groene; Dai Yu, Brenger van Regen; Lao Tang, Waardige Oude. Echte naam is Long Danzi – Dappere Draak.'

'Dan zal ik je Danzi noemen,' zei Ping. 'Je bent heel dapper.'

Ze voelde aan het bamboe vierkantje met haar naam erin.

'Wat betekent mijn naam?' vroeg ze.

'Eendenkroos,' antwoordde de draak.

'O,' zei Ping. Ze was heel even teleurgesteld. Het was misschien geen mooie naam, maar ze had er tenminste een. Die had ze cadeau gekregen van haar ouders die ze lang geleden verloren had en de naam was alleen van haar.

Terwijl Ping verdiept zat in haar gedachten, rolde de draak de paarse steen uit de grot in het licht. Hij draaide hem om met een geklauwde poot en bekeek hem zorgvuldig.

'Steen niet beschadigd,' zei hij.

Ping keek naar de steen. 'Ik weet niet, waarom je zo bezorgd bent om die steen,' zei ze. 'Je werd bijna gepakt door de drakenjager.'

'Ping waagde leven voor rat.'

'Hua is mijn beste vriend,' antwoordde Ping. 'Ik moest terug voor hem, maar ik weet niet waarom jij je leven waagde voor een steen.'

De stem in Pings hoofd bleef stil.

'Maar jij bent ontsnapt,' zei ze. 'Je bent eindelijk vrij. Nu moet ik terug naar Huangling.

De draak keek haar aan.

'Waarom terug?'

Het was bij Ping geen seconde opgekomen iets anders te doen. Ze had op Huangling geleefd zolang ze zich kon herinneren. Ze kon zich een leven ergens anders helemaal niet voorstellen.

'Waar zou ik dan heen moeten gaan?'

'Nieuwe plek zoeken.'

Ping schudde haar hoofd. Alleen de gedachte al dat ze de wereld in zou gaan, boezemde haar angst in.

'Ik heb werk te doen op Huangling. Ik hoef niet meer voor jou te zorgen, maar de ossen, de geit, de varkens en de kippen moeten eten. En als de keizer van tijd tot tijd op bezoek komt op Huangling, heeft Lao Ma hulp nodig bij het schoonmaken van het paleis,' antwoordde Ping.

Danzi's heldere ogen werden spleetjes. 'Ping moet niet teruggaan.'

Ze glimlachte, blij dat de draak bezorgd was om haar veiligheid.

'Meester Lan is opgepakt. Als de keizer terug is gegaan naar Chang'an, is het veilig voor mij om weer naar Huangling te gaan. Ik krijg straf, maar daarna ga ik weer aan het werk. Jij kunt hier blijven.'

'Danzi blijft niet hier,' zei hij. 'Danzi gaat naar zee.'

'Zee?' herhaalde Ping. 'Zee bestaat alleen in verhalen, zoals de Kunlun Bergen en het Eiland van de Gezegenden. Daar heeft Lao Ma me verhalen over verteld. Ze zijn verzonnen.'

'Bestaan allemaal.'

'Waarom wil jij ergens heen? Dit is een mooie grot. Je hebt hier alles wat je wilt en de drakenjager zal je hier niet kunnen vinden. Ik kom je opzoeken zodra ik maar kan.'

'Danzi wordt oud. Water van zee is toverwater. Vernieuwt krachten.'

Ping begon zich af te vragen of de geest van de draak misschien was aangetast omdat hij zoveel jaren opgesloten had gezeten.

'Ping moet Danzi helpen,' zei hij.

Ping staarde de draak aan.

'Wat bedoel je?'

'Reis met Danzi naar zee.'

'Dat kan niet.' Ping huiverde bij de gedachte dat ze de wereld in zou trekken die vol vreemde mensen en vreemde plekken was. Er waren een heleboel dingen die ze niet leuk vond aan Huangling, maar het was vertrouwd.

De draak boog zijn hoofd. 'Zoals je wilt.'

Ping zuchtte opgelucht. 'Goed. Hoe kom ik terug in het paleis?'

'Danzi brengt Ping.'

'Je bedoelt dat je me terugvliegt naar het paleis?'

'Ja.'

'Ik vond vliegen niet leuk.'

Ping dacht na over het aanbod van de draak. Ze waren ongeveer een uur onderweg naar Huangling als de draak vloog, maar lopend zou de reis veel en veel langer duren. Het zou haar zeker een paar dagen kosten om terug te keren.

'Je mag me terugbrengen,' zei ze, 'maar pas als de keizer daar vertrokken is.'

'Is vertrokken.'

'Hoe weet jij dat?'

'Draken hebben goede ogen,' antwoordde Danzi trots. 'Ik kan vele *li* in de verte kijken. Ik zag de keizer en zijn gevolg weggaan. Ik maakte proefvlucht.'

Ping tuurde in de verte, maar zag alleen maar heuvels en sneeuw. 'Weet je het zeker?'

'Ja.'

Ping wiebelde met haar tenen in haar doorweekte sokken en dunne, rieten schoenen. Het was een goed idee om naar Huangling terug te gaan. Met een beetje geluk zou ze alleen in het huis van Meester Lan mogen wonen.

'Klim op rug,' zei de draak. 'Als gewillige passagier zal Ping zich beter voelen.'

Ping was al bang bij de gedachte dat ze zo weer zouden gaan vliegen, maar nu ze wist dat de keizer en zijn mannen weg waren, wilde ze terug naar het paleis. Ze wilde naar huis.

'Wil Ping niet wereld zien?' vroeg de draak.

'Nee.' Ze keek uit over het eindeloze, witte landschap. Bergen, alleen maar bergen strekten zich voor haar uit. De wereld was veel te groot en griezelig. Ping wilde terug naar het kleine deel van de wereld dat ze kende.

Ze keek naar de draak. Ze had nooit een dier bereden, laat staan een draak. Danzi's lange, geschubde lijf zag er glibberig uit.

'Ik val er vast af,' zei ze. 'Ik kan me nergens aan vasthouden.'

'Zit achter kop. Pak hoorns beet,' zei Danzi.

Ping controleerde of Hua veilig in haar jasje zat

weggestopt. Toen pakte ze een hoorn van de draak beet als houvast.

De draak hield een poot omhoog. Toen liet hij hem weer zakken. 'Wacht. Moet steen halen,' zei hij.

'Er is niemand hier die hem zal stelen, Danzi,' riep Ping ongeduldig. 'Hij ligt hier veilig tot jij weer terug bent.'

'Kan steen niet alleen laten,' zei Danzi.

Ping wilde geen tijd verspillen aan geruzie met een moeilijke draak. Ze keek op naar de grijze lucht. Een sneeuwarend cirkelde langzaam boven hen.

'Oké,' zei ze terwijl ze de drakensteen optilde en hem onder haar arm stopte. 'Ga zitten!' Ze trok haar jas een eindje op, stapte met een voet op de poot van de draak en gooide haar been over zijn rug. Toen zat ze vlak achter de kop van Danzi. Ze stopte haar benen vóór de gevouwen vleugels en greep met haar andere hand de tweede hoorn beet. Haar schoot, haar armen en Danzi's hals vormden een soort mandje waar de drakensteen goed in paste.

'Ik ben klaar,' zei ze. Haar stem trilde ietsje, wat haar angst verried.

De draak rende een paar passen naar de rand van de berghelling. Hij bleef rennen toen hij zijn vleugels uitsloeg, nam nog één grote stap en... vloog door de lucht. Ping schreeuwde omdat de opwaartse stuwing van de lucht haar zei dat de draak viel. Danzi's leerachtige vleugels leken opeens zo dun als zijden gaas. De draak dook naar beneden, omdat hij in de bulderende wind zijn vleugels niet ver genoeg kon uitslaan. Toen, centimeter voor centimeter opende hij zijn vleugels verder. De opwaartse beweging van lucht werd trager en de draak begon te zweven.

De drakenschubben voelden ruw aan, waardoor Ping er onmogelijk af kon glijden, hoewel de draak enigszins naar één kant overhelde. Met haar handen vast om zijn hoorns en haar knieën stevig rond Danzi's hals geklemd, begon Ping het vertrouwen te krijgen dat ze niet op het punt stond naar beneden te storten.

Beneden haar was de berghelling verdwenen. Ze vlogen over een vallei die ze in de diepte zag liggen. De andere bergen omringden hen aan alle kanten. Ping voelde rare bewegingen in haar maag. Ze vond het gemakkelijker om haar ogen dicht te knijpen en te doen alsof ze maar een paar decimeter boven de grond vlogen.

Het zonlicht was warm op haar gezicht. Haar schoenen en sokken dampten. Ze begonnen te drogen. Ze voelde zich soezerig.

'We moeten er nu bijna zijn, Danzi,' zei Ping een tijd later. Ze tilde haar hoofd op. Ze had met haar hoofd op de drakensteen gelegen. Haar nek was stijf. 'Ik heb geslapen, geloof ik.'

Ze keek om zich heen. De berg was verdwenen. Blauwe lucht omringde hen.

'Danzi!' schreeuwde Ping. 'Waar is de berg Huangling?'

De draak gaf geen antwoord. Ze hoorde zijn adem-haling in de wind. Hij ademde zwaar en gespannen, als een boodschapper van de keizer die net vele *li* had gerend.

'Waar zijn we?'

De draak hield zijn vleugels schuin zodat hij kon draaien. Een berg doemde dreigend voor hen op. Ping zocht op de hellingen naar het paleis, maar zag het niet. Ze kwamen dichter bij de berg. De hellin-gen leken op de vacht van een schaap in de rui, de sneeuw was aan het smelten en op die plekken was de mestkleurige aarde eronder te zien. Ze zag rotsen en een bergstroom. Een kudde wilde geiten stoof uiteen, toen ze de draak uit de lucht naar beneden zagen schieten. Er was nog steeds geen spoor van het paleis. De ademhaling van de draak ging steeds moeizamer. Zijn vleugels zwoegden.

Toen verloor Danzi de controle over zijn landing en de grond schoot naar hen omhoog. Hij raakte de top van een rots met zijn staart, waardoor hij over-helde. Zijn linkervleugel schraapte langs een scher-pe richel. Hij helde naar rechts en stortte toen neer. Ping werd van de drakenrug geslingerd. Ze zag Hua met gespreide pootjes door de lucht zeilen. Zelf viel ze op de grond en had zo'n vaart dat ze nog even doorrolde en tenslotte tegen een hoge rots botste. De adem werd uit haar longen geslagen. Haar lichaam was gekneusd en trilde. Een van haar mouwen was tot aan de elleboog opengescheurd. Op nog geen armlengte afstand zag ze een aantal rotspunten als een rij grijze tanden. Als Danzi daar geland was, was ze dood geweest.

Ping ging op haar knieën zitten. De plotselinge beweging maakte haar duizelig. Hua lag in de sneeuw. Zijn ogen schitterden van angst. Ping pakte hem zachtjes op en slaakte een zucht van verlichting. De rat was verdoofd, maar niet gewond. Ze kroop moeizaam naar de roerloze draak. Zijn linkervleugel lag open op de sneeuw naast hem, als een weggeworpen kledingstuk. Er zat een grote scheur in de vleugel. De randen van de gerafelde scheur ritselden in de wind. Ping hoorde geen woorden in haar hoofd. Ze boog zich over hem heen en was opgelucht toen ze de borst van de draak zag bewegen, hoewel zijn ademhaling heel rasperig klonk.

'Danzi,' fluisterde ze. 'Moet je zien wat er gebeurd is.'

Ping vond een bergstroompje. Ze legde haar handen tegen elkaar, maakte er een soort kommetje van en schepte ijskoud water op. Ze bracht het naar de draak, die het met zijn lange, rode tong oplikte. Na een paar minuten werd de ademhaling van Danzi rustiger.

'Steen,' zei hij.

'Ik weet niet waar je stomme steen is!' riep Ping.

'Moet steen vinden.'

Ping keek om zich heen. 'Ik zie hem niet. Vergeet de steen en pas een beetje beter op jezelf.'

Ze keek naar de bergtop. Ze wilde het niet graag toegeven, zelfs niet tegenover zichzelf, maar ze was ook bezorgd om de steen. Hij zou gemakkelijk langs de berghelling naar beneden gerold kunnen zijn. Misschien was hij tegen een rots te pletter geslagen. Een rand van de zon verscheen van achter de wolken. Oranje zonnestralen flitsten over het landschap. Ze zag een schittering in een kleine vallei. Het was niet ver, maar het duurde een tijd voor Ping weer kon lopen op haar gekneusde benen. Met knikkende knieën liep ze de vallei in. De paarse steen lag op een bedje van sneeuw. Ze raapte hem op en klom terug naar de draak.

'Hier is hij,' zei ze. Haar benen trilden zo dat ze het gevoel had dat ze in elkaar zou zakken.

De draak slaakte een diepe zucht.

Ping draaide de steen om en om. 'Hij is nog helemaal gaaf.'

De zon verdween al gauw weer achter de bergen. De korte winterdag was bijna voorbij. Ping wilde niet nog een nacht op een berg doorbrengen.

'Danzi, hoe kom ik bij het paleis?' Op de een of andere manier moest ze haar trillende benen weer aan het lopen krijgen.

'Huangling Paleis daarginds,' zei de draak.

Ping tuurde in de richting waarin Danzi's klauw wees. Ze keek uit over de grote vallei, die nu was verdwenen in de groeiende duisternis. Ze dacht nog een berg te zien, met drie met sneeuw bedekte bergtoppen. Het duurde even voor ze begreep dat ze in de schemering Huangling met zijn torens had aangezien voor een berg met drie pieken.

'Is dat Huangling?'

De draak krabbelde overeind en boog vermoeid zijn kop.

'Jij hebt me van mijn thuis weggehaald,' zei ze terwijl ze hem boos aankeek. 'Waarom doe je me dit aan?'

'Wat vóór je lag, ligt nu áchter je.'

Pings hoofd tolde bij de gedachte hoeveel dagen het zou duren om terug te lopen naar Huangling. Een vaag geluid dat haar al irriteerde sinds ze geland waren, drong door in haar bewustzijn. Het was een ritmisch gedreun dat luider werd.

'Maak jij dit lawaai?' vroeg het meisje.

De draak schudde zijn kop. 'Hoor geen lawaai.'

Ping zag in de verte het silhouet van Huangling en zette een paar onzekere stappen in die richting.

'Ga je met me mee, Danzi?' vroeg ze. Ze draaide zich om en zag dat de draak achter haar aan strompelde. Zijn beschadigde vleugel sleepte over de grond. Terwijl ze langzaam afdaalden werd het geluid sterker. Het had een gestaag ritme, niet prettig om te horen, een kloppende dreun als een zware hoofdpijn.

De draak wees met een klauw in de schemering.

'We komen in de buurt van de weg naar Huangling.'

Ping tuurde in het schemerlicht. Ze kon nog net een stenen wegwijzer zien op het pad, niet meer dan tien stappen voor hen uit. Daar splitste het pad zich. Een pad leidde naar het westen, naar Huangling.

Het andere pad leidde naar het oosten. Ping rende naar de splitsing. Ze wist welk pad ze zou nemen. Daar had ze geen twijfel over. Ze was er bijna, toen ze voelde dat Danzi met zijn klauwen haar arm vastpakte en haar tegenhield.

'Hoor nu lawaai,' zei de draak, terwijl hij naar het andere pad tuurde

'Dat moet wel,' zei het meisje. 'Het klinkt even hard als iemand die bezig is graan te dorsen.'

Een rinkelend geluid voegde zich bij het gebonk en toen schreeuwde een harde stem bevelen.

'Keizerlijke schildwachten!' zei de draak. 'Verstop je!' Het dier trok haar met zijn poot achter een rots die net breed en hoog genoeg was om een meisje en een hurkende draak te verbergen.

'Wat doe je...'

Schildwachten in rode jasjes verschenen op het pad – het waren er een heleboel. Het bonkende geluid was het dreunen van hun voeten. Het rinkelen was het geluid van zwaarden en speren die tegen elkaar werden geslagen om een loopritme te maken. De ruwe stem schreeuwde een bevel. Het gedreun stopte. De voeten kwamen tot stilstand, maar een armlengte van waar Ping en de draak zich hadden verstopt. Nu hoorde Ping de zware ademhaling van de schildwachten. Ze kon het zweet op hun hijgende lijven ruiken.

'Tien minuten rust!' schreeuwde de schorre stem. 'We moeten nog een hele dag lopen voor we bij het Huangling Paleis zijn.'

De mannen kreunden.

'En ik wil dat er twee man vooruit gaan en de boel verkennen,' voegde de commandant eraan toe. 'Denk aan wat de boodschapper zei. We moeten goed uitkijken of we de tovenares zien. Ze schijnt nog een jong meisje te zijn, maar ze is heel gevaarlijk. De keizer heeft bevolen dat ze onmiddellijk gedood moet worden, zodra we haar zien.'

Pings hart sloeg een slag over.

'Waaraan kunnen we haar herkennen?' vroeg een van de schildwachten.

'Ze heeft een listige vermomming. Ze is gekleed in lompen en ze heeft een knoop in haar haar gelegd, zoals zwervers ook doen. Maar jullie zullen haar gemakkelijk herkennen. Ze is linkshandig en ze draagt een rat in haar kleren.'

Een angstig gemompel ging door de troep.

'Belangrijker is dat ze een draak bij zich heeft – tenzij ze het beest heeft gedood. Ze heeft al twaalf draken van de keizer geslacht en verkocht. De keizerlijke drakenhoeder stond machteloos tegenover haar tovenarij.'

Het meisje deed haar mond open om te protesteren, maar werd tegengehouden door een drakenpoot.

De schildwachten klaagden over de sombere omgeving.

'Er zijn geen bomen, niets om een vuur mee te maken,' zei iemand.

'Ik heb geen wilde dieren gezien die we aan onze

speren kunnen rijgen voor het avondeten,' klaagde een ander. 'Er is zelfs geen noot of bes om je honger te stillen.'

'Daar moeten jullie maar aan wennen,' antwoordde de commandant. 'Jullie liggen vanaf nu op Huangling in garnizoen.'

Een paar minuten later werden de mopperende schildwachten weer bij elkaar geroepen. Toortsen werden aangestoken en ze gingen verder op hun vermoeiende weg. Het dreunen begon opnieuw. Ping bewoog zich niet tot het geluid was weggestorven.

'Lan heeft tegen hen gezegd dat ik een tovenares ben. Hij heeft mij overal de schuld van gegeven,' zei ze. 'Ik kan niet terug naar Huangling.'

Ping trok Hua uit haar jasje en drukte hem tegen zich aan. Tranen druppelden op de vacht van de rat.

'Pings leven niet goed op Huangling,' zei de draak. Ping dacht aan het warme vuur in de kamer van Meester Lan en aan een kom hete watergruwel.

'Het was mijn thuis en ik zou er alles voor over hebben om er nu terug te zijn.' De tranen stroomden over haar wangen. Ze keek naar de draak. 'Dit is allemaal jouw schuld.'

'Alle antwoorden liggen achter de poort van ervaring,' zei hij.

Ping was moe van de raadseltjes van de draak. Ze huiverde. De draak veegde met zijn staart de sneeuw opzij, totdat er een vierkant ontstond waarin de aarde weer te zien was. Toen sloeg hij zijn lange, dikke staart om het meisje heen.

*'Is er niets waar je bang voor bent,
behalve voor drakenjagers?'*

Danzi nam kleine hapjes van de wortels en kruiden die hij voor hun ontbijt had verzameld. Ping had geen trek.

'Wat zal ik doen?' fluisterde het meisje.

'Ping moet helpen steen naar zee te brengen.' De stem van de draak klonk zacht en rustig in Pings hoofd.

'Ik wil alleen maar naar huis.'

'Ping is geen slaaf meer,' zei Danzi. 'Vrij. Reis met Danzi naar zee.'

'De zee bestaat niet,' zei Ping. 'Die komt alleen in verhalen voor.'

Danzi schudde zijn hoofd. 'Zee bestaat. Danzi heeft gezien.'

Ping keek de draak aan.

'Zee is magisch. Veel water. Heel mooi.'

Ping luisterde goed, wat ze ook altijd deed als Lao Ma haar verhalen vertelde. Ze stelde zich een land voor dat eruit zag als de taferelen op de schilderijen op Huangling. Overal zouden de mooiste bloemen bloeien en er zouden rivieren zijn en meertjes met mooie bruggen eroverheen.

'Drink water uit zee en wensen komen uit,' zei de draak. 'Wat wenst Ping?'

'Ik wens dat ik naar hui..'

De draak viel haar in de rede voor ze de zin af kon maken. 'Water van zee kan tijd niet terugdraaien.'

Ping had nog nooit zo vurig gewenst dat ze een bot met veel vlees kreeg om in haar watergruwel te gooien of een extra paar handen om haar brandhout te helpen dragen.

'Wil Ping niet leven als prinses? Mooie zijden mantels dragen, geborduurde muiltjes? Bedienden om haar heen?'

'Kan het water van de zee dat dan regelen?'

De draak knikte wijs.

'Kan ik zoveel vlees krijgen als ik op kan?'

'Wat je maar wilt.'

'Pruimen en moerbeien?' vroeg Ping. 'Perziken?'

'Perziken zo groot als meloenen,' antwoordde Danzi.

'Mag Hua mee?'

De draak fronste zijn brede voorkop. 'Zitten geen ratten in zee.'

'Hij is heel braaf,' zei Ping.

De draak boog onwillig zijn kop.

'Hoe lang is het vliegen daarheen?' vroeg Ping.

De draak inspecteerde zijn beschadigde vleugel.

'Kan niet vliegen tot vleugel goed is. Komen gauw bij bewoond land. Mensen zien draak vliegen en zijn bang.'

'Je zou 's nachts kunnen vliegen,' zei Ping.

''s Nachts verzamelt drakenlijf stralen van maan en geeft licht. Mensen nog banger.'

'Hoe kom je er dan?'

'Lopen,' antwoordde de draak.

'Vinden mensen lopende draken dan niet griezelig?'

De draak gaf geen antwoord. Of hij ging lopen of vliegen, Ping dacht niet dat Danzi de kracht had voor een lange reis. Ze geloofde zijn verhalen over de zee niet echt, maar ze was nu een vluchteling. Ze had geen andere keus dan de draak te volgen op zijn rare zoektocht. Met een beetje geluk zou ze onderweg iemand tegenkomen die een goede slaaf kon gebruiken.

Ze klommen de berg af. De modderige smeltende sneeuw van de vorige dag was 's nachts veranderd in verraderlijk ijs. De draak had last van de plekken waar de ijzeren kettingen om zijn poten hadden gezeten. Maar met grote voorzichtigheid en vier poten wist hij de bevroren hellingen langzaam, maar veilig af te dalen. Ping met maar twee benen en minder geduld had al gauw zere billen omdat ze steeds uitgleed.

'Kalmte is de meester van de haast,' zei de draak.

Bij de lagere hellingen waren op veel plekken de doorweekte bladeren te zien die daar sinds de herfst verborgen hadden gelegen. Langzamerhand werden de plekken zonder sneeuw en ijs groter. Eerst zagen ze niets anders dan dunne graspollen, maar al gauw was er een eindeloze begroeiing van groen, versierd met kleine gele en blauwe bloemen. De zachte bedekking van ononderbroken groen onder hun voeten deed Ping denken aan de tapijten in het paleis. Niemand mocht erop lopen, behalve de keizer.

'Weet je zeker dat we over deze bloemen mogen lopen?' vroeg ze aan de draak.

Het geluid van tinkelende klokjes zei het meisje dat de draak dit een leuke vraag vond.

Het pad daalde niet meer, maar slingerde zich over de rotsachtige, lagere hellingen van de berg. Het pad was niet glad meer van het ijs, maar Danzi was nog steeds voorzichtig bij het neerzetten van zijn poten tussen de rotsblokken. Ping zou willen dat hij wat harder liep. Tijdens de tocht vulde de draak Pings hoofd met informatie over hoe ze moest zorgen voor de drakensteen.

'Moet worden weggehouden bij ijzer, vijfkleurige draad en de bladeren van de chinabessenboom,' zei hij. 'Drakensteen houdt van gelijkmatige temperatuur. Wil ook af en toe worden ingesmeerd met arsenicum. Ping moet steen in het oog houden.

Drakensteen heeft grote waarde. Oneerlijke mensen, rijk en arm, willen hem hebben.'

Ping luisterde maar half. Het viel niet mee de drakensteen onder haar arm te dragen. Maar hij was prachtig geaderd. Met een vinger volgde ze de melkwitte krullen op de buitenkant. Ze kon zich voorstellen waarom mensen hem wilden stelen.

'Zeg niemand dat we op weg zijn naar zee,' zei de draak, hoewel Ping niet wist tegen wie hij dacht dat ze dat zou vertellen, want tot nu toe waren ze niemand tegengekomen. 'Zeg niemand doel van tocht. Is geheim.'

De dagen verstreken en de kleine bloemen maakten plaats voor struiken en kleine pijnbomen, tot Ping op een dag voor het eerst in een bos kwam.

'Ik heb nog nooit zoveel bomen gezien,' zei ze, terwijl ze verbaasd naar de pijnbomen keek die hen omringden. 'Waarom heeft niemand ze omgehakt voor brandhout?'

'Sommige mensen houden van bomen om schoonheid,' antwoordde Danzi. 'Maar er zijn hier niet veel mensen,' voegde hij eraan toe.

Hua stak zijn kop uit Pings jasje om rond te kijken. Het was laat in de middag en hij begon waarschijnlijk trek te krijgen. Danzi keek boos naar de rat.

'Kijk niet zo lelijk naar Hua,' zei Ping verwijtend. 'Je maakt hem zenuwachtig. Hij is bang dat hij zal eindigen als smakelijke hap voor een draak.'

'Smakelijk!' bromde de draak. 'Rat smaakt vies.'

Ping stopte Hua terug in haar jasje. Ze wilde niet vragen hoe Danzi dit wist. Ze begon over iets anders.

'Wat als we een tijger tegenkomen?' vroeg ze. 'Wat doen we dan?'

'Danzi zal vechten.'

Ping keek naar de gemene klauwen en scherpe tanden van de draak. Hij zou het goed tegen een tijger kunnen opnemen.

'En slangen?'

'Slangen zijn drakenvrienden.'

'Is er niets waar je bang voor bent, behalve dan voor drakenjagers?'

'Drakenjagers zijn maar mannen. Hun ijzeren wapens maken Danzi bang.'

'Dus je bent niet bang voor levende schepsels?'

De draak bleef even stil.

'Er is maar één soort beesten waar draken bang voor zijn,' zei Danzi.

'Wat voor beesten?'

'Duizendpoten.'

'Duizendpoten?' herhaalde Ping verbaasd. 'Zelfs ik ben niet bang voor een duizendpoot.'

'Duizendpoten kruipen in oren. Vinden weg naar hersenen. Eten die op.'

Ping had zoiets nog nooit gehoord.

Ze hadden vier dagen gelopen. De spieren in Pings benen deden pijn. Het pad, smal en eerst dicht begroeid, was breder geworden. Ze kwamen af en toe langs akkers, waarvan de meeste kaal en leeg waren, op wat verwarde meloenranken na of een paar rijen uien. Een poosje later zagen ze een man op een van de akkers. Het was een boer met een bamboehoed op. Hij stond gebukt over een paar verlepte kolen. Ping herinnerde zich wat Danzi had gezegd over mensen die zo schrokken als ze draken zagen. Ze draaide zich om naar de draak, die een beetje achterbleef.

'Danzi, er is een...'

Geen spoor van de draak. In plaats daarvan liep een hoogbejaarde man op het pad achter haar. Hij schuifelde voort en leunde op een stok.

'Eh, goedemiddag, meneer,' zei Ping beleefd. 'Ik zoek mijn vriend.'

De oude man reageerde niet, maar schuifelde verder. Ping dacht dat hij misschien niet goed hoorde. Hij had een lange, witte baard die over zijn borst tot op zijn middel hing en een snor die bijna even lang was en aan weerskanten in strengen langs zijn mond hing.

'Loop door,' zei de nu bekende drakenstem in Pings hoofd. Ping controleerde de struiken aan weerskanten van het pad. Ze dacht dat de draak zich verborgen had toen hij de oude man zag aankomen.

De boer op het veld rechtte zo langzaam zijn rug, dat het leek of het hem pijn deed. 'Goedemiddag. We zien hier niet vaak reizigers.'

Een jonge jongen verscheen van achter een lage

stenen muur waar hij geprobeerd had de half bevroren grond met een spa om te spitten.

'Waar gaan jullie heen?'

'Familie bezoeken,' antwoordde Ping. Het was het eerste wat haar te binnen schoot. 'In de volgende provincie.' Ze hoopte dat ze niet de naam van de provincie vroegen.

De jongen kwam naar hen toe.

'Wat voor nieuws is er uit het westen?' vroeg hij. 'Een paar dagen geleden kwamen hier schildwachten van de keizer voorbij.'

'Ik ben bang dat we geen nieuws hebben,' zei Ping. 'Jullie zijn de eerste mensen die we zien sinds we van huis weggingen.'

'Misschien willen jij en je grootvader bij ons blijven eten?' zei de boer.

Ping wilde net gaan uitleggen dat de oude man haar grootvader niet was en het aanbod beleefd afslaan, toen de drakenstem in haar hoofd zei: 'Ja.'

'Heel graag, dank u wel,' zei ze tegen de boer.

'Je hoeft ons niet te bedanken. De goden keuren het goed als mensen vriendelijk zijn tegen reizigers.'

Ping keek naar de oude man naast haar. Er was een vreemde, groene tint in zijn huid, alsof hij herstelde van een of andere zware ziekte. Hij legde zijn hand op Pings arm voor steun. Een seconde lang leek de stijve, rimpelige hand op een geklauwde poot. De boer en zijn zoon zagen deze verandering niet. Ze pakten hun gereedschap bij elkaar en liepen met hen mee.

De akkers van de boer waren niet rechthoekig of vierkant, maar onregelmatig van vorm. Waar er maar een stukje vruchtbare grond lag tussen de rotsachtige heuvels, aan de voet van de bergen, groeiden allerlei gewassen. De kleine akkers waren omheind door lage muren van stenen die uit de akkers afkomstig waren. Het pad slingerde zich om de randen van de velden heen als een kindertekening in het zand. Achter een rij pijnbomen lag een klein huis, dat van dezelfde soort stenen was gebouwd. Het huis zag er van buiten heel oud uit. Binnen was maar één grote ruimte. Het rieten dak moest gerepareerd worden. De regen had al veel leem tussen de stenen weggespoeld en een muur zag eruit of hij op instorten stond. Zelfs de geitenstal op Huangling zag er beter uit.

'Jullie kunnen hier blijven slapen als jullie willen,' zei de boer. 'Als jullie het niet erg vinden om in de schuur te slapen.'

'Niet erg,' zei de drakenstem.

De boer en zijn zoon liepen door naar hun huis. Ping realiseerde zich dat alleen zij de drakenstem kon horen.

'Wij willen graag overnachten,' zei Ping vlug.

Danzi leunde zwaarder op haar arm. Zodra ze de schuur binnenkwamen, begon de lucht om de oude man te glinsteren en te trillen. De oude man zelf maakte een paar schokkende bewegingen. Zijn huid werd groen, zijn mond en tanden werden groter. Een lange staart verscheen achter hem. Ping keek verbijsterd toe. De verandering maakte haar misselijk.

'Niet meer kijken bij verandering,' was Danzi's raad toen hij terug was in zijn drakengestalte.

Het duurde een minuut of twee voor Pings misselijkheid zakte.

'Waarom heb je me niet verteld dat je van gedaante kunt wisselen?' vroeg Ping.

'Wel gedaan. Ping luisterde niet,' antwoordde de draak, terwijl hij zich vermoeid op de grond liet zakken. Hij zag er uitgeput uit. Ping begreep dat die paar minuten van de gedaanteverandering meer energie kostten dan dagen lopen.

In het huis was het warm en het rook er naar stoofpot van geitenvlees. Een vrouw stond voor het fornuis. Ze draaide zich om en boog naar Ping. Ze weigerde Pings aanbod te helpen. Ping ging bij het vuur zitten en warmde haar voeten. Het was de eerste keer dat ze in een gewoon huis van mensen was. Ze vond het leuk om naar hen te kijken terwijl ze rustig bezig waren. De boer moest een paardentuig repareren. De zoon sneed een schaal uit een blok vurenhout, de moeder gooide stukken hout in het fornuis.

De boerin glimlachte tegen Ping. 'Komt je grootvader niet bij ons zitten?' vroeg ze.

'Hij is doodmoe,' antwoordde Ping. 'Als u het niet erg vindt eet hij liever in de schuur.'

'Het is een lange reis voor zo'n oude man,' zei de boer.

'Hij is sterker dan hij eruit ziet.'

Ping bracht een houten nap met wat van de stoofpot

naar de draak. Ze pikte er een paar stukjes uit voor Hua.

De draak likte de nap met zijn lange tong helemaal leeg. 'Meer rapen dan vlees,' zei hij, 'maar smaakt goed.'

Ping liep terug naar het huis en at met de familie mee. Na het eten hielp ze de moeder de nappen en lepels af te wassen. Ze treuzelde nog wat bij het fornuis.

'Mijn ouders willen je iets geven,' zei de zoon. 'Ze hopen dat je hen dat niet kwalijk neemt.'

Hij hield een lange jurk en een paar schoenen omhoog. 'Deze waren van mijn zusje. Jij mag ze hebben, tenzij je het niet prettig vindt de kleren van een dood meisje te dragen.'

'Dat vind ik helemaal niet erg. Maar u hebt ons al eten gegeven,' zei Ping, 'en ik heb niets wat ik u in ruil voor uw vriendelijkheid kan geven.'

'Het is een aardigheid,' antwoordde de jongen. 'Mijn moeder wordt verdrietig als ze de kleren ziet. Ze wil ze ook niet weggooien, maar heel graag aan jou geven. Zij heeft de jurk gemaakt. Ze vindt dat je warmere kleren moet aantrekken.'

Het was een eenvoudige lange jurk, gemaakt van hennepvezel, maar hij zag er dik en warm uit. De schoenen waren van leer. Ping keek naar haar eigen dunne jasje en versleten broek die al honderd keer versteld was en veel te klein voor haar. Ze staarde naar haar eigen rieten schoenen en schaamde zich om haar uiterlijk.

'Ik ben u heel dankbaar voor de kleren,' zei ze.

Ping wenste de familie goede nacht en keerde terug naar de schuur.

Het was het beste eten geweest dat ze gehad hadden sinds ze waren vertrokken van Huangling. Zelfs Hua leek voldaan. De meeste avonden ging hij op zoek naar meer eten. Vanavond was hij tevreden met de stoofpot van de boerin. Hij lag tegen de drakensteen aan. Ping wist zeker dat ze een glimlach zag op zijn zachte, harige gezicht.

De draak leek ook tevreden. Hij lag opgerold als een reusachtige kat met zijn staart om zijn romp heen gedraaid.

'Hoe verander je van gedaante?' vroeg Ping.

'Ik verander niet. Is illusie. Ik laat mensen denken dat ik oude man ben of slang, maar ben nog steeds mezelf. Je moet je heel erg concentreren op *qi*.'

Ping keek verward. 'Wat is *qi*?'

'Spirituele energie,' antwoordde Danzi. Maar die uitleg maakte het niet duidelijker voor Ping.

Het meisje ging liggen. Ze vond het heerlijk om een dak boven haar hoofd te hebben. Een hoog gepiep en een diep gegrom van een heel boze draak onderbrak haar heerlijke wegglijden in de slaap. Ping deed haar ogen open en zag Hua met zijn staart aan een van Danzi's klauwen hangen. Danzi stond op het punt de rat tegen de wand van de schuur te gooien.

'Danzi!' schreeuwde Ping. 'Wat doe je nou? Je doet hem pijn.'

De draak wilde gooien, maar liet zijn poot zakken. 'Ping heeft gelijk. Wil rat geen pijn doen.' Danzi zette het verdoofde knaagdier op de grond. 'Wil hem doden!'

Hij tilde zijn poot op, klaar om te Hua te vertrappen.

'Nee!' riep Ping terwijl ze Hua weggriste, net voor Danzi zijn voet liet zakken. 'Wat is er mis met jou?'

De drakenogen gloeiden rood van woede. 'Rat heeft op steen geplast!'

Ping schoot in de lach. Ze keek naar Hua, die onschuldig met zijn ogen knipperde.

'Dat is heel stout, Hua.' Ping keek de draak aan. 'Maar ik geloof niet dat hij het verdient om hiervoor te sterven.'

De draak ging door met mopperen. 'Rat moet weg.'

'Als Hua weg moet, ga ik ook,' antwoordde Ping. 'Maar als we met zijn drieën naar zee gaan, kunnen jullie twee beter leren hoe je met elkaar kunt opschieten.'

Ping nestelde zich weer in het stro. Hua kroop in de knik van haar elleboog.

De volgende morgen ontbeten ze vroeg en namen afscheid van de boerenfamilie.

'Hartelijk bedankt,' zei Ping. Ze droeg het eerste paar leren schoenen dat ze ooit had bezeten, hoewel ze nog steeds haar vaak verstelde oude jasje en broek aan had. 'Ik hoop dat de goden u met mooie, rijke oogsten zullen belonen.'

Ping zag de boer en zijn zoon terugkeren naar hun werk. De rotsachtige grond gaf hun weinig beloning voor hun arbeid, maar ze hadden elkaar. Ping benijdde hen daarom.

Danzi keerde terug in zijn drakengestalte zodra de boeren uit het zicht waren, maar hij bleef nukkig stil. Ping hield Hua verborgen.

Na een uur vroeg de draak: 'Waarom draagt Ping nieuwe jurk niet?'

'Hij is te mooi,' zei Ping, die nooit eerder had kunnen kiezen wat ze aan zou trekken. 'Ik zal hem bij speciale gelegenheden dragen.'

De draak was weer stil.

Ping dacht aan de arme familie die haar, een volkomen vreemde, meer vriendelijkheid op een avond had gegeven dan de gemene drakenhoeder in haar hele leven. Ze streek even over het bamboe vierkantje om haar hals.

'Meester Lan moet mijn naam steeds geweten hebben,' zei ze.

De draak knikte.

Voor het eerst voelde Ping geen spijt dat ze van Huangling was weggegaan. Ze draaide haar gezicht naar het oosten en keek naar de opkomende zon, naar de verre zee. Achter haar klonk het geluid van tinkelende klokjes in de wind. De draak was gelukkig.

'De reis van duizend *li* begint met een enkele stap,' zei hij.

'Hoe wisten ze welke zoon de ware drakenhoeder was?'
'Er zijn kenmerken.'

Ping had eindelijk genoeg moed verzameld om de draak de vraag te stellen waar ze al over piekerde sinds ze Huangling achter zich hadden gelaten.

'Danzi, waarom is de andere draak gestorven?'

De draak bleef staan, maar gaf geen antwoord. Ping voelde zijn verdriet om de dood van de andere draak, maar dit was iets wat ze moest weten.

'Was het omdat ik haar niet genoeg gevoerd heb?'

'Nee, Ping,' zei Danzi treurig. 'Lu Yu stierf van ellende, net als anderen.'

Ping had nooit de naam van de andere draak geweten.

'Welke anderen?' fluisterde ze.

'Er waren vierentwintig draken van de keizer. We leefden in mooie tuinen buiten de stad Chang'an. Een paar draken stierven onderweg naar Huangling. Vader van Lan verkocht twee aan drakenjagers. Rest stierf van ellende. Lan en vader geen echte draken-hoeders.'

'Hoe weet jij dat?'

'Drakenhoeders van vroeger behoorden maar tot twee families, de families Huan en Yu. En in elke generatie werd maar één zoon geboren die draken-hoeder werd.'

'Hoe wisten ze welke zoon de ware Drakenhoeder was?'

'Er zijn kenmerken.'

'En Meester Lan had die kenmerken niet?'

'Niet één.'

De herinnering aan Lu Yu bedrukte hen. Ze liepen twee of drie uur in stilte door. Ping dacht aan haar eigen familie. Ze vroeg zich af of ze dood waren of nog in leven. En als ze in leven waren, zouden ze ooit aan haar denken? Ze had weinig herinnerin-gen aan hen – een glimlach, een baby die huilde, de geur van houtkrullen. Ze wist niet wat deze herin-neringen betekenden.

De wolken scheurden open en het weer klaarde op. De zon scheen. Toen ze rond de middag stop-ten om te eten, legde Ping de drakensteen naast zich neer en ging in de zon zitten. Danzi bekeek de steen zorgvuldig. Toen hij voldaan constateerde dat hij niet beschadigd was tijdens de tocht, zocht ook hij een plek in de zon. Meestal zat hij op zijn hurken met zijn kop omhoog als hij rustte, klaar om op te springen bij gevaar. Vandaag ging hij liggen en deed zijn ogen dicht. Ping voelde dat Hua zich uit de plooien van haar jasje wriemelde. Hij sprong op de grond en vond een plekje waar hij kon gaan liggen, buiten het bereik van de draak.

Ping deed haar ogen dicht en genoot van de warmte op haar gezicht. Een vogel zong. Danzi had haar geleerd het gekwetter te herkennen. Ze luisterde en probeerde zich te herinneren welk soort vogel het was. Een plotseling gebulder overstemde het gezang van de vogel. Het was hetzelfde enge geluid als wat ze op Huangling gehoord had toen de andere draak was gestorven. Het verschrikkelijke geluid van koperen schalen die tegen elkaar slaan. Ze sprong op.

'Wat is er?' riep ze.

'Duizendpoot!' schreeuwde de draak.

'Is dat alles?' riep Ping. Ze deed haar schoen uit en was klaar om het aanvallende insect te verpletteren. 'Waar zit hij?'

'In mijn oor gekropen!'

Bij alle avonturen was Danzi altijd kalm gebleven. Hij had nooit een teken van angst laten zien. Maar nu leek hij versteend van angst. Hua stak zijn snuit in de lucht en snuffelde. Toen rende hij met verbazingwekkende snelheid langs Danzi's poot omhoog. Hij klom langs de hals van de draak naar diens oor, waarbij hij de schubben gebruikte als sporten van een ladder. Toen dook hij in het puntige oor van de draak, zo diep dat alleen zijn staart nog zichtbaar was. De draak bleef bulderen

'Hua!' schreeuwde Ping. 'Wat doe je? Kom uit dat oor. Nu!'

Ping pakte Hua's staart vast en trok de rat uit Danzi's oor. Hua had de duizendpoot in zijn mond. Ping gilde en liet de rat vallen. Hij landde netjes op zijn pootjes en begon op het kronkelende beestje te kauwen. De vele pootjes spartelden. Hua's scherpe tanden prikten door de buitenkant van de duizend- poot heen. Er kwam gele pus uit. De pootjes spartel- den niet meer. Hua kauwde luidruchtig op het insect en slikte het door.

'Dat was afschuwelijk, Hua.' Ping had het gevoel dat haar maag zich omdraaide.

Ze hoorde de vogel weer zingen, want Danzi brul- de niet meer.

'Bedankt, achtenswaardige Hua,' zei Danzi, hoe- wel Ping niet geloofde dat de rat de rinkelende geluidjes van de draak begreep.

De draak boog zijn kop tot bijna op de grond voor de rat. Hua liet een boer.

Ze liepen langer dan een uur door een bamboe- bos. Ping vond de hoge, zwaaiende stengels mooi en genoot van de wirwar van patronen die hun schadu- wen maakten op de grond.

Opeens verbrak Danzi de stilte. 'Ping moet zich reinigen,' kondigde hij aan.

Ping bleef staan en probeerde te begrijpen wat de

draak bedoelde. 'Reinigen,' herhaalde ze. 'Bedoel je dat ik mijn zonden moet biechten aan de hemel?'

'Nee. Baden.'

'Maar ik ben drie maanden geleden nog in bad geweest!'

'Ping stinkt.'

Het was een belachelijk idee. Ping was niet van plan een bad te nemen. Zelfs Meester Lan nam pas ver in het voorjaar een bad. Danzi liep het pad af.

'Waar ga je heen?' vroeg Ping.

De draak gaf geen antwoord op haar vraag, maar begon in plaats daarvan aan haar te vertellen hoe draken en mensen op elkaar hadden leren vertrouwen. Ping volgde de draak tussen de bomen.

'Lang geleden wisten stamhoofden dat draken dol waren op juwelen en edelmetalen,' legde hij uit. 'Dus vingen ze wilde draken om rijkdommen te bewaken. Er werd ontdekt dat sommige jonge mannen tweede visie ontwikkelden als ze bij draken waren. Zij konden verloren dingen opsporen en, als die gaven zich verder ontwikkelden, de harten van mensen lezen. Degenen die een sterke band met een draak hadden, konden zelfs in toekomst kijken. De stamhoofden gebruikten die jonge mannen om hen te helpen beslissingen nemen. Mensen waren eerbiedig tegen draken en behandelden ze goed. Dat vonden draken prettig en ze ontwikkelden een smaak voor eten van de mensen. De draken werden afhankelijk van hun hoeders. De eerste keizer had verschillende draken en ze werden gehouden in eigen paleis met mooie tuinen waarin ze konden ronddolen. De keizer had ook eerbied voor zijn draken en was goed bestuurder. Hij nam pas besluiten als drakenhoeder in toekomst had gekeken. Zag iemand wilde draak, dan was dat een teken van geluk. Als wilde draak werd gezien rond paleis was dat het beste voorteken voor keizer. Eeuwen gingen voorbij en keizers luisterden niet meer naar advies van hun drakenhoeders. Ze vergaten waarom ze draken hielden. Een paar draken ontsnapten, maar de meeste daarvan stierven, omdat ze vergeten waren hoe ze voor zichzelf moesten zorgen.

'Ben jij een wilde draak?' vroeg Ping.

'Ja,' antwoordde de draak trots. 'Danzi was de enige draak van de keizer niet geboren in gevangenschap.'

Ping probeerde zich de oude Danzi voor te stellen als een jong dier, dwalend door het land met wilde herten en beren.

'Weet je zeker dat we de goede kant op gaan?' vroeg Ping. Het pad liep weer omhoog. Sneeuwvlokken dwarrelden naar beneden.

De draak maakte ongeduldige gonggeluiden en liep door. Ping bleef bezorgd om Danzi. Misschien wist hij helemaal niet waar hij heen ging.

De lichte sneeuw bleef vallen. Danzi zei niets meer over baden. Ping lachte in zichzelf bij het idee dat ze zich in deze tijd van het jaar moest wassen. Wie had ooit van zoiets gehoord, als er sneeuw lag? Ze zag rook opstijgen boven de bomen voor hen.

Maar ze kon de rook niet ruiken. Danzi maakte tinkelende geluiden. Misschien wist hij dat er boeren in de buurt woonden die hun eten en onderdak zouden geven.

Even later kwamen ze bij een open plek in het bos. Er was ook een kleine vijver.

'Ping baden,' zei de draak.

Ping keek naar het dunne laagje sneeuw op de rotsen rond de vijver. Ze stond op het punt de draak eraan te herinneren dat niemand met verstand ooit een bad nam vóór de zomer naderde, toen ze voelde dat hij met zijn klauwen achter aan haar jasje trok. Toen werd ze van de grond getild en plompverloren in het water gegooid. Ping snakte naar adem. Ze stond tot aan haar hals in het water. Ze had verwacht dat de vijver ijskoud zou zijn, maar hij was zo warm als soep. De rook die ze boven de bomen had gezien was de damp geweest die van de vijver omhoog kringelde. Vlakbij haar stegen luchtbellen op uit het water. Met veel geblaas kwam Hua boven. De rat klom in haar haar en ging op haar hoofd zitten. Waterdruppels regenden neer, toen hij zich uitschudde.

'Warme bron,' zei Danzi en wandelde onverstoorbaar de vijver in.

Meester Lan wilde altijd dat Ping een bad nam als hij dacht dat ze luizen had. Ze was alleen maar gewend aan koud water, een kom of twee die over haar heen werd gegooid. Daarna moest ze haar lichaam insmeren met een afschuwelijk stinkende zalf die prikte op haar huid. Het water van de vijver was heerlijk warm.

Danzi zat op zijn hurken. Hij sloeg zijn linkervleugel uit en sleepte hem door het water.

'Water reinigt, maar geneest ook.' Hij zuchtte diep terwijl het warme water de pijn aan zijn gewonde vleugel verzachtte.

Het warme water verzachtte ook de pijn aan de schrammen en sneden die Ping op haar armen en benen had.

'Is dit toverwater?' vroeg Ping, terwijl ze haar hand door de sneeuw haalde aan de rand van de vijver.

'Geen toverwater,' antwoordde Danzi. 'Heetwaterbronnen van diep in de aarde.'

'Klinkt als tovenarij,' zei Ping, terwijl ze met haar handen een kommetje vormde, water schepte en het over haar hoofd goot. Ze was Hua vergeten. De rat dook van haar hoofd in het water en zwom naar de kant, waar hij zielig zat te bibberen. Hij zag er wel heel schoon uit.

Toen ze klaar waren met baden drong Danzi erop aan dat Ping de lange jurk aantrok die de boer haar had gegeven. Ping wikkelde zich in de jurk, waarna ze hem dichtbond met de linten aan de achterkant. Op de uiteinden van de linten waren bloemen geborduurd. Ping voelde met haar vingertoppen over de bloemen.

'Is dit wat moeders voor hun dochters doen?' vroeg ze de draak.

Hij gaf geen antwoord.

De jurk was veel dikker dan haar jasje. De stof voelde vreemd op haar huid. Niet stug, zoals een nieuwe zak; de stof was heel zacht. De mouwen waren wijder dan de mouwen van haar jasje. Maar ze waren niet zo wijd dat ze lastig waren als je een vuur moest aanhouden. Ze waren niet zo wijd als de mouwen van de keizerin. Zelfs niet zo wijd als de mouwen van de ministers in het paleis, maar voor Ping voelde de simpele jurk zo elegant en soepel als een jurk van zijde.

Ze tilde Hua op. 'Kijk, Hua,' zei ze. 'Er is meer dan genoeg ruimte voor je.' Ze zette de rat in een van de plooien rond de hals van de jurk. 'En je zult het lekker warm hebben.'

Zodra het vuur goed brandde, gooide Danzi Pings oude kleren in de vlammen, omdat hij niet wilde dat ze ze weer aantrok.

'Nu haar kammen,' zei de draak.

'Ik heb geen kam, Danzi,' zei Ping. Een warm bad nemen en een nieuwe jurk aantrekken was oké, maar wie had ooit gehoord van een slavenmeisje dat haar haar kamde?

'Heeft Danzi verteld over schubben?' vroeg de draak.

'Nee.' Ping raakte altijd in de war als hij zo plotseling over iets anders begon, maar deze keer was ze blij dat het onderwerp 'haar kammen' van de baan was.

'Draken hebben honderdzeventien schubben,' zei

Danzi. 'Elke schub heeft toverkracht. Eenentachtig kunnen worden gebruikt voor goede doeleinden en zesendertig voor slechte.'

Zulke aantallen betekenden weinig voor Ping, maar Danzi had zeker veel schubben.

'Onder kin vijf schubben die andersom liggen.'

Vijf was een getal dat ze nog kon begrijpen. En inderdaad zag ze op de borst van de draak vijf grotere schubben, die in de richting van zijn kop groeiden in plaats van naar achteren, naar zijn staart, zoals de overige schubben.

'Hebben die schubben misschien speciale toverkrachten?' vroeg Ping.

'Nee,' antwoordde de draak. 'Maar heel geschikt om dingen op te bergen.' Hij stak de klauwen van zijn linkervoorpoot achter een van de omgedraaide schubben en trok er een mooie kam uit. Hij was uit ebbenhout gesneden en had de fijnste tanden die Ping ooit had gezien. De bovenkant van de kam was ingelegd met glanzend parelmoer.

'Wat prachtig!' riep Ping.

'Cadeau van dankbare prinses. Danzi prinses gered,' zei de draak. Ping dacht dat ze een vleugje trots hoorde in de tinkelende geluidjes die hij maakte. 'Ping nu haar kammen.'

Ping legde geduldig aan de draak uit dat alleen rijke vrouwen – zoals prinsessen en ministersvrouwen – hun haar kamden. Dat deden ze om de uren van hun lange, werkloze dagen een beetje te vullen. Maar Danzi was niet van plan 'Nee' als antwoord te accepteren. Toen Ping haar weigering volhield, drukte Danzi haar met een klauw neer terwijl hij met een andere klauw haar haar begon te kammen.

'Dat doet pijn!' riep Ping. Danzi piekerde er niet over het zachter te doen. Hij trok de kam door de knopen en klitten in haar haar. Ping voelde dat er hele bosjes bij de wortel werden uitgetrokken. Nu wist ze waarom het haar kammen zo weinig populair was bij gewone mensen. Danzi hield even op om de klitten uit de kam te halen en ging weer door. De berg warrig haar, maar ook blaadjes, takjes en dode insecten die Danzi van haar hoofd kamde, groeide gestaag.

'Als je nog veel langer doorgaat, hou ik geen haar meer over,' klaagde Ping.

Danzi deed of hij haar niet hoorde. Een poosje later ging de kam gemakkelijker door het haar en toen hield hij op. Ping voelde met haar handen aan haar haar. Er was nog steeds een heleboel over en het was zo glad als maïspluimen.

'Nu de drakensteen schoonmaken,' zei Danzi.

Ping zuchtte.

'Neem mee naar plas.' De draak wees met een klauw naar een kleine plas. Het water was warm en melkwit.

'Zit arsenicum in.'

Ping herinnerde zich vaag dat de draak het eerder over arsenicum had gehad.

'Maar is arsenicum geen vergif?' vroeg Ping.

'Giftig voor mensen,' zei de draak opgewekt.

'Maar heel goed voor drakensteen.'

Het gif was ook, leek het, goed voor draken, want Danzi boog zich naar het wateroppervlak en dronk een beetje van het witte water.

Ping had de energie niet om er ruzie over te maken. Ze haalde de steen en liet hem in de plas zakken. Met een bundel takken schrobde ze de steen, en lette erop geen druppels van het melkachtig water op haar huid te krijgen. Hua bleef een heel eind weg van de rand van de vijver. Hij had genoeg van water.

'Hoe lang duurt het voor we bij de zee zijn, Danzi?' vroeg Ping toen ze terug waren op het pad naar het oosten.

De draak gaf geen antwoord. Hoewel hij het niet wilde toegeven, had Ping gemerkt dat Danzi een beetje doof was. Ze herhaalde de vraag wat harder.

'Lang,' antwoordde de draak.

'Hoeveel dagen?'

'Veel dagen.'

Nu haar benen gewend waren geraakt aan lopen, kreeg Ping plezier in reizen. De dagen verliepen in een vertrouwd ritme. Elke morgen stonden ze vroeg op, liepen tot een uur of twaalf en rustten dan een uur, omdat het drukker werd op het pad. Dan, als de vermoeide boeren stopten om te eten en daarna te slapen, gingen Ping en Danzi weer op pad.

Alles was nieuw voor haar. Het landschap werd steeds kleuriger. Er waren bomen en planten die

Ping nog nooit eerder had gezien. Het geluid van zingende vogels was prachtig en onvoorstelbaar luid. Af en toe zagen ze een glimp van dieren – herten, konijnen, *pangolins*. Ze stelde altijd vragen. Hoe heet die plant? Wat staat er op die wegwijzer? Bestaan er echt zulke dieren als apen? De draak was geduldig en gaf altijd antwoord. Meester Lan had er groot plezier in gehad haar niets te vertellen. Wanneer ze hem maar een vraag stelde lachte hij om haar onwetendheid of zei: 'Als je dat nu nog niet weet, vertel ik het je ook niet.'

Pings herinneringen aan haar leven als slaaf begonnen te vervagen. Ze was de ellendige jaren op Huangling niet vergeten, maar ze leken meer een boze droom dan iets dat haar werkelijk overkomen was. Haar dagen waren gevuld met kleine vrijheden. Ze kon zelf besluiten te stoppen en paddenstoelen of bessen te plukken. Ze kon een vis gaan vangen. Zij koos wat ze aten uit hun kleine voorraad en waar ze zouden slapen. Danzi vond het prettig haar dit soort dingen te laten regelen. Dan had hij meer tijd om haar dingen uit te leggen en de drakensteen te controleren.

'Ping moet leren zich te concentreren op *qi*,' kondigde de draak op een dag aan.

'Wat is *qi* ook weer?'

'Spirituele energie.'

'Heb ik die?' vroeg Ping.

'Alle schepselen hebben *qi*.'

Onder het lopen probeerde de draak Ping zover te

krijgen dat ze zich op de spirituele energie concentreerde die ze in haar binnenste had. Ze vond niets. Danzi legde uit dat als ze zich die bekwaamheid eigen had gemaakt, dat het enige wapen zou zijn dat ze nodig had. Haar *qi* zou uit haar vingertoppen stromen met een kracht die pijlen kon tegenhouden en aanvallers neerslaan. Ping kon dit onmogelijk geloven.

Ze kwamen op de top van een heuvel en daar, in de vallei beneden, zag Ping voor het eerst een dorp. Ze vergat helemaal zich te concentreren op *qi*.

'Kijk, Danzi. Daar staan een heleboel huizen bij elkaar.'

'Zevenentwintig,' antwoordde Danzi.

'Kon ik maar verder tellen dan tot tien,' zei Ping treurig.

'Als je tot tien kunt tellen, kun je ook tot tienduizend tellen,' zei Danzi.

Ping geloofde hem niet.

Terwijl ze afdaalden naar het dorp, legde Danzi uit dat door het toevoegen van één aan tien ze tien plus een kreeg. Nog eentje toevoegen zou haar bij een dozijn brengen. Als ze zo doorging zou ze al gauw bij tweemaal tien zijn en daarna driemaal tien. Toen legde hij uit tienmaal tien honderd was en tienmaal honderd was duizend en voor ze het wist kon ze tellen tot tienduizend.

'Meester Lan zei dat ik te dom was om verder dan tien te leren tellen,' zei ze. Ze was duizelig van alle cijfers en getallen.

'Hij was domoor,' antwoordde Danzi. Ze hadden allebei geleden onder de gehate drakenhoeder.

Ping draaide zich naar de draak. 'Kunnen we...?'

Danzi was verdwenen.

'Waar zit je?' riep ze.

'Komt iemand.'

Ping keek rond of ze de oude man zag, maar hij was er niet. Ze zag alleen maar een slang door het gras glijden.

'Ik zie je niet,' zei ze.

Een reiziger kwam langs het pad. Hij keek wantrouwend naar het jonge meisje dat tegen zichzelf praatte en liep vlug door. De slang gleed niet meer. Haar schubben werden groter en groener. Er verschenen snorharen. Ping voelde haar maag krampachtig samentrekken en een golf van misselijkheid maakte haar duizelig. Ze kon zich niet concentreren. Toen verdween de slang en de draak stond weer voor haar.

'Kijk niet als ik van gedaante verander,' hielp de draak haar herinneren.

Ping zat op een rotsblok tot de misselijkheid zakte.

'Kun jij je in alles veranderen, Danzi? In wat dan ook?' vroeg ze.

'Nee.'

Ping zuchtte. Er waren momenten dat de draak haar hoofd met teveel kennis vulde, maar op andere momenten, zoals dit, wilde ze dat hij haar meer zou vertellen.

De draak liep verder op het pad dat langs het dorp leidde. Ping keek naar de groep huisjes.

'Kunnen we hier niet even stoppen? Misschien nodigt iemand ons uit een nachtje te blijven.'

'Nee,' antwoordde Danzi. 'Ik verander niet meer van gedaante.'

Onwillig liep Ping achter de draak aan. Ze dacht dat hij te moe was om weer van gedaante te veranderen.

Hoewel de draak Ping van alles leerde over een heleboel dingen, vertelde hij ook heel graag over zijn eigen soort. Hij vertelde haar dat draken tweeduizend jaar konden worden, of meer. Ze werden geboren zonder hoorns of vleugels. Pas op vijfhonderdjarige leeftijd waren hun hoorns tot hun ware grootte uitgegroeid.

Draken waren bijna duizend jaar vóór ze hun vleugels kregen. Hij vertelde haar ook dat draken behoorden tot een van de vier spirituele diersoorten. De andere diersoorten waren de reuzenschildpad, de rode feniks en een vreemd dier met maar één hoorn dat de *qilin* werd genoemd.

'Ik heb nooit van die dieren gehoord,' zei Ping. 'Behalve van de draak natuurlijk.'

'Tegenwoordig zijn de *qilin* en de rode feniks niet meer op deze aarde,' zei Danzi. 'Er zijn maar weinig draken. Alleen van de reuzenschildpad zijn er nog redelijk veel.'

'Wat maakt die schepsels spiritueler dan varkens en geiten?'

'Deze vier schepsels zijn goddelijk. Hun vormen kun je 's nachts aan de hemel zien, gemarkeerd door sterren. Op aarde hebben ze meer *shen* of zielsubstantie dan andere dieren. Draken hebben de meeste *shen* van allemaal.'

'Wat is zielsubstantie?' vroeg Ping.

'Is wat wezens goed en wijs en nederig maakt,' antwoordde hij. 'Doet hen de wereld zien als een geheel – met elk insect, elke graspriet even belangrijk als de keizer.'

Ping herinnerde zich de korte tijd dat de keizer op Huangling was. Hij had er heel belangrijk uitgezien. Hua stak zijn kopje uit haar jurk.

'Is Hua even belangrijk als de keizer?'

'Ja. We zijn allemaal uniek en daardoor van grote waarde.'

'Zelfs ik?'

'Zelfs Ping.'

Danzi bracht de rest van de dag door met Ping te vertellen over planten die veel *shen* hadden, ginsengwortel, dennennaalden en de bladeren van een plant waarvan Ping nooit had gehoord en rodewolkkruid werd genoemd, dat – vertelde Danzi – langs de rivieren groeide na een hevige regenbui. Ze gaapte. Een paar dingen die de draak had verteld waren interessant, maar er was maar een bepaalde hoeveelheid informatie die ze in één keer kon opnemen.

Hoofdstuk 8

DE STAD VAN EEUWIGE VREDE

*Ping kreeg opeens een griezelig voorgevoel
dat er iets ergs zou gebeuren als ze naar de hoofdstad gingen.
Ze probeerde het de draak uit te leggen,
maar hij luisterde niet.*

'Ik kan het niet,' zei Ping boos.

Ze hadden het grauwe gebergte achter zich gelaten. Het had de hele morgen geregend. Voor hen strekte nat, vruchtbaar land zich uit, verdeeld in mooie akkers, sommige bruin, sommige geel, andere donkergroen. Ze hadden een koud, vochtig maaltje gegeten rond de middag, onder de druppelende takken van een boom. De natte ochtend veranderde in een druilerige middag.

Danzi had de hele dag geprobeerd haar te leren zich te concentreren op haar *qi*. Hij liet haar zien hoe hij zich concentreerde op zijn *qi*. Met die concentratie kon hij een steen een armlengte laten verschuiven zonder hem aan te raken. Hij vroeg Ping een tak naar hem te gooien. Dat deed ze en hij stopte de tak in zijn vaart. De tak viel naar beneden. Hij had voorgesteld dat Ping met een blad begon. Tot nu toe bleef het blad koppig hangen waar het hing.

'Ping weer proberen.'

Pings jurk was doorweekt. De schubben van de draak leken in elk geval waterdicht. Ze voelde zich heel stom terwijl ze met haar vingers naar het natte blad wees en Danzi haar voor de honderdste keer vroeg zich te concentreren.

'Ik word gek van het proberen. Ik heb geen *qi* om me op te concentreren! Ik wil dat we hiermee ophouden, Danzi.'

Het blad dwarrelde naar de grond.

'Kwam dat door de wind?' vroeg Ping.

'Er staat geen wind.'

'Het is me dus gelukt!'

'Boosheid werkt goed voor *qi*,' merkte de draak op. 'Maar beter als je meer positieve emotie gebruikt.'

Ping was heel tevreden, hoewel ze niet vond dat het laten bewegen van bladeren zoveel nut had. Ze liep door. Ze had voor vandaag genoeg drakenles gehad.

Nadat ze een uur in stilte hadden gelopen, keek Ping om. Ze wilde Danzi vragen of ze konden schuilen voor de regen. Achter haar liep een jonge man. Hij liep op stevige reislaarzen en droeg een cape van hennep. Op zijn hoofd had hij een bamboehoed zoals de boeren op de akkers ook op hadden tegen de zon. Er was geen zon, maar de hoed beschermde ook heel goed tegen de regen.

'Ik wilde vragen of je een en dezelfde kunt blijven,' klaagde Ping. 'Ik begin net te wennen aan het reizen met een oude man en dan draai ik me om en je bent een jonge man.'

Ping verwachtte de lage rommelende geluiden die de draak maakte als hij boos was. Maar de jonge man praatte tegen haar met een heldere stem.

'Neem me niet kwalijk,' zei hij, terwijl hij een paar stappen naar achteren deed alsof ze gevaarlijk was.

'O,' zei Ping. Ze keek in de bomen aan weerskanten van het pad, zoekend naar de draak. 'Ik dacht dat u iemand anders was.'

Danzi was nergens te zien. Ping zag alleen maar een bronzen schoffel met een dof geworden groene steel die tegen een boom stond. De jonge man gluurde naar Ping en besloot dat ze toch niet gevaarlijk was.

'Ga je naar de hoofdstad?' vroeg hij.

'Nee.' Ping herinnerde zich Danzi's waarschuwing mensen niet te vertellen waar ze heen gingen. 'Niet zo ver.'

Hij was een jonge man van een jaar of tweeëntwintig, die het leuk vond om iemand te hebben met wie hij kon praten onder het lopen. Ping liep naast hem en schikte haar stappen naar de zijne. Ze keek om en zag net op tijd hoe de bronzen schoffel schubben kreeg en een staart. De lucht eromheen begon te schemeren en te trillen. Ping keek weg, omdat haar maag zich weer dreigde om te draaien. Het was de eerste keer dat ze zag dat Danzi zich veranderde in iets dat niet leefde. Ze vroeg zich af of dit een teken was van de vermoeidheid van de draak. Nu was het haar taak de aandacht van de jongen te houden, zodat Danzi zijn drakengestalte kon aannemen en hen op een veilige afstand kon volgen.

Sommige reizigers, had ze ontdekt, waren moe en wisselden niets meer uit dan een hoofdknik die als groet was bedoeld. Maar deze man leek zijn conversatie van dagen te hebben opgespaard. Zodra Ping belangstelling toonde voor zijn reis, stroomden de woorden uit zijn mond als graan uit een gescheurde zak.

'Ik heb hier zó lang op gewacht,' zei hij opgewonden. 'Ik ben op weg naar de hoofdstad van het keizerrijk. Ik ga daar studeren.'

Ping probeerde een beleefde vraag te bedenken, maar ze kreeg niet de kans iets te zeggen.

'Ik heb de eer de enige uit mijn dorp te zijn die ooit naar de keizerlijke school is geweest in Chang'an,' vervolgde de jonge man. 'De dorpsoudste hield mij al in het oog toen ik nog heel klein was. Hij zag iets in me, hoewel ik niet weet waarom.'

Ping hoefde alleen maar af en toe te knikken om de man aan het praten te houden.

'Ik kreeg een kopie van een bladzijde uit het Boek

over Ritussen – een van De Vijf Klassieken. Ik heb zes jaar lang die bladzijde bestudeerd. Ik hoop dat als ik hard studeer en de examens haal, ik met de wetenschapper kan werken die álles weet van het Boek over Ritussen en...' hij haalde diep adem om te verhinderen dat zijn opwinding hem totaal van streek maakte, '... als de grote man het toestaat, zal ik het héle boek bestuderen en het voorrecht hebben mijn blikken te laten rusten op de oorspronkelijke exemplaren die gevonden zijn, verborgen in de muren van het huis van Confucius zelf.'

Als een opgewonden kind begon de student van zijn ene voet op de andere te springen. 'Kun je je dat voorstellen?' vroeg hij Ping. 'De bamboeboeken die in handen waren van zo'n vermaard man.'

Ping had nooit gehoord van een man die Confucius heette, maar ze genoot van het verhaal.

'Waarom verstopte hij de boeken in een muur?' vroeg Ping.

'Om ze te beschermen tegen de grote brand, natuurlijk.' Hij keek Ping aan alsof hij nauwelijks kon geloven dat ze zo onnozel was. 'Honderd jaar geleden was de eerste keizer zo bang. Hij dacht dat gewone mensen meer wisten dan hijzelf, en daarom gaf hij het bevel dat alle boeken in het keizerrijk verbrand moesten worden. Een paar geleerden hadden hele boeken uit hun hoofd geleerd. Studenten riskeerden de dood en verborgen boeken. Dankzij hun moed hebben we nu nog kopieën van die fantastische boeken.'

Blijkbaar geïnspireerd door de dappere studenten, werden de stappen van de jongen groter. Ping moest harder lopen om hem bij te houden.

'Ik heb geboft. Er zullen deze keer heel veel vermaarde geleerden in de hoofdstad zijn.'

'Deze keer?' vroeg Ping.

'Heb je dat dan niet gehoord?' De student bleef staan en keek Ping verbaasd aan. Ping zag tot haar opluchting dat de draak weer veranderd was in een schoffel.

De jongen probeerde zijn glimlach te veranderen in een uitdrukking van bedroefdheid, hoewel het er niet overtuigend uitzag. 'De keizer is gestorven, de hemel beware hem.'

'Is de keizer dood? Wat is er gebeurd?'

'Ik geloof dat hij iets verkeerds gegeten had,' antwoordde de student.

Ping werd heel bleek, maar de student zag het niet.

'Belangrijke mensen verzamelen zich om veilig te stellen dat de regering van de nieuwe keizer veelbelovend zal zijn. Goede studenten, sterrenwichelaars en medicijnmannen komen uit alle hoeken van het keizerrijk. Gewone burgers zullen naar de hoofdstad trekken om het begin van de regering van de nieuwe keizer te vieren.' De student keek naar de lucht. 'Het wordt al laat. Sorry, ik moet opschieten. Ik wil in het volgende dorp zijn voor het donker wordt.'

Hij boog beleefd naar Ping en begon over het pad te rennen.

De draak ontdeed zich weer van zijn schoffel-gedaante.

'Hoorde je dat?' vroeg Ping.

Danzi knikte.

'Het moet het gepekelde drakenvlees zijn geweest.' Ping moest even steun zoeken tegen een boomstam. 'De keizer is dood en het is mijn schuld.'

'De weg naar de hemel bereik je over een pad met minder overdaad.'

Ping nam aan dat Danzi dat zei om haar te bemoedigen, maar omdat ze geen idee had wat de woorden betekenden, voelde ze zich er niet beter door.

Hun avondmaal was heel sober. De draak was te moe om op vogels te jagen en er waren geen rivieren waarin Ping vissen kon vangen. Ze aten rauwe paddenstoelen en noten. Hua, die niet zo dol was op paddenstoelen en noten, ging op zoek naar zijn eigen avondeten. Ping vond dat de draak niet genoeg at voor een beest van zijn postuur.

Het werd steeds donkerder. Ping maakte een vuurtje en ze dronken water dat ze verwarmd hadden boven het vuur. Ping maakte de mand af die ze had gevlochten van gedroogd riet. Ze droeg de drakensteen steeds onder haar arm en daar werd ze te moe van. Hij was ook onhandig groot, te zwaar om in één hand te houden en veel te groot om in haar zak te stoppen. Ze was steeds blij geweest als ze stopten en ze de steen neer kon leggen. Ze moest ook nog andere dingen dragen – de bast van een meloen om water in warm te maken, een stokje waaruit ze een lepel had gesneden, een steen waarop ze haar mes kon slijpen. Ze hoopte dat een mand het makkelijker zou maken.

'Je wilt me alleen maar mee hebben op deze reis om de steen voor je te dragen,' mopperde Ping. 'Een ezel was ook goed geweest voor dit baantje.'

Danzi bekeek de steen nauwkeurig, zoals hij elke avond deed. Hij draaide hem om en om, voorzichtig om er met zijn klauwen geen krassen op te maken. Terwijl hij daarmee bezig was, herhaalde hij de instructies hoe ze de steen moest behandelen. Ping had die al minstens driemaal tien keer gehoord. Laat hem niet op de tocht liggen. Pak hem niet in stof die geweven is met vijfkleurig draad. Danzi vertelde net dat ze de steen niet in de buurt moest leggen van de bladeren van een Chinabessenboom, toen hij opeens zweeg. Hij slaakte een diepe zucht en zei toen: 'Er is iets mis met de steen.'

Ping keek naar de steen. Hij was zijn glans verloren. De melkwitte kronkelingen waren grijs geworden en het paars was vervaagd.

'Ping doet iets fout.' Danzi maakte ongeruste gonggeluiden.

Met een diepe zucht ging het meisje op een rotsblok zitten. 'Waarom denk je dat het mijn schuld is?' Met een hard, metalen geluid sloeg het mes in haar buidel tegen de rots.

'Wat was dat?' vroeg Danzi scherp.

'Mijn mes,' zei Ping, terwijl ze het uit de buidel trok.

De draak stond in twee stappen naast haar. Hij greep het mes met zijn klauwen beet en gooide het in de struiken alsof het gloeiend heet was.

'Mes is gemaakt van ijzer!' Hij maakte een diep, rommelend geluid.

'Weet ik.'

'Welke arm gebruik je om steen te dragen?'

'Mijn rechter, zodat mijn linkerarm vrij is om andere dingen mee te doen.'

'Domme Ping! Daarom is steen ongezond. Hij wrijft tegen het mes. Steen verdraagt geen ijzer. Nooit!'

Ping keek boos naar de draak. 'Als ik het niet goed doe, draag je hem zelf maar!'

Danzi streek over de steen.

'Moet naar Chang'an,' kondigde hij aan.

'Maar Danzi, we hebben mensen gemeden sinds we aan de reis begonnen. Waarom wil je opeens naar de drukste plek van de wereld?'

'Voor steen,' antwoordde de draak.

'Ik wil niet naar Chang'an,' zei Ping.

'Danzi beslist.'

Ping kreeg opeens een eng voorgevoel dat er iets ergs zou gebeuren als ze naar de hoofdstad gingen. Ze probeerde het de draak uit te leggen, maar hij luisterde niet.

'Degenen die vol leven zijn hoeven niet bang te zijn voor tijgers,' zei hij.

Ze deed of ze de draak niet hoorde. Ze was moe en viel al gauw in slaap ondanks haar angsten.

Het was nog donker toen ze wakker werd. Ze had gedroomd dat ze gevangen zat in de drakenkerker, en dat Lan op de rand stond en haar uitlachte. Daarna lag ze wakker tot een grijze ochtendschemering de duisternis zachter maakte.

Ping wist niet wat ze moest verwachten van Chang'an. Meester Lan en Lao Ma hadden het van tijd tot tijd wel eens over de hoofdstad gehad, maar ze kon zich er niets bij voorstellen.

De volgende dagen veranderde het pad in een vaak gebruikte landweg en toen in een brede weg. Het was de eerste weg die Ping ooit had gezien. Hij was verdeeld in drie delen. In het midden was een glad stenen pad dat bijna altijd leeg bleef. Dit was het gedeelte van de weg waarop alleen de keizer, zijn ministers en boodschappers mochten reizen. Aan weerskanten van het stenen pad was er een grindweg vol karren, paarden en lopende mensen.

Danzi bracht hele dagen door in de gedaante van de oude man. 's Nachts viel hij uitgeput in slaap. Ping was opgelucht toen de muren van de hoofdstad eindelijk in zicht kwamen. Terwijl ze dichter bij de stad kwamen, veranderde haar opluchting in een vurig verlangen. De stenen stadsmuren die met leem waren gevoegd, waren de hoogste die ze ooit had gezien. De stadspoort was nog hoger. Aan weerskanten van de poort stonden torens die vier verdiepingen hoog waren.

'Chang'an heeft acht stadspoorten,' fluisterde Danzi's

vermoeide stem in haar hoofd. 'Dit is de zuidelijke poort, bekend als de Poort van de Lichtgevende
Rechtschapenheid.'

Ping keek omhoog naar de houten torens die
blauw en rood en groen geschilderd waren. Beelden
van grommende honden stonden onder de overhangende dakranden. Er waren op elke verdieping bal-
kons waar keizerlijke wachten stonden, gewapend
met kruisbogen. Ze keken boos naar de menigte
beneden.

De weg werd steeds breder. Bij de poort was hij
bijna vijfmaal tien *chang* breed. Vele wagens zouden naast elkaar over de weg hebben kunnen rij-
den. Hordes mensen haastten zich om hen heen,
duwden en porden, en probeerden allemaal door de
stadspoort te komen. Ping wilde weg, maar dat was
onmogelijk. Ze werd door de menigte voortgestuwd.

De stad was overweldigend. Ping had zich nooit
kunnen voorstellen dat er zoveel mensen tegelijk op
één plek konden zijn. Eigenlijk had ze het gevoel
dat de hele bevolking van het Han-keizerrijk en de
landen eromheen die middag in de stad moest zijn.
De hoofdstraat, de Straat van de Vermiljoenkleurige
Mus, liep recht naar het noorden. Aan weerskanten van de weg stonden hoge gebouwen. Ze waren
prachtig, maar te groot. Het midden van de straat
was gevuld met ambtenaren en boodschappers. De
beide kanten waren vol met gewone mensen, wagens
en koetsen. Ping voelde Hua spartelen in haar jurk.
Hij had de hele dag nog niet tevoorschijn kunnen

komen. Ze hield de hals van haar jurk dicht zodat hij er niet uit kon. De lucht op straat was bedompt alsof heel veel mensen hem al een keer hadden ingeademd. Er hingen ook veel luchtjes, parfum, paardenmest, geroosterd vlees en zweet – allemaal door elkaar. Ping dacht dat ze stikte. Ze greep de oude man bij zijn arm voor steun. Maar ze voelde niet de stof van zijn mouw die ze kon zien, maar de geschubde huid van de draak. Het was een vreemd gevoel dat haar misselijk maakte.

Aan een kant van de straat werden de huizen omgeven door hoge muren. Glimmende houten poorten verborgen de huizen, maar hun steile betegelde daken, die blauw en groen geglazuurd waren, staken boven de muren uit. Er waren torens van vier of vijf verdiepingen hoog. Ze hadden allemaal mooie, houtgesneden, overhangende dakranden en dakversieringen – gedraaide karpers, sluipende tijgers en prachtige vogels. Aan de oostkant van de straat waren de muren te zien van de belangrijkste residentie van de keizer, het paleis Changle. Het strekte zich vele *chang* uit en moest zeker een kwart van de hele stad beslaan. De muren waren – met de nodige tussenruimten – behangen met geglazuurde terracotta schilderijtjes, sommige met groene en blauwe kronkelende draken, andere met rode feniksen.

Elke paar stappen brachten iets nieuws waarover Ping zich verbaasde.

Buiten de paleispoort was een laan met tien plus twee reusachtige, bronzen standbeelden van mannen en paarden die boven de stadsmuren uittorenden. Ping moest zo ver naar achteren leunen om hun hoofden te zien dat ze dacht dat ze achterover zou vallen. De hoge poorten gingen open en een rijtuigje op twee wielen kwam naar buiten. Het werd getrokken door een steigerend paard. Door de poort ving Ping een glimp op van een mooi gebouw met een zwart betegeld dak, ondersteund door pilaren die goud waren geschilderd en ingelegd met jade. Hiermee vergeleken was het paleis in Huangling een boerenschuur. De poorten sloten en het visioen was voorbij.

Zelfs de straat onder haar voeten was wonderlijk, vond Ping. Hij was geplaveid met volmaakte, platte, rechthoekige stukken steen. Aan weerskanten van de straat waren geulen gemaakt van gebogen terracotta tegels. Ping begreep niet waar ze voor waren, tot ze iemand een emmer vuil water uit een deur zag gooien. Het water liep weg door de goot. Ping kon zich voorstellen dat de goten de straat behoedden voor overstroming als het hard regende.

De mensen die over straat liepen waren voor Ping even vreemd als de gebouwen. Ze droegen mantels van zijde met een patroon erin en jassen van kortgeschoren bont. Juwelen van goud en jade hingen om hun hals. De vrouwen droegen versieringen in hun haar, prachtige vogels en bloemen die wiegden in de wind.

'Ik wist niet dat de mensen in de stad zo rijk zijn,' zei Ping.

Het geluid van de stad was niet te vergelijken met wat dan ook dat Ping ooit ervaren had. Heel veel mensen schreeuwden tegen elkaar om zich verstaanbaar te maken boven het geluid van andere schreeuwende mensen uit. Straatkunstenaars gaven uitvoeringen. Er waren dansers die rondwervelden op het geluid van trommels en bellen, mannen die jongleerden met zwaarden, en acrobaten die op elkaar klommen en hun evenwicht bewaarden. Elke voorstelling trok een menigte applaudisserende toeschouwers.

Ping was graag blijven staan om te kijken, maar Danzi scheen de voorstellingen nauwelijks te zien. Hij liep door, concentreerde zich op een of ander doel dat onbekend was voor Ping.

Ze kwamen in een ander deel van de stad, waar de huizen kleiner en eenvoudiger waren, hoewel ze nog steeds mooi waren gebouwd. Ze waren pas geschilderd. Aan weerskanten van de voordeuren stonden mooie planten.

Ze liepen over een markt met kramen die alles te koop aanboden wat je maar kon verzinnen. Fruit en groenten werden als juwelen in stapels tentoongesteld. Er waren erbij die Ping nog nooit eerder had gezien. Kramen met gebraden vlees deden Pings maag knorren. Vissen en schildpadden zwommen in ondiepe schalen. Er waren kommen vol slakken, waarvan een paar probeerden langzaam te ontsnappen aan het lot dat hun wachtte: eindigen als iemands avondeten.

Andere kramen verkochten zwart met rood gelakte schalen en bekers of juwelen, of rollen gekleurde zijde. Voor het eerst in haar leven wilde Ping dat ze geld had om uit te geven.

Het begon donker te worden. De marktkoopmannen begonnen hun waren in te pakken. Lantaarns werden aangestoken en opgehangen in de straten. Hoewel Danzi niets had gezegd, voelde Ping dat zijn uithoudingsvermogen in zijn oudemannengedaante bijna was uitgeput.

'Waar slapen we vannacht?' vroeg Ping.

Ze wist dat er herbergen waren waar reizigers konden slapen, maar ze wist ook dat dat geld kostte – en ze hadden geen geld. Danzi gaf geen antwoord, maar liep een smalle steeg in. Dit deel van de stad had niets feestelijks, zoals de andere straten. De huizen waren laag, klein en vaak gerepareerd. Kippen scharrelden rond in de droge lemen straatjes en steegjes, en af en toe liep er een varken. De mensen waren vuil en liepen in lompen. Ze keken boos naar Ping en Danzi. Hun gezichten, verlicht door lampen en kaarsen, wierpen scherpe schaduwen en zagen er hard uit.

Het voorgevoel dat Ping had gehad voor ze de stad binnenkwam, werd sterker. Ze was er zeker van dat er iets ergs ging gebeuren. Ping verlangde terug naar het platteland, waar er niets was om bang voor te zijn, behalve tijgers en slangen.

Ze keek naar Danzi. Zijn huid als oude man werd groen. Zijn armen begonnen schubben te krijgen en zijn handen werden klauwen. Hij struikelde en Ping greep hem bij zijn arm. Die arm veranderde in een drakenpoot met klauw en rustte zwaar op haar eigen arm.

Het was nu donker, maar er waren nog steeds veel mensen in de steeg. Sommigen kookten op open vuurtjes, anderen zaten op stoepjes hun avondmaal te eten. Lamplicht viel op de straat vanuit open deuren. Ping was jaloers. Ze verlangde naar een dak boven haar hoofd, een berg droog stro om op te liggen en een lamp om het donker te verlichten. Danzi had haar nog steeds niet verteld waarom ze naar de stad waren gekomen.

Ze sloegen een nog smallere steeg in. Daar waren minder mensen en was er minder lamplicht. Ze kwamen langs een man met een gezicht vol littekens. Ping wist zeker dat ze een mes zag glinsteren in zijn hand.

Het leek of de krotten van huizen zich om hen heen sloten. Vóór hen verdween het eind van de steeg in de duisternis. Ping keek om. De man met de littekens keek naar hen. Twee anderen voegden zich bij hem. Ze kwamen dichterbij. Ping had niets van waarde wat dieven zou interesseren. Haar hart begon te bonzen – ze had alleen maar de drakensteen in de mand die over haar schouder hing. Ze hield hem stevig vast.

Danzi wees met een klauwachtige vinger naar een klein huis, waaraan een uithangbord hing met een grote barst erin. De verf was eraf gebladderd. Zelfs als Ping had kunnen lezen, had ze in het donker niet kunnen zien wat er op het bord stond.

Ze wist dat er elk moment een groene draak op haar arm kon gaan leunen. Wat deze mensen daarvan dachten en wat ze haar en Danzi zouden doen, wilde ze niet weten.

Ze wist niet wie in het huis woonde, maar ze wist zeker dat ze liever de reactie incasseerde van één man die zag dat een oude man zich in een draak veranderde dan de reactie van een hele straat met mensen.

Ze bonsde op de deur. De oude man had nu al twee geklauwde poten in plaats van handen en zijn mantel begon weg te smelten en onthulde geschubde groene poten. Zijn tanden werden lang en scherp. Zijn haar begon te verdwijnen en hoorns groeiden op zijn hoofd. Ping keek weg, want ze werd nog steeds misselijk als ze naar deze verandering bleef kijken. Een klein kind zag de kop van de draak en begon te huilen.

Ping bonsde opnieuw op de deur. Hij werd op een kier geopend. Ping had geen tijd voor beleefde verklaringen. Ze duwde de draak door de deuropening naar binnen. Ze stonden op een binnenplaats.

Een man, zijn haar in een knoop gebonden bovenop zijn hoofd en met een mantel met wijde mouwen aan, keek met grote ogen van verbazing naar Danzi, die nu helemaal zichtbaar werd in zijn drakenvorm. Het schemerige licht van de lamp van de man wierp schaduwen van scherpe hoorns en klauwen.

Ping had nooit beseft hoe angstaanjagend Danzi eruit zag. Op het gezicht van de man verscheen een brede glimlach.

'Long Danzi!' zei hij. 'Wat is dat verschrikkelijk lang geleden!

Hoofdstuk 9

OUDE VRIENDEN

'Weet je zeker dat zij het is?' vroeg Wang.
De draak gaf geen antwoord.
'Het is nooit eerder een vrouw geweest.
Je zou je kunnen vergissen.'

De glimlach van de man verdween toen Danzi in
elkaar zakte. Samen met Ping pakte hij de uitgeputte draak bij zijn voorpoten en ze sleepten hem naar
een kamer een eindje weg van de binnenplaats. Er
brandde een vuur in de haard. Een pot met iets dat
heel lekker rook hing te pruttelen boven het vuur.
Het huis, dat tot een paar minuten daarvoor donker en dreigend had geleken, was veranderd in een
warme plek waar Ping zich welkom voelde.

De man hielp Ping de draak dichter bij het vuur
te trekken. Hij was geen jonge man, maar hij was
ook niet oud. Zijn haar werd grijs bij de slapen en

begon bovenop zijn hoofd een beetje dun te worden. Hij stelde zich aan Ping voor met een formele buiging. Zijn naam was Wang Cao. Hij scheen zich wel op zijn gemak te voelen met een draak in zijn huis. Zijn gezicht verried zijn bezorgdheid voor Danzi, maar de man straalde ook een grote kalmte uit. Hoewel Ping niet wist wie hij was, vertrouwde ze hem. Het was voor haar een opluchting dat ze even niet alleen stond in het zorgen voor de draak. Danzi begon lage, metaalachtige geluiden te maken, maar de man stak zijn hand op. Hij wilde dat Danzi ophield.

'Eten,' zei hij. 'Je moet eten.'

Ping ging op een matje zitten naast de draak. Wang Cao vulde kommen met watergruwel en bracht toen geroosterde kip met groenten. Ping kon zich niet herinneren dat iets haar ooit beter had gesmaakt dan deze maaltijd. Danzi was te zwak om zelf te eten. Ping voerde hem met haar eetstokjes stukjes kip en lotuswortel.

'Ik ben een oude vriend van Long Danzi,' legde Wang Cao uit.

Ping vroeg zich af hoe deze man bevriend was geraakt met een draak. Had Danzi hem misschien ook van een berghelling geplukt? Maar ze stelde Wang Cao geen vragen.

'Laten we erachter zien te komen wat er mis is met onze vriend,' stelde Wang Cao voor toen ze klaar waren met eten.

'Steen,' zei Danzi zwak. 'Laat steen zien.'

Wang Cao keek de draak aan. 'Welke steen?'

Ping besefte dat hij de stem van de draak in zijn hoofd kon horen, net als zij.

'Je gezondheid is belangrijker dan de steen, Danzi,' zei Ping.

De draak schudde zijn kop. 'Breng steen.'

Ping haalde de drakensteen uit haar mand. Wang Cao's ogen werden groot van verbazing. Hij nam de steen zo voorzichtig van Ping over alsof hij gemaakt was van het fijnste porselein en draaide hem in zijn handen om en om.

'Dit is inderdaad een zeldzaam exemplaar,' zei hij. 'Maar wat is er gebeurd dat hij er zo dof en kleurloos uitziet?'

'Ik droeg hem te dicht bij mijn ijzeren mes,' bekende Ping.

Wang Cao schudde ernstig zijn hoofd. 'Een of twee dagen later had ik niets meer voor jullie kunnen doen.'

Hij legde de steen neer en droeg een lamp naar de andere kant van de kamer. Daar stond een grote kast tegen de muur met heel veel kleine houten laatjes. Aan de andere muur hingen planken waarop potten stonden. Er lagen ook stukken mineraalrots en paarlemoeren schelpen. Wang Cao pakte een van de potten.

'Dit is zalf van het rodewolkkruid,' legde Wang aan Danzi uit. 'Dit herstelt de drakensteen weer in zijn oude gezondheid. Je assistente kan daarvoor zorgen.'

Ping vroeg zich af wie Danzi's assistente was. Tot haar verrassing stopte Wang Cao de pot in haar handen.

'Wrijf de drakensteen hiermee in,' zei hij. 'Dan pas ik intussen op onze vriend.'

Ping haalde een handvol plakkerige zalf uit de pot en smeerde die op de steen. Het was de kleur van geronnen bloed. Ze glimlachte tegen Wang Cao. Het was aardig van hem de oude draak ter wille te zijn en te doen alsof de steen ziek was.

Wang Cao keek de draak aan. 'Zo, Long Danzi, laat me je tong eens zien.'

De draak stak zijn lange tong uit.

In plaats van het gebruikelijke heldere rood, had de tong de donkere kleur van oud vlees, waar een gele film overheen lag. Wang bekeek hem van dichtbij en mompelde woorden die Ping niet verstond. Toen voelde hij Danzi's hartslag aan alle vier zijn enkels en stelde vragen over de werking van zijn darmen. Hij onderzocht ook de pijnlijke plekken op zijn poten.

'Zijn vleugel is gescheurd,' zei Ping. 'Hij kan niet vliegen.'

Wang trok de gewonde vleugel open alsof hij een waaier opende. De scheur in het vlies begon al te genezen, maar de wond zag er nog steeds rood uit.

'Hij is ook nog in zijn linkerschouder geraakt door de pijl van een kruisboog,' voegde Ping eraan toe.

Wang drukte zachtjes op de wond. Groene vloeistof sijpelde eruit.

'Ik kan zien dat jullie tot nu toe geen gemakkelij-ke reis hebben gehad,' zei de man. 'Ik zal een boek moeten raadplegen.'

Ping had nog nooit eerder een boek gezien. Het was gemaakt van smalle repen bamboe ter lengte van een eetstokje en niet veel breder. Ongeveer twee-maal tien van die repen waren boven en beneden aan elkaar gebonden waardoor een matje ontstond. Kleine Chinese karakters waren in zwarte inkt over de lengte van de repen geschreven. Wang legde het boek neer, liep naar de grote kast met de laatjes en trok er een paar open. Elk laatje was gevuld met een speciaal soort gedroogd blad of wortel, of anders vol met zaden of tot poeder vermalen bloemen. Hij haalde een beetje uit elke geopende la en woog dat nauwkeurig af op een kleine weegschaal.

'Ik ben kruidengenezer,' legde hij uit, terwijl hij nog een la opentrok en er iets uitschepte waarvan Ping dacht dat het gedroogde regenwormen waren. 'Ik verdien mijn brood door kruidenmedicijnen voor te schrijven aan de inwoners van Chang'an.'

Nadat hij klaar was met het wegen van de krui-den, raadpleegde Wang opnieuw het bamboeboek en pakte toen een stuk steen van een plank. Hij sloeg er met een bronzen hamer op tot er een paar stuk-ken afvielen. Hij maalde de stukken tot poeder en woog die ook af. Toen mengde hij alle ingrediënten met water in een aardewerken pot en hing die pot boven het vuur in de haard. De kamer was weldra gevuld met een scherpe stank die Ping deed denken aan de vuile sokken van Meester Lan.

'Een vrouw als hulp?' vroeg Wang aan de draak.

Danzi bewoog zijn kop van links naar rechts. De kruidengenezer keek toe terwijl Ping de drakensteen insmeerde met zalf.

'Ze is linkshandig,' zei hij met een opgetrokken wenkbrauw tegen Danzi.

Ping zette de pot zalf neer. Ze wenste dat ze geen aandacht had getrokken door haar linkshandigheid.

'En ze hoort je stem.'

De draak zei niets.

Wang pakte de pot en smeerde voorzichtig wat zalf op Danzi's gewonde vleugel, op zijn schouderwond en de kleine wonden op zijn poten.

Ping pakte de kommen en lepels weg, waarbij ze haar uiterste best deed alles met haar rechterhand te doen. Ze liep met de spullen naar buiten om ze af te wassen. Het huis was niet zo klein als het vanaf de straat had geleken. Vanaf de binnenplaats had je ook toegang tot andere kamers. Er was een bloeiende tuin. Het was moeilijk te zien bij het licht van de lamp, maar Ping dacht dat het een kruidentuin was. Eindelijk liet ze Hua uit de plooien van haar jurk en gaf hem een stuk dat ze van haar eigen eten bewaard had.

Toen ze terugkwam met de schone vaat bleef Ping voor de deur staan. De kruidengenezer was nog steeds bezig vragen over haar te stellen.

'Weet je zeker dat zij het is?' vroeg Wang.

De draak gaf geen antwoord.

'Het is nooit eerder een vrouw geweest. Je zou je kunnen vergissen.'

De draak antwoordde nog steeds niet.

'Ze is jong en onervaren,' zei de kruidengenezer.

Eindelijk reageerde de draak. 'De beker is nuttig omdat hij leeg is.'

Ping kwam weer binnen en de kruidengenezer stond op om in de borrelende pan met kruiden te roeren. Ping zag dat de kruidengenezer linkshandig was, net als zij. Ze zaten in stilte bij elkaar tot Wang vond dat het kruidenmengsel klaar was. Hij schonk de dikke, bruine vloeistof in een kom en gaf die aan de draak. Als het even vies smaakte als het rook, liet Danzi dat niet merken. Hij dronk het op zoals een kat die melk drinkt. Al gauw viel de draak in slaap.

'Wordt hij weer beter?' vroeg Ping.

'Als het een dag of twee duurt voor hij weer op krachten is, wordt hij beter.' Wang glimlachte om de slapende draak. 'Maar het zal wel even duren voor hij weer kan vliegen.'

'Hoe kent u hem?' vroeg Ping. 'Hebt u gewerkt op het keizerlijk paleis?'

De man schudde zijn hoofd. Hij staarde in de gloeiende kooltjes van het vuur. Ping dacht dat dat het enige antwoord was dat ze zou krijgen, maar een tijd later begon Wang te praten.

'Long Danzi was geen keizerlijke draak toen ik hem voor het eerst ontmoette,' legde hij uit. 'Hij was een wilde draak.'

Ping keek de kruidengenezer aan. Hij moest veel ouder zijn dan hij leek.

'In mijn jonge jaren was ik assistent van een kruidengenezer in een kleine plaats. Een van mijn taken was rond te trekken over het platteland, om planten te zoeken. Op een van die reizen kwam ik Long Danzi tegen.' Wang Cao staarde nog steeds in de kooltjes alsof hij daarin beelden kon zien van zijn verleden. 'Na een onweer waren we allebei op zoek naar rodewolkkruid. Ik gleed uit op de modderige oever van de rivier en viel in het water, dat veel hoger stond door de regen. Je kunt je mijn verbazing voorstellen toen ik een draak uit de mist zag verschijnen om me uit de rivier te halen.'

'Was u bang?' vroeg Ping.

'Ik was blij dat ik niet verdronk, maar ik was ervan overtuigd dat ik op het punt stond een drakenontbijt te worden.' Wang Cao glimlachte bij de herinnering.

De draak had de jonge man natuurlijk niet opgegeten en Wang vertelde niemand iets over zijn ontmoeting. Wang ontdekte dat hij de vreemde geluiden die de draak maakte kon begrijpen en na verloop van tijd werden de twee goede vrienden.

'Toen Long Danzi me vroeg met hem mee te gaan op reis, heb ik dat zonder een seconde na te denken gedaan,' ging Wang Cao verder. 'Ik heb jarenlang met de draak het hele keizerrijk doorgetrokken en ik heb ervan genoten.'

De glimlach van de kruidengenezer verdween.

'We beleefden samen veel avonturen, maar daar kwam een abrupt einde aan, toen Danzi werd gevangengenomen tijdens een keizerlijke jachtpartij. Ik wist het niet, maar ze zaten al een paar dagen achter ons aan. Ze waren met zijn zessen.' Wang Cao's stem werd opeens bitter toen hij eraan toevoegde: 'We hadden geen schijn van kans. Ze zaten achter de draak aan natuurlijk, niet achter mij, dus ik kon gemakkelijk ontsnappen.' Wang Cao schudde treurig zijn hoofd. 'Ik kon hem niet redden. Ik ging in Chang'an wonen en hoopte hem te kunnen bevrijden, maar de draken werden naar Huangling verhuisd, voor ik een kans kreeg.'

De kruidengenezer stond opeens op. 'Je zult wel moe zijn,' zei hij.

Hij bracht Ping naar een van de kamers die niet aan de binnenplaats grensden. Op de grond lag een matras gevuld met stro en overtrokken met een schapenvacht. Het was zacht en warm, Ping viel vrijwel onmiddellijk in slaap.

Toen Ping de volgende morgen terugkeerde naar de grote kamer van het huis, lag Danzi nog te slapen. Wang Cao was al op en maakte het ontbijt. De kruidengenezer stelde Ping veel vragen. Niet over de draak, zoals ze verwachtte, maar over haar zelf. Hij wilde weten hoe oud ze was, waar ze was geboren, wie haar ouders waren. De antwoorden op al zijn vragen waren hetzelfde: 'Ik weet het niet,' maar de kruidenman zat hierover na te denken alsof ze hem een heleboel inlichtingen had gegeven.

Net toen het ontbijt klaar was, werd Danzi wakker. Zijn schubben waren weer mooi blauwgroen. Zijn ogen stonden helderbruin. Hij bewoog zijn staart heen en weer alsof hij klaar was voor elke uitdaging die op zijn weg kwam. Ze aten een heerlijk ontbijt van meelballetjes, gevuld met een pastei van zoete bonen. Wang Cao haalde een pot met gedroogde bladeren van de planken. Hij gooide wat van de bladeren in een pan kokend water.

Ping trok haar neus op. 'Maakt u nog meer kruidenmedicijnen?'

'Nee, nee. Alleen maar een bijzondere drank.'

Danzi maakte geluiden als klokjes die tinkelen in een zachte wind. Na een paar minuten schonk Wang een paar kopjes vol met het geurige water.

'Weet je wat dit is, Ping?' vroeg hij.

Ping schudde haar hoofd.

'Het is thee,' antwoordde de kruidengenezer. 'Mensen in het zuiden drinken het. Ik heb een doosje gekocht tegen een goede prijs.'

Ping nam kleine slokjes van de dampende drank. Hij smaakte lekker. Ze zat rustig in de hoek, terwijl de kruidengenezer praatte tegen de draak. Het was raar de man te horen praten met een gewone stem en de draak antwoord te horen geven met zijn metaalachtige geluiden.

Wang Cao wendde zich tot Ping.

'Jullie hebben een lange reis voor de boeg,' zei hij. 'Ik wil jouw gezondheid ook even controleren.'

Ze stak haar tong uit. Wang bekeek hem in stilte. Toen pakte hij haar rechterpols en wilde haar hartslagen tellen.

'Ik hoor een vreemd gebons in je borst,' zei de kruidengenezer terwijl hij haar andere pols pakte.

Ping glimlachte. 'Dat is Hua,' zei ze.

Wang Cao liet Pings pols los toen ze de rat uit de plooien van haar jurk haalde.

De kruidengenezer keek naar de draak toen het geluid van de klokjes opnieuw door de kamer klonk.

'Andere reisgezel,' zei de draak. 'Achtenswaardige Hua. Goed!'

Ping zette Hua op de grond en de rat ging er meteen vandoor. De kruidengenezer was hersteld van de schrik en maakte het onderzoek van Ping af.

'Je bent een gezonde jonge vrouw,' zei Wang toen hij klaar was met het onderzoek. 'Sterk, maar met een neiging tot winderigheid.'

Ping was blij dat Wang niet vond dat ze een kruidendrankje nodig had, maar hij gaf haar een klein pakje pillen voor de volgende keer dat ze problemen had met haar darmen.

'Ik heb iets voor jou, ouwe jongen,' zei Wang Cao tegen Danzi. Hij liep naar een van de laatjes in zijn kruidenkabinet.

'Ik heb gezworen dat als ik je ooit terug zou zien, ik het goed zou maken dat ik je niet goed genoeg beschermd heb,' zei Wang. Zijn ogen straalden en hij hield zijn mond stijf dicht.

'Wang deed wat hij kon,' antwoordde Danzi.

In plaats van een handvol gedroogde bladeren of bessen uit de laatjes te halen, trok hij er een paar goudstukken uit, een snoer koperen munten met vierkante gaatjes in het midden en een jade hanger in de vorm van een dik kind. 'Ik heb wat voor je gespaard.'

Ping dacht dat de draak het cadeau zou weigeren, maar hij bedankte Wang Cao en stopte de goudstukken in een van de omgekeerde schubben onder zijn kin. De jade en de koperen munten wilde hij aan Ping geven.

'Hier moet jij op passen,' zei Wang.

'Dat kan ik niet,' stamelde Ping, die nooit eerder iets van waarde had aangeraakt. 'Ik ben niet gewend aan geld. Ik verlies het vast.'

'Het erkennen van je beperkingen is wijsheid,' zei Danzi.

Wang Cao knikte instemmend.

Met trillende vingers nam Ping het geld en de jade aan van de draak.

'Ik zal je ook kruiden geven die je mee op reis kunt nemen, zodat je kruidendrankjes kunt maken voor Long Danzi, mocht hij weer wat kracht nodig hebben. Je moet naar de markt gaan en een kleine aardewerken pot kopen en een paar kommetjes. Je zult een bronzen mes nodig hebben in plaats van het jouwe van ijzer.'

'Ik weet niet hoe ik dingen moet kopen,' zei Ping. 'Kunt u het niet doen, Wang Cao?'

'Ik moet naar zieke mensen toe.'

Ping protesteerde, maar ze moest van Wang Cao naar de markt gaan.

'Het is een grote eer om met een draak bevriend te zijn,' zei hij scherp. 'Je moet je taken uitvoeren zonder vragen of klachten.'

Ping vond niet dat ze taken had. Ze reisde met de draak om hem een plezier te doen, maar noch de kruidengenezer, noch de draak scheen het zo te zien.

'Als er iets is dat jij nodig hebt, Ping,' zei Danzi, 'dan moet je dat kopen.'

De straat buiten leek minder angstaanjagend in het daglicht. De mensen die voor de deur wachtten omdat ze naar de kruidengenezer wilden, bogen beleefd voor Ping. Maar het vervelende gevoel dat ze had over Chang'an was nog steeds niet verdwenen. Ze hield de buidel, die van haar middel naar beneden hing, stevig vast. Wang Cao had haar verteld dat er dieven waren in de hoofdstad en ze moest altijd goed opletten. Ze had maar tien koperen munten meegenomen – een heel klein deel van het geld dat ze moest bewaren als ze vertrokken uit Chang'an, maar ze had het gevoel dat er een fortuin aan haar riem hing.

Het was vroeg in de ochtend, maar op de markt was het al heel druk. De mannen in de kramen prezen hun waren aan en probeerden ze aantrekkelijker te laten klinken dan die van de volgende kraam. Een wagen vol eenden zocht langzaam zijn weg tussen de mensen door. Muzikanten amuseerden de menigte. De muziek mengde zich met het lawaai van schreeuwende mensen, kwakende eenden en varkens die ongelukkig knorden in hun hokken. Ping had nog nooit zoveel lawaai gehoord.

Ze besloot te beginnen met een kleine aankoop en kocht een paar houten eetstokjes. Toen ze de man in de kraam een van haar koperen munten gaf en hij haar vijf kleinere munten teruggaf, raakte ze in de war. De man keek haar aan alsof hij niet kon geloven dat iemand zo dom kon zijn, maar legde uit dat de kleinere munten minder waard waren. Toen kocht Ping een keramische pot met een paar van de kleinere munten. Haar volgende aankoop waren twee schalen van bamboe. Pas toen ze ze in haar mand had gestopt realiseerde ze zich dat de man teveel geld had gevraagd. Ze zag dat andere mensen nooit het bedrag betaalden dat de koopman het eerst vroeg. Ze praatten heen en weer over de prijs tot ze het eens werden. Van getallen boven de tien werd Ping nog steeds duizelig. Boodschappen doen bleek moeilijker dan welke klus op Huangling ook.

Nadat ze alles had gekocht wat Wang Cao haar had aangeraden, had Ping nog steeds vier munten met een vierkantje in het midden en een aantal kleinere munten over. Ze dacht na over wat ze voor zichzelf zou kopen. Ze keek bij een kraam naar schitterende haarversieringen, naar kleurige zijden ceintuurs en glanzende bronzen spiegels. Geen van die dingen waren geschikt om op een lange voetreis

mee te nemen en ze wist dat ze zulke luxe dingen niet verdiende. In plaats daarvan kocht Ping
een paar dikke, warme sokken voor zichzelf. Ze
speelde het klaar de prijs af te dingen van vijf naar
vier koperen munten en was tevreden over zichzelf. Omdat de sokken maar weinig kostten, besloot
Ping dat ze ook nog een kleine koek voor zichzelf
zou kopen. Ze stond voor de kraam en probeerde te
beslissen tussen een koek, gezoet met honing of met
vruchtenjam, toen ze een harde ruk om haar middel
voelde. Het touw om haar middel brak. Iemand had
haar buidel gestolen.

Ze zag een figuur wegschieten tussen de menigte.
'Houd de dief!' schreeuwde ze.

Een of twee mensen draaiden zich met welwillen-
de belangstelling naar haar om, maar gingen daarna
weer aan hun werk. Toen Ping besefte dat niemand
haar zou helpen, trok ze haar jurk een eind omhoog
en rende achter de dief aan. Hij droeg een bontmuts
en hij kon hard rennen. Ping was niet gewend te
rennen. Haar jurk zakte weer naar beneden, waardoor ze dreigde te struikelen. Ze moest de dingen
die ze op de markt had gekocht dragen. Maar ze zou
de dief niet laten ontsnappen. Ze schreeuwde boos
tegen mensen dat ze opzij moesten gaan. Ze sprong
over een varken dat haar pad kruiste en bleef strak
naar de bontmuts kijken die een eind vóór haar tussen de mensen doorschoot. Ze joeg de dief de markt
af en de straatjes en steegjes in van de stad. De
bontmuts was een steeg ingeslagen. Ping volgde hem

hijgend. De steeg was leeg. Aan weerskanten stonden bouwvallige huizen. Je kon het eigenlijk geen huizen meer noemen – het waren een soort krotten, gemaakt van dingen die andere mensen hadden weggegooid. Geen spoor van een bontmuts.

Ping was woedend. De draak en de kruidengenezer hadden haar het geld toevertrouwd. Ze was het binnen een uur kwijtgeraakt. Door de eigenaar van de bontmuts had ze gefaald. Ze voelde haar woede als een soort bron van energie in haar hoofd – een kleine, harde plek. De boosheid voedde de plek en hij werd groter. Ze deed haar ogen dicht en dacht aan de bontmuts. Haar voeten begonnen te lopen, hoewel ze geen beslissing had genomen om te lopen. Het was alsof een onzichtbare draad, teer als de draden van een spinnenweb, haar geest in verbinding bracht met de bontmuts. Als ze haar concentratie verloor, wist ze dat de draad zou breken, voor altijd uit haar greep. Ze concentreerde zich met haar hele wezen op die ene gedachte. Haar voeten draaiden naar rechts, haar ogen hield ze stijf dicht, maar ze was ervan overtuigd dat ze nergens tegenaan zou botsen. Ze maakte nog een paar bochten en bleef staan. Ze deed haar ogen open.

Ze stond voor een hut die scheef hing. Hij was gemaakt van bamboestokken die verschillend van lengte waren. Ze waren bedekt met versleten rieten matten die als dak moesten dienen. Ook rondom waren de bamboestokken met matten omkleed. Ze trok een stuk van de mat opzij. In de hut was maar één kamer. In die kamer zag ze een oude vrouw, twee kleine kinderen en de eigenaar van de bontmuts. Ze dromden allemaal samen in de hoek van de kamer, doodsbang voor het boze meisje dat in hun deuropening stond. Ping keek iets nauwkeuriger. De vrouw was niet zo oud als ze had gedacht. Ze was alleen maar mager en versleten. De kinderen die in elkaar gedoken bij de vrouw bescherming leken te zoeken, hadden holle wangen en snotneuzen. De dief met de bontmuts was een jonge jongen, waarschijnlijk een jaar of twee jonger dan Ping. Hij reikte haar haar buidel aan en mompelde iets in een dialect dat ze niet kon verstaan. Ping keek de kamer rond. Hij was leeg op een stapel lompen na. Ze begreep dat dat het bed van de familie was. Haar boosheid verdween. Ze nam de buidel van de jongen aan en deed hem open. Ze haalde er twee Chinese munten uit en wat van de koperen muntjes en gaf ze aan de jongen. Ze wist hoe het was om hongerig genoeg te zijn om te stelen.

Terwijl ze terugliep naar het huis van de kruidengenezer, voelde Ping dat haar handen trilden. Ze begreep niet waar de kracht die ze had gevoeld, vandaan was gekomen. Het beangstigde haar, maar tegelijkertijd was ze opgelucht. Ze had geweten dat er iets ergs zou gebeuren in Chang'an.

Nu dat voorbij was, voelde ze zich ontspannen. Ze had ook een nieuw gevoel in haar borst, alsof haar hart een beetje groter was geworden. Dat was trots. Ze had zelf de dief gevonden, zonder de hulp van iemand anders.

Ping liet haar aankopen aan Danzi en Wang Cao zien, maar ze hadden niet veel belangstelling. De twee vrienden waren helemaal in beslag genomen door de grote liefhebberij van de kruidengenezer. Als hij niet bezig was kruiden te verkopen aan de bewoners van Chang'an, hield hij zich graag bezig met alchemie. Zoals alle alchemisten was zijn doel goud te maken van metalen die voor het grijpen lagen, zoals lood of koper. Hij geloofde dat het rode minerale zwavelkwik de sleutel kon zijn tot succes. Wang demonstreerde een van zijn experimenten aan Danzi. Ping zei niets over wat er op de markt was gebeurd. In plaats daarvan ging ze zitten en naaide een zak aan de binnenkant van haar jurk, zodat ze een veilige plek had om haar geld te bewaren.

'Kijk,' zei Wang terwijl hij een mengsel maakte van zwavelkwik, houtskool in poedervorm en een wit kristal. Hij stak een lontje aan en gooide dat in het mengsel, dat met een luide knal in vlammen uitbarstte. Ping sprong overeind van haar plaatsje op de grond. De draak vond dit heel amusant en liet Wang de demonstratie een keer herhalen.

Toen ze klaar was met haar naaiwerk wreef Ping opnieuw de steen met zalf in. Hij begon al iets meer te glanzen.

'Jullie zouden een paar dagen moeten blijven,' zei Wang Cao. 'De nieuwe keizer wordt overmorgen gekroond. Het zou jammer zijn als jullie die feesten misten.'

Danzi zei dat hij graag bleef.

De kruidengenezer maakte nog een beker krui-
denthee voor de draak. Hij leerde Ping bepaalde
kruiden te herkennen, die ze op het platteland kon
vinden en die zouden helpen Danzi sterk te houden.

De dag daarna liet Ping de twee vrienden alleen.
Ze zaten te giechelen om Wang Cao's experimenten als kinderen met een nieuw speeltje. Ze moest
opnieuw naar de markt om eten te kopen voor de
reis. Deze keer was ze voorzichtiger. Ze hield haar
geld in de zak die ze tegen de binnenkant van haar
lange jurk had genaaid. Ze rekende nauwkeurig uit
hoeveel wisselgeld ze zou krijgen en controleerde
het tweemaal, om zeker te weten dat ze niet afgezet
werd. Ze kocht gierst, gedroogde linzen en gemalen gember. Haar sokken zouden gerepareerd moeten worden tijdens de lange reis die ze voor de boeg
hadden, dus kocht ze ook een dunne benen naald
en een stuk zijdegaren. Een bruikbare bruine draad
zou verstandiger zijn geweest, maar ze kon het niet
laten een eind garen te kopen dat warm rood van
kleur was. Het lukte haar alles te kopen zonder
beroofd of afgezet te worden.

Een eindje verder speelden muzikanten op stenen
instrumenten, die de vorm hadden van grote kippen-
eieren en waarin een aantal gaten zaten. Ze bespeel-
den deze instrumenten door in een van de gaten
te blazen en de andere gaten beurtelings met hun

vingers te bedekken. Ping luisterde niet meer. De tonen waren hoog en zoet, maar de melodieën die ze speelden hadden iets treurigs. Een vrouw begon te zingen. Het lied was helemaal niet treurig. Het was een leuk verhaal van een jong meisje dat verliefd werd op een ezel. Ping lachte met de menigte mee.

Plotseling veranderde haar gevoel van geluk in een gevoel van angst. De ene minuut had ze staan giechelen over het meisje en de ezel, de volgende voelde ze een golf van angst door haar lichaam, waarin haar plezier verdronk. Iemand maakte ruzie. Ping vond de bron van de ruzie bij de kraam met gebraden vlees, achter de muzikanten. Een man protesteerde tegen de prijs van een paar biefstukken. Hij had kleren aan die gemaakt waren van dierenhuiden, wat Ping zelfs over die afstand kon ruiken. Aan zijn riem hing een bijl, een kort zwaard en een stuk ijzeren ketting. De man hield op met afdingen en draaide zich om, alsof hij voelde dat iemand naar hem keek. Het was Diao, de drakenjager. Ping dacht niet meer aan het lied. Ze draaide zich om en zette het op een lopen.

De drakenjager sprong naar voren
en sloeg Danzi met zijn zwaard.
Danzi schreeuwde en viel op zijn knieën.

Ping ademde de schone lucht van het platteland in en luisterde naar het zingen van de vogels.

'Ping vond Chang'an niet leuk,' zei Danzi.

Ze schudde haar hoofd. 'Nee. Ik wist dat er hier iets ergs op ons wachtte.'

De draak draaide zich naar haar toe. Hij bestudeerde haar gezicht, maar zei niets.

Twee dagen geleden waren ze uit Chang'an weggegaan. Zodra de draak had gehoord dat Diao in de hoofdstad was, had hij onmiddellijk willen vertrekken. Ping en Danzi, in zijn gedaante van oude man, waren de enigen geweest die de stad uit gingen.

Ze werden in aantal duizend maal overtroffen door grote menigten die de stad binnenstroomden. Ping had zich een weg gevochten naar de oostelijke stadspoort. Ze wist zeker dat de drakenjager haar op de markt niet had gezien. Bijna zeker. Om de andere stap keek ze over haar schouder. Ze verwachtte half dat ze Diao achter hen zou zien.

'Waarom zou iemand drakenjager willen zijn als er maar zo weinig draken op de wereld bestaan?' vroeg Ping.

'Draken jagen geen goede handel,' antwoordde Danzi. 'Maar als jager een keer draak heeft gedood, wil hij meer draken doden. Vaak gaan jaren voorbij tussen twee gedode draken.'

'Maar waar leeft een drakenjager in de tussentijd dan van?'

'Jaagt op andere dieren en verkoopt ze op markten. Maar wil altijd draak doden.'

Ping herinnerde zich de verschrikkelijke drakenjager en huiverde.

'Als hij draak doodt is beloning groot. Bloed en organen van draak nu zeldzaam. Zijn fortuin waard voor mensen die hun goede eigenschappen kennen.'

Ping keek weer over haar schouder en begon vlugger te lopen.

Tegen de middag hadden ze de huizen die rond de hoofdstad lagen, achter zich gelaten. De brede weg werd al gauw een landweg en toen een pad dat zich door de velden slingerde. De velden werden klaargemaakt voor beplanting in de lente.

Ze kwamen bij bosrijk land. De donkere takken van de bomen zaten vol jonge, ontluikende blaadjes. De bladeren ontsproten aan de takken in kleine waaiertjes. Het groen van de nieuwe bladeren was zo helder dat Ping niet kon geloven dat het natuurlijk was. Danzi vertelde haar dat de bomen ginkgo's werden genoemd.

'Aftreksel van bladeren helpt tegen hoest,' vertelde de draak.

Ping had geen belangstelling voor de medicinale waarde van de bladeren, ze genoot alleen van hun schoonheid.

'Weet je zeker dat een schilder ze niet allemaal gekleurd heeft?' vroeg ze.

Danzi schudde zijn hoofd.

Ze waren al uren niemand meer tegengekomen, dus liep Danzi weer in zijn drakengedaante. Hij zag er sterker uit dan toen hij Chang'an binnenkwam. Hij liep met een lichte tred en hield zijn kop omhoog. Ping had genoten van de tijd in Wang Cao's huis, maar ze was blij dat ze weg was uit de hoofdstad. Ze vond het niet erg dat ze de feesten van de nieuwe keizer misten. Ze had zo al genoeg wonderen in Chang'an gezien. Toen ze afscheid namen van Wang Cao, had hij Ping een klein pakje theeblaadjes gegeven, wat van de donkerrode zalf voor de steen en een zak van geitenhuid om water in te dragen. Op verzoek van de draak had hij hun ook een beetje van het explosieve mengsel meegegeven.

Ping probeerde Danzi aan de praat te krijgen over

zijn jaren met Wang Cao, maar de draak was niet in de stemming om over zichzelf te praten.

'Natuur heeft hekel aan onnodig gepraat,' zei hij en dat was alles wat ze uit hem kreeg.

Maar het bedierf Pings goede humeur niet. Gele en oranje lentebloemen, die sterk geurden, duwden zich naar boven door de koude aarde. Het weer werd beter. De wolken werden dunner. De zon brak door en verwarmde Pings gezicht. Ze was blij dat ze weer op weg waren. Nu ze zeker wist dat Diao hen niet volgde, was ze niet bang. Op het platteland waren er wilde dieren en slecht weer, maar de weinige mensen die ze tegenkwamen waren vriendelijk en aardig of lieten hen met rust. Er waren een paar aardige mensen in Chang'an geweest, maar ook heel vervelende mensen. De hoofdstad was te groot en bracht haar in verwarring. Zo had ze altijd gedacht dat er twee soorten mensen in de wereld waren – goede en slechte. Nu wist ze dat zij niet de enige was die teveel honger had gehad om goed te doen.

In de middag van de vierde dag nadat ze uit Chang'an waren vertrokken bereikten ze de top van een heuvel. Aan de helling van de heuvel klampte een klein dorp zich vast. Ping zag alleen maar een groep houten daken die dicht tegen elkaar aan lagen. Het leek of de huizen uit de helling van de heuvel groeiden. Ze waren gemaakt van oud, donker hout en gebouwd op palen of stapels stenen om de vloeren recht te krijgen. Stenen trapjes leidden naar de voordeuren. Veranda's hingen vol met was. Terwijl ze dichterbij kwamen begonnen honden te blaffen. Ping telde intussen het aantal huizen in het dorpje. Het waren er tien en vijf. Dit soort dorpjes vond ze leuk. Het was zo klein dat iedereen elkaar kende. Als ze ooit kon kiezen waar ze wilde wonen, zou het zijn in een klein dorp als dit.

Boeren met schoffels op hun schouders klommen van hun akkers in de vallei terug naar het dorp. Hun mompelende conversatie zweefde naar boven, naar Ping en de draak terwijl zij van de heuvel afkwamen en naar het dorpje liepen. De geuren van eten kriebelden in hun neus. De lucht rond de draak begon te schemeren en Ping keek de andere kant uit toen hij weer in zijn gedaante van oude man schoot. Een groep jonge vrouwen droeg manden met meloenen. Ze zongen onder het lopen. Kinderen speelden langs het pad met een bal van geitenhuid. Ze lachten en zwaaiden naar de reizigers die in aantocht waren.

'Welkom in Fengjing!' riep een van de mannen.

'Wat voor nieuws hebben jullie?' riep een andere.

Een familie nodigde hen uit de nacht bij hen door te brengen en een maaltijd te delen van varkensvlees met geroosterde groente. Ping keek naar Danzi. Hij knikte. Ping glimlachte. Het ging precies zoals ze had gehoopt.

Ping praatte wat met de dorpelingen en genoot van de simpele communicatie met andere mensen. Toen trok de glimlach weg uit haar gezicht. Ze wist niet wat haar stemming veranderde. De ene minuut kreeg ze nog het water in de mond bij de gedachte aan een warme maaltijd, de volgende minuut voelde ze een vreselijke angst. Ze kreeg erge maagkrampen. Het leek of ze iets gegeten had dat niet verteerde, maar in haar maag langzaam wegrotte.

'Danzi,' fluisterde ze tegen de draak. 'Ik wil hier niet blijven.'

'Waarom niet?' vroeg de stem in haar hoofd.

'Ik vind het niet leuk.'

'Eén nachtje maar,' zei de draak terwijl een boer naast hen kwam lopen.

Een paar minuten daarvoor had Ping niets liever gedaan dan van het eindeloze pad afgaan, het stenen trapje naar een van de huizen beklimmen, van een warm maal genieten, en daarna uitrusten. Nu wilde ze absoluut ergens anders zijn. Het deed er niet toe waar.

'Kom naar boven, alsjeblieft!' riep de vrouw van de boer vanaf haar veranda.

'We hebben sinds vorige herfst geen bezoekers meer in ons dorp gehad,' zei de boer. 'En opeens hebben we op één dag drie reizigers die door het dorp komen.'

Ping wilde al haar voet op de onderste trede van de stenen trap zetten, maar voelde opeens haar nekharen prikken.

Iemand begon iets te bulderen. Het geluid overstemde alle zachte geluiden van de avond: 'Zoek een plek waar ik mijn kar kan neerzetten. Het gaat misschien regenen.'

Pings voet kwam nooit op de trede. Ze draaide zich om. Naast een kar vol scherpe metalen messen en lelijke kooien stond een donkere, vuile man, gekleed in gevlekte dierenhuiden. Aan zijn riem hingen wapens. Ping hoorde in haar hoofd de draak grommen.

De oude man greep haar bij haar arm.

Ping, met een schoon gezicht, gekamd haar en een nieuwe lange jurk, zag er niet meer uit als een groezelig slavenmeisje, maar toen Diao boos naar haar keek verscheen er een halve glimlach op zijn onaangename gezicht. Ze wist dat hij haar had herkend. Hij keek naar de oude man met het groenachtige gezicht en de lange bakkebaarden. Zijn halve glimlach verbreedde zich tot een hele.

'Die meid is een boze tovenares,' schreeuwde Diao. 'De oude man is een duivel die van gedaante verandert.'

De dorpelingen staarden hem verbaasd aan.

'Blijf niet zo stom staan. Pak hem!'

De mensen uit het dorp lieten hun karweitjes voor wat ze waren en kwamen kijken wat er aan de hand was.

'Ik ben hen eerder tegengekomen,' voegde Diao eraan toe.

De dorpelingen keken van het jonge meisje en haar tengere grootvader naar de onsmakelijke man met de donderstem. Ze gingen om Ping en Danzi heen staan om daarmee elke kans op ontsnappen te voorkomen.

'Vertrouw hen niet omdat ze er onschuldig uitzien,' schreeuwde Diao.

Op dat moment zocht Hua een nieuw plekje in de plooien van Pings jurk.

'Kijk dan zelf,' zei Diao. 'Er leven beesten in de jurk van het meisje.'

De ogen van de dorpelingen werden groot toen ze inderdaad iets zagen bewegen in de lange jurk van Ping. Ze deden een stap naar achteren, verder weg van Ping en meer naar Diao toe.

'En de oude man kan geen ijzer aanraken,' zei de drakenjager.

Een van de dorpelingen pakte een ijzeren zeis en hield hem tegen de arm van de oude man. Danzi kreunde van de pijn. De dorpelingen gingen verder achteruit.

'Ik ken hun manieren,' zei Diao. 'Ik zal jullie tegen deze boze duivels beschermen.'

De drakenjager sprong naar voren en sloeg Danzi met zijn zwaard. Danzi viel schreeuwend op zijn knieën. Zijn stem klonk als scheurend metaal.

Diao rende naar Ping en greep haar vast. De dorpelingen schreeuwden aanmoedigingen naar de stinkende man.

'We geven je al ons geld als je die duivels weet kwijt te raken,' beloofden ze.

Diao probeerde niet blij te kijken. Zijn mond had weer een spottende trek, maar zijn ogen glinsterden van plezier.

In plaats van het comfortabele huis waarin ze

– zoals Ping zich had voorgesteld – zouden slapen, duwden de dorpelingen hen in een varkensstal. Het was een klein, rond bouwwerk op palen met een rieten dak. Het was al bewoond door vier varkens. Diao kwam zelf binnen om een van Danzi's poten aan een bamboepaal te ketenen. Danzi schreeuwde het uit toen de ijzeren ketting in contact kwam met zijn poot. Diao lachte. Ping wilde hem naar zijn keel vliegen en met haar nagels over zijn lelijke, lachende gezicht krabben, maar ze deed het niet, want dan zou ze zelf ook vastgeketend worden.

Vergeleken met Diao waren de varkens welkome kameraden. Ping had niets tegen varkens. Ze wist dat het schone dieren waren als ze de kans kregen, maar mensen hadden de gewoonte ze afval te voeren. Ze zakte tot aan haar enkels in rottende groenten en bedorven graan. De stank in de stal was ondraaglijk.

Danzi was terug in zijn drakengedaante. Zijn voorpoot, waar de ketting langs schuurde, zag eruit alsof hij was verbrand door kokend water. Ping had gemakkelijk weer uit de gammele varkensstal kunnen breken, maar Diao had drie dorpelingen bij de stal neergezet om hen te bewaken.

'Je moet jezelf aan hen laten zien, Danzi,' zei Ping. 'Je zei dat boeren bang zijn voor draken.'

Danzi zat onhandig gehurkt tussen twee varkens. Hij schudde zijn kop. 'IJzer put uit. Ping moet nadenken hoe we ontsnappen.'

'We hebben wapens nodig om hier weg te komen,'

zei Ping, hoewel ze nog nooit van haar leven een wapen had gebruikt.

'Scherpe wapens is niet het gereedschap van de wijzen,' antwoordde de draak.

Ping zuchtte en wilde dat Danzi meer had aan te bieden dan raadsels.

'Kun je je *qi* niet gebruiken om de bewakers te ontwapenen?' vroeg Ping.

'Kan niet concentreren op *qi* als er ijzer in de buurt is,' antwoordde de draak. 'Ping proberen.'

'Ik heb alleen maar een boomblad laten bewegen, Danzi. Het is niet eens de moeite waard om het te proberen.'

Ze hoorde Diao buiten tegen de dorpelingen zeggen dat ze Danzi de volgende morgen in een van de ijzeren kooien moesten stoppen die op zijn kar stonden.

'Waarom doodt hij je niet meteen?' vroeg Ping.

'Te ver van Wucheng,' antwoordde de draak.

'Wucheng?'

'Stad waar tovenaars en dodenbezweerders bij elkaar komen. Veel mensen kopen stukken draken-vlees om de magische eigenschappen.'

Ping huiverde bij de gedachte aan zulke gruwe-lijke mensen.

'Diao wil Danzi levend. Danzi nog vers in Wuc-heng. Diao wil Danzi in stukken verkopen.'

Beelden van die verschrikkelijke nacht op Huangling schoten weer door Pings hoofd. Het met bloed bespatte gezicht van Meester Lan, de bijl in het licht van het vuur, het gestolde drakenbloed in de sneeuw. Danzi was zo moe dat hij al gauw in slaap viel, ondanks het gevaar en de ongemakken.

Ping bleef bij de varkens zitten, tot het buiten donker was en de bewakers buiten ophielden met praten. Door de spleten in de wand van haar gevangenis keek Ping naar de rijzende maan boven de berg. Ze wist dat het bijna middernacht moest zijn. Ping was klaarwakker. De kou en het ongemak hadden haar geest gescherpt. Ze herinnerde zich de zelfvoldane uitdrukking op het gezicht van de drakenjager – half glimlachend, half boos – toen de dorpelingen hen in de varkensstal hadden geduwd. Ze moest een manier bedenken om te ontsnappen.

Ze overwoog haar situatie. Dat duurde niet lang. Ze had niets. De bewakers hadden haar buidel en haar mand afgepakt. Tenzij ze een manier kon bedenken om een wapen te maken van rottende groenten en kippenpoten, had ze niets om mee te werken. Ze voelde dat Hua zich bewoog. Sinds hun vertrek uit Chang'an kroop hij steeds in de zak aan de binnenkant van haar jurk, om te slapen. Hua kroop eruit en begon enthousiast de resten op te eten van het varkensvoer. De rat wist altijd een slechte situatie naar zijn voordeel te draaien. Ping moest hetzelfde doen. Ze dacht opnieuw na. Ze had twee dingen waar ze mee kon werken – een rat en een draak. Ze haalde de inhoud uit de geheime zak aan de binnenkant van haar jurk. Ze had een koperen munt, een jade hanger in de vorm van een dik kind en een klein beetje van het explosieve poeder dat Wang Cao haar had gegeven. Ze had een naald en een rode zijden draad. Haar benen deden pijn van het hurken. Ze stond op en ging op een snurkend varken zitten. Hoe kon ze de dingen die ze had, goed gebruiken?

De maan stond hoog aan de nachtelijke hemel toen Ping de slapende draak een por gaf.

'Wakker worden, Danzi,' zei ze. 'Ik heb een plan.'

De draak kreunde. Zijn poot, die nog maar net genezen was van de kettingen op Huangling, was rauw en bloedde weer.

Ping trok haar naald voor de dag en stak hem in het slot van de ketting. Sloten openen zonder sleutel kon ze goed. Ze had het op Huangling geleerd. Meester Lan was gewend eten achter slot en grendel te bewaren. Hij wilde niet dat zij haar tanden erin zette. Het duurde niet lang. De draak kreunde opgelucht toen de ketting van zijn poot viel. Ping schopte het ding zo ver mogelijk weg van de draak.

'Wat is Pings plan?' vroeg de draak.

Voor Ping iets kon zeggen ging de deur op een kier open. Een geschrokken gezicht verscheen.

'Ik denk niet dat jullie kunnen ontsnappen,' zei een zachte stem. 'Er staan drie bewakers met messen buiten klaar om jullie aan te vallen als jullie iets geks met mij doen.'

Het gezicht en de stem waren van de jongen die de varkens voerde. Hij kwam binnen en hield een emmer etensresten als een schild voor zich. Hij leegde de emmer en wilde weer naar buiten rennen, maar Ping greep hem bij zijn pols vast. De jongen begon geschrokken te piepen en deed zijn ogen dicht. Hij wachtte tot hij in een kikker veranderd zou worden of zou verdwijnen in een rookwolk. Hij deed zijn ogen weer open en leek verrast dat hij daar nog steeds in zijn gebruikelijke uiterlijk stond.

'Wil je een koperen munt verdienen?' fluisterde Ping, terwijl ze hem een van haar munten voorhield.

De jongen schudde zijn hoofd.

'Ik ben geen tovenares,' stelde Ping hem fluisterend gerust, terwijl ze de munt in zijn hand drukte. 'Ik ben gewoon een kind, net als jij.'

Hij keek Ping niet aan. In plaats daarvan tuurde hij in de duisternis achter haar en schrok hevig van de zwarte gestalte die hij daar zag opdoemen.

'Mijn opa slaapt,' zei Ping in een poging de jongen ervan te overtuigen dat wat hij zag een onschuldige, oude man was.

De jongen hield de emmer niet meer zo stijf tegen zich aangedrukt.

'Ik ben bang in het donker en de maan is achter een wolk verdwenen. Zou jij iets voor me willen doen?' vroeg Ping smekend. 'Zou je een lamp buiten de stal kunnen neerzetten, waar de bewakers hem niet zien? Zet hem maar ergens neer, kan niet schelen waar. Als het maar dicht genoeg bij de stal is dat ik een beetje licht krijg door de spleten.'

De jongen waagde een zenuwachtige blik naar Ping. Ze glimlachte. Ping legde nog een munt in zijn hand.

'Gaat alles goed daar, jongen?' riep een van de bewakers van een veilige afstand.

De jongen deed zijn mond open, alsof hij iets wilde roepen. Pings glimlach verdween. Ze schudde de pols van de jongen.

'Oké. Zie je dit?' Ping hield de jade hanger met de afbeelding van het dikke kind omhoog. De kleine gestalte was maar net zichtbaar in het vage licht van de maan. 'Dit was de laatste persoon die weigerde me te gehoorzamen.'

De jongen staarde naar de kleine groene figuur in de palm van Pings hand.

'Als je niet doet wat ik zeg, verander ik je in een stuk jade.'

Ze liet de pols van de jongen los. Het kind rende naar buiten en vergrendelde haastig de deur.

'Niets aan de hand,' hoorde ze hem met trillende stem tegen de bewakers zeggen.

De bewakers gingen weer rond hun vuur zitten. Een paar minuten later zag Ping een lamp naderen. De jongen droeg hem naar de achterkant van de varkensstal en zette hem neer op meer dan een armlengte afstand van de wand. Door de spleten in het hout keek hij Ping even angstig aan en verdween toen weer.

Een uur of twee later was het vuur van de bewakers uitgegaan en het gemompel was opgehouden.

Ping kroop naar de deur. Ze reeg een stuk van de zijden draad door het oogje van de jade hanger en bond de einden aan elkaar alsof ze het sieraad om haar hals wilde dragen. Toen duwde ze de hanger door een gat in de bamboe, net boven de grendel van de deur. Na vele pogingen lukte het haar de draad om de grendel te haken. Ze trok en de grendel schoof zachtjes van de deur. Ze duwde de deur zover open dat ze de jade hanger kon pakken.

'Ben je klaar voor het laatste deel van mijn plan?' fluisterde Ping tegen de draak.

Het beest knikte langzaam. Ze schudde iets van Wangs explosieve poeder in elk van de drie meloenbasten die ze uit het varkensvoer had gehaald en zette ze op de grond. Toen klom ze op de rug van een van de slapende varkens en trok een strohalm uit het rieten dak naar beneden. Ze duwde de halm door een gat in de bamboe wand. Met haar arm uitgestrekt kon ze met de strohalm net bij de lamp buiten. Het stro begon te branden, maar de lamp sputterde en ging uit. Als dit niet werkte, had ze geen tweede kans. Ze hurkte neer achter een van de varkens en hield de vlammende halm boven de eerste meloenenschil.

Buiten schrokken de doezelende bewakers wakker en sprongen op. Ze waren gewekt door een harde knal alsof bamboe ontplofte in een vuur. Toen klonk een onaards gebrul alsof koperen pannen tegen elkaar werden geslagen en ze zagen een flits verblindend licht kort oplichten in de nacht. De geschrokken bewakers keken rond, op zoek naar de bron van dit lawaai. Er kwam weer een flits, weer een knal, nog meer herrie. Het kwam allemaal uit de varkensstal.

Ping dook weg achter het grootste varken en schopte met haar voet de niet meer vergrendelde deur van de stal open. De drie geschrokken bewakers stonden als aan de grond genageld, toen een derde explosie weerklonk en een flitslicht de bewoners van de varkensstal liet zien. De vier varkens waren er, schreeuwend van de schrik, maar in plaats van de oude man en het jonge meisje dat ze hadden opgesloten, lag er nu een lange, groene slang in de deuropening, naast een grote rat.

'Ik ben een boze tovenares,' zei Ping vanuit haar schuilplaats in de varkensstal. 'De mensen die ons voor de voeten lopen, worden naar de diepste regionen van de hel gestuurd.'

De drie bewakers, simpele boeren, gewapend met een roestige zeis en twee aangescherpte stokken, sloegen schreeuwend op de vlucht.

Ping pakte Hua op toen ze uit de varkensstal sprong. Danzi gleed achter haar aan. Dorpelingen strompelden slaperig uit hun huizen, maar bleven staan toen ze hun lampen omhoog hielden en zagen hoe een slang zich veranderde in een draak. Ze vielen op hun knieën, sommige riepen gebeden om vergeving, anderen waren misselijk van het kijken naar de verandering. Ping ging op zoek naar haar mand en buidel bij het vuur, waar de bewakers beide dingen hadden doorzocht. Diao verscheen op een van de veranda's. Hij rende de trappen af naar hen. In zijn haast struikelde hij. Ping had hem graag zien vallen, maar ze had geen tijd. Het meisje en de draak verdwenen in de duisternis.

Het paar rende een halfuur aan een stuk door. Ping boog zich voorover en legde haar handen op haar knieën toen ze probeerde op adem te komen. Danzi snakte naar adem. Hij ademde zo onregelmatig dat het bijna leek of hij snikte.

'Steen is veilig?' vroeg hij.

Ping voelde in haar mand. Ze keek de draak aan. 'De drakensteen is weg,' zei ze. 'Diao moet hem hebben gestolen.

Hoofdstuk 11

OFFERGAVEN

Handen reikten vanuit het donker en grepen Ping vast.
Ze riep Danzi om hem te waarschuwen,
maar de wind droeg haar woorden de verkeerde kant uit.

Onderweg vroeg Ping wel honderd keer wanneer ze konden stoppen om te rusten of te drinken of iets te eten. En elke keer antwoordde Danzi: 'Nog niet.' Sinds ze in het donker waren verdwenen had Ping voorop gelopen. Ze bleef niet staan, voor wat dan ook, draaide zich alleen maar af en toe om, om de draak tot haast aan te sporen. Elke keer dat ze langzamer begon te lopen, voelde ze haar nekharen prikken alsof de drakenjager vlak achter hen was.

Het was al tegen de middag voor Ping durfde te stoppen, bij een riviertje. Maar van het lawaaierige kabbelen van het water, dat zich over de bedding vol stenen haastte, werd ze ook niet rustiger.

Toen Danzi weer op adem was gekomen, overstemde het bulderende geluid van zijn woede het kabbelende water. Ping had de draak nog nooit zo boos gehoord.

'Fout van Ping,' zei hij steeds weer. 'Ping is verantwoordelijk voor steen. Drakensteen op eerste plaats. Vóór eigen veiligheid.'

Ze waren diep in een bos van dunne, hoge bomen. Ping zag hun leerachtige bladeren. Ze ging met haar mouw langs de schors van de boom en rook aan de vage kaneelgeur dat het kassiebomen waren, Indische goudenregen. Als ze zich op iets anders concentreerde, zoals het tellen van het aantal verschrompelde bessen die nog aan de boomtakken hingen, kon ze de woorden van de draak vergeten en alleen maar zijn bulderende geluid horen. Hij had niet de kracht om dat lang vol te houden.

Ping was boos op zichzelf – boos dat ze de drakensteen aan Diao verloren had. Ze stelde zich de ruwe handen van de drakenjager voor die het gladde oppervlak van de steen aanraakten, of hem tegen zijn stinkende kleren aandrukte. De steen diende geen bepaald doel, maar hij was mooi. En hij was vast ook veel waard. Dat moest wel zo zijn als Diao zo slim was hem te houden. Ze hadden hem kunnen verkopen als het goud van de draak was uitgeput.

'Moet terug voor de steen,' zei de draak.

Zijn gebulder was veranderd in een bedroefde, vlakke toon.

'We kunnen niet teruggaan voor de steen. Dat is te gevaarlijk.'

'Reis zinloos zonder steen,' zei de draak.

'Wat bedoel je?' vroeg Ping.

De draak gaf geen antwoord, maar Ping dacht dat ze begreep wat hij bedoelde.

'Diao zal achter ons aankomen,' zei ze. 'Hij wil jou, meer dan de steen. Als we blijven doorlopen zonder te slapen, moeten we wel eten.'

Danzi vond het niet goed dat ze vuur maakte. Ze aten noten en gedroogde pruimen. Ping had nog steeds honger, hoewel de draak minder had gegeten dan zij.

'Je eet niet genoeg, Danzi,' zei Ping. 'Je wordt mager.'

De draak bekeek zijn gewonde vleugel nauwkeurig. De randen van de scheur in het vlies waren weer aan elkaar gegroeid. Hoewel de wond gezwollen was en er pijnlijk uitzag, begon ze wel te genezen. Ping zocht in haar mand. De pot zalf was er nog.

'Laat mij iets van Wang Cao's zalf op je vleugel smeren,' zei ze. 'Het heeft geen zin het zo te laten zitten Zo wordt het niet beter.'

Danzi had geen bezwaar, dus stak Ping haar vingers in de donkerrode zalf en smeerde die op de genezende wond. De vleugel voelde leerachtig aan en het litteken wat bobbelig. Ze was eraan gewend de zalf op het koele, gladde oppervlak van de steen te smeren. Ze miste zijn dieppaarse kleur met de melkachtige kronkels erin die van dag tot dag leken te veranderen. Ze schudde haar hoofd in een poging

zulke rare emoties te verjagen. Hoe kon het verliezen van een steen haar zo van streek maken?

'Hoe dicht zijn we bij de zee?' vroeg ze aan Danzi, omdat ze aan iets anders wilde denken dan aan
de steen.

De draak gaf geen antwoord.

'We lopen nu al weken,' drong ze aan. 'We moeten toch dichterbij komen?'

'We zijn nog niet halverwege.'

Pings benen werden opeens moe en zwaar. Ze
dacht niet dat ze de kracht had ze op te tillen om
het riviertje over te steken, laat staan nog honderden *li* te lopen. Het leek of ze in een droom waren,
waarin de zee steeds verder weg raakte terwijl ze
hun uiterste best deden om haar te bereiken.

'Moet eerst terug voor steen.'

Ping zuchtte. Ze dacht dat ze hem ervan overtuigd had dat ze niet terug konden gaan.

Danzi boog zijn vleugel heen en weer. 'Vleugel
bijna beter,' zei hij. 'Kan over veertien dagen weer
vliegen. Dan zijn we bij de zee.'

Ping hield niet van vliegen, maar ze zou blij als
de reis naar de zee achter de rug was. Danzi dronk
veel water uit het riviertje. Ping was bezig hun
waterzak van geitenhuid opnieuw te vullen, toen ze
een takje hoorde kraken.

'Hoorde je dat?'

'Hoorde niets. Zag flits van metaal. Verstoppen!'

De draak was opeens een schoffel geworden en
verstopte zich achter een boom. De boomstammen

waren te smal voor Ping om zich achter te verbergen. Ze hing de mand en de waterzak van geitenhuid over haar schouder en klom in een van de bomen, zo hoog als ze durfde, tussen de smalle takken. Een poosje later hoorde ze weer gekraak en zag onder zich twee mannen tussen de bomen lopen. Ping herkende hen meteen. Ze kwamen uit Fengjing. Ze kon de geur van kaneel ruiken die uit de schors van de boom kwam. De ene man – hij had een versleten zonnehoed op – snoof luidruchtig, alsof hij de geur ook rook. Ze zat nauwelijks anderhalve meter boven hem. Het bladerdek was niet dik. De man hoefde maar omhoog te kijken en hij zou Ping zien. De andere man gaf een woeste schop tegen de stapel notendoppen en steeltjes van de pruimen die ze niet meer had kunnen verstoppen.

'Ze zijn hier geweest.' Hij keek naar het geplette gras waar Ping en Danzi hadden gezeten. 'En nog niet zo lang geleden ook.'

'Welke kant zijn ze uitgegaan denk je?' vroeg de man met de hoed.

Daglicht en de belofte van goud had hun moed gegeven.

'Moeilijk te zeggen.' De andere man zocht in het kreupelhout. 'Kijk eens wat ik hier vind! Een schoffel.'

'Hij is wel oud,' bromde zijn metgezel.

'Ik zou hem kunnen schoonmaken,' zei de andere man.

Ping wist niet wat ze moest doen. Als de man de schoffel pakte, zou hij geen tuingereedschap voelen, maar een geschubde draak. De man wilde de schoffel oppakken.

'Hé! Ik heb iets beters gevonden,' zei de man met de hoed. 'Een voetafdruk. Het is die van die meid, die tovenares, denk ik.'

De andere man liet de schoffel voor wat hij was en liep naar de voetafdruk die zijn vriend had gevonden in het zachte zand op de oever van het riviertje.

'Er zijn geen voetsporen die van deze plek weggaan,' zei de eerste man.

Ping hield haar adem in. Ze kwamen er vast achter waar ze verstopt zat.

'De tovenares is in lucht opgegaan,' zei de man met de hoed.

'Nee,' zei de andere man. 'Ze zijn de rivier overgestoken. Kom op, als we hen vinden krijgen wij de beloning.'

De twee mannen staken plonzend en spattend het riviertje over en verdwenen weer tussen de bomen. Toen ze er zeker van was dat ze niet terugkwamen, liet Ping zich uit de boom zakken.

'Kan niet meer reizen over de weg,' zei Danzi voor hij zelfs maar teruggekeerd was in zijn drakengestalte. 'Niet veilig.'

'Dus blijven we doorlopen?' vroeg Ping. 'We gaan niet terug voor de drakensteen?'

De draak schudde treurig zijn hoofd. Toen verdween hij tussen de bomen naast het pad. Ping volgde hem.

Het werd warmer. Elke dag zagen ze bloemen of bomen die Ping nooit eerder had gezien. Ze vroeg de namen aan de draak om te proberen hem af te leiden van de drakensteen, maar hij gaf geen antwoord.

Dieren verschenen af en toe tussen de struiken of op takken van bomen. Ze keken geschrokken toen ze vreemde schepsels zagen die zich door hun bos haastten, en maakten dat ze wegkwamen. Ping had het leuk gevonden als ze een eekhoorn of een hert zag. Maar die zag ze niet, wel twee kleine beren die in het gras buitelden en dat vond ze eerder eng dan leuk.

Ze stopten voor de nacht, maar Danzi vond het nog steeds niet goed dat Ping een vuurtje maakte. Ze weekte gierst en ze aten het rauw met wilde paddenstoelen en vogeleieren.

Toen ze uit hun kamp vertrokken veegde de draak met zijn staart over de grond om hun voetafdrukken te wissen. 'Ervaren reiziger laat geen sporen achter,' zei hij.

Ze liepen drie dagen door een dicht bos van cipressen zonder dat ze iemand tegenkwamen. De grond was vlak en met de hoge bomen zo dicht om hen heen was het onmogelijk iets te zien van de lucht of het land waar ze liepen. Onder het lopen werd de grond onder hun voeten steeds droger. Het gras werd schaarser en geler. De blaadjes aan de bomen waren al verwelkt voor ze maar een kans hadden gekregen zich te openen.

Danzi zei niets meer over de drakensteen. Ping was verbaasd dat hij er zo gemakkelijk mee ingestemd had om hem achter te laten.

Uiteindelijk kwamen ze aan de rand van het bos en zagen ze weer akkers voor zich liggen. Danzi kroop opnieuw in zijn gedaante van oude man. De boeren die ze zagen waren – vreemd genoeg – nergens mee bezig. Ondanks het warme lenteweer was niemand aan het ploegen of zaaien. Niemand nodigde de reizigers uit in hun stal of schuur te slapen. Ze vroegen evenmin naar nieuws uit de omgeving, maar knikten kort toen ze voorbijkwamen, zonder hen aan te kijken. Toen Ping vroeg of ze groenten kon kopen van een oude vrouw, schudde ze haar hoofd en hield haar rapen en uien die ze in haar armen had, tegen zich aangeklemd alsof het edelstenen waren.

Laat in de middag zagen ze rond een meertje een groep mensen staan. Randen van gedroogde modder gaven aan dat het water een aantal voet gezakt was. Het was ooit een meer geweest van bijna een halve *li* breed. Nu was het nog maar een vijver.

Waar eerder de oever van het meer was geweest, stond een klein heiligdom. Het was een eenvoudig houten bouwwerkje. Het dak was pas groen geverfd.

Ping zag binnenin een primitieve schildering van een draak. Onder de geschilderde draak lagen drie sinaasappels dicht bij elkaar. De vierde sinaasappel rustte op de drie. Daarnaast lag een steen gevormd

als een hagedis en er stond een kegel met smeulende wierook. De geur van de wierook vermengde
zich met de lucht van vlees dat in een pot stond te
koken. De kookpot stond op een driepoot. Eronder
smeulde een vuurtje. Een oudere man uit het dorp,
met een toga aan met groen borduursel erop, mompelde gebeden tot de geest van het meer.

'Neem onze nederige offergaven aan, Grote
Draak,' zei hij. 'Word wakker en breng ons regen.'

De mensen gooiden dingen in het meer – oude
ijzeren schalen, roestig boerderijgereedschap, een
gebroken zwaard.

Ping keek toe van achter een boom. 'Wat doen
ze?' vroeg ze.

'Mensen geloven draak woont in meer en is nog
niet wakker uit winterslaap. Moet lenteregen brengen. Ze weten dat draken ijzer haten, daarom gooien
ze ijzer in meer, drijven hem eruit.'

'Zit er een draak in het meer?' vroeg Ping.

'Misschien eeuwen geleden, maar nu niet meer.'

Een paar mensen keken naar een zweem van een
wolk in de lucht.

'Kijk,' zei een van hen. 'Zie je die wolk? Hij heeft
een beetje de vorm van een draak. Goed voorteken.'

Danzi liep als oude man samen met Ping langs
het meertje. De mensen bekeken hen achterdochtig,
maar niemand zei iets tegen hen.

Het begon donker te worden en de wind werd
straffer. Ping liep naar een kleine heuvel en vond

een diepe rotsachtige nis, waar ze konden slapen, beschermd tegen de wind en verborgen voor de boeren.

Ping waagde het een klein vuur te maken en kookte een eenvoudig maaltje van linzen en wilde meloen. Het was het eerste warme maal dat ze in een week aten. Het was vrij smakeloos, maar het vulde hun maag. Danzi was moe, zoals elke avond, maar nog vermoeider, omdat hij voor het eerst sinds dagen weer in zijn gedaante van oude man was gekropen.

'Eet nog wat linzen,' zei Ping. Zoals meestal had Danzi minder gegeten dan het meisje.

'Geen eten meer,' antwoordde de draak. 'Maar thee is lekker.'

De zak van geitenhuid was bijna leeg.

'Ik ga water halen.'

Danzi lag al te soezen.

De maan was nog niet opgekomen. De wind had de wolkjes weggeblazen en de hemel was bezaaid met sterren als zoutkorrels op een donker tafellaken. Ping liep voorzichtig door het kreupelhout en hoopte dat ze haar weg terug naar Danzi weer zou kunnen vinden.

Stemmen zweefden op de wind naar haar toe. Het waren harde en boze stemmen. Ze kwam dichter bij het meertje en kon brandende toortsen zien. Ze begreep dat de mensen daar nog steeds bij elkaar waren. Ze hoorden door de harde wind alleen wat flarden van hun gesprekken.

Andere stemmen mengden zich in de ruzie. Mensen begonnen te schreeuwen en raakten steeds opgewonder. Een kind begon te huilen. In het flikkerende licht van de toortsen zag Ping dat een van de mannen een tegenstribbelend meisje vasthield. Een vrouw probeerde het kind van hem af te pakken, maar anderen schoten toe om haar tegen te houden.

'... maar een meisje.'

'Alleen de hemel... neemt levens.'

De vrouw huilde. Ping kwam dichterbij en probeerde erachter te komen waar ze het over hadden.

'... een enkel leven gaat verloren...'

'Als de regen niet.... Veel mensen... sterven van de honger.'

Handen reikten vanuit het donker achter Ping en grepen haar vast. Ze riep Danzi om hem te waarschuwen, maar de wind droeg haar woorden de verkeerde kant uit. De oude draak, half doof, zou haar nooit horen. Haar eerste gedachte was dat het Diao was, maar geen van de mannen die haar vasthielden had die vreselijke lucht van dode dieren om zich heen zoals de drakenjager. Ze probeerde zich los te rukken uit hun greep, maar ze pakten haar steviger beet en sleepten haar naar de oever van het meertje.

Toen ze bij de menigte aan het meer kwamen, zag Ping de gezichten van de mensen in het licht van de toortsen. Ze keken ernstig, dodelijk vermoeid en bezorgd. Middenin de groep stond een meisje, een jaar of twee jonger dan Ping. Haar gezicht was bevroren van angst. Haar handen waren aan elkaar gebonden. Haar polsen bloedden, omdat ze geprobeerd had zich los te rukken. Ze had een kort jurkje aan, gemaakt van hennepvezel. Op de voorkant was een ruwe schildering van een groene draak. Het was geen koude avond, maar het meisje beefde over haar hele lijf. Een vrouw zat op haar knieën voor de dorpsoudste. Ze huilde en greep de zoom van zijn toga vast. De mannen die Ping hadden gepakt sleepten haar nu voor de oude man.

'Kijk eens, ze hield zich verborgen tussen de struiken,' zei een stem achter haar.

Ping zag voor het eerst de gezichten van de mannen die haar overmeesterd hadden. Het waren nauwelijks mannen te noemen, het waren jongens nog, met boze gezichten.

De vrouw keek naar Ping. Haar groezelige gezicht, gevlekt door een stroom tranen, klaarde opeens op.

'We kunnen haar gebruiken in plaats van Wei Wei,' zei de vrouw.

Ping wist niet waar ze het over hadden. De dorpsoudste knikte. De man die het jonge meisje nog steeds vasthield liet haar nu los en het kind rende naar haar moeder. De jongens die Ping vasthielden, grepen haar steviger beet. Een andere vrouw trok het meisje het jurkje uit en wikkelde haar bibberende lichaam in een deken. Ze draaide zich naar Ping, maakte de sjerp om haar middel los en trok haar haar lange jurk uit. Ze trok het korte jurkje over Pings hoofd, en duwde ruw haar armen door de korte mouwen. Toen moest Ping haar armen naar voren steken en de vrouw bond er een leren snoer omheen.

'U vergist zich. U denkt dat ik iemand anders ben,' zei Ping. 'Ik ben een vreemde in deze streek.'

De wrede gezichten begonnen gemeen te glimlachen. 'Dat weten we.'

De boeren knielden langs de oever van het meertje en zongen op één toon tegen de drakengod, die – dachten ze – in het meertje leefde. De jongens duwden Ping op haar knieën en knielden zelf ook neer.

'Neem deze offergave aan, Grote Draak,' zei de dorpsoudste. 'Vergeef ons wat we ook maar fout hebben gedaan. Breng ons regen en we zullen u voor altijd aanbidden.'

Opeens werd Ping alles duidelijk. Ze waren van plan haar te offeren aan de drakengod van het meer. Ze zouden haar in het water gooien en haar laten verdrinken.

Ze probeerde zich los te rukken uit hun greep. 'Danzi! Help me!' schreeuwde ze, hoewel ze wist dat er geen kans bestond dat de draak haar van deze afstand kon horen.

De maan verscheen boven een verre heuvel. De mensen vormden een kring rond het meer alsof ze haar graag zagen verdrinken. De jongens brachten haar langs de steile oever naar een vlot van bamboe. Toen ze tegenstribbelde bonden ze haar voeten ook aan elkaar vast. Ping probeerde zich los te rukken, maar dat had geen zin. Ze was niet sterk genoeg. Ze gooiden haar op het vlot. Een van de jongens drukte haar neer, terwijl een andere naar het midden van het meertje roeide. Ping dacht dat er meer gezongen zou worden, meer geofferd, zodat ze tijd had om een manier te bedenken hoe ze kon ontsnappen, maar ze had verkeerd gegokt. Er zat haast in de plechtigheid. Ze wilden blijkbaar dat deze offergave zo snel mogelijk werd gedaan om de draak te sussen. Ze rolden Ping naar de rand van het vlot alsof ze een zak graan was. Ze zag de weerspiegeling van de maan als gesmolten zilver rimpelen op de wateroppervlakte. Op hetzelfde moment voelde ze de scherpe koude klap van het water omdat de mannen haar er voorover in gooiden.

Ze deed haar mond open om te gillen maar kreeg alleen maar water binnen. Ze had lucht nodig. Ze haalde opnieuw adem, maar merkte dat er niets was dan water om haar longen mee te vullen. Ze had de lucht om zich heen altijd heel gewoon gevonden, maar zich nooit gerealiseerd hoe kostbaar hij was. Ze trok haar benen op en probeerde met haar geboeide handen bij de band rond haar enkels te komen. Haar lichaam tuimelde naar voren in een vertraagde salto. Toen zag ze een gezicht zweven in het water. Een drakengezicht. Er leeft een draak in het water, dacht ze. Ik ben in elk geval niet alleen op de bodem van het meer.

Het drakengezicht kwam dichter bij en toen kwam een drakenpoot met vier scherpe klauwen op haar af en greep haar bij haar jurkje beet. Toen was ze uit het water, maar kon nog steeds geen lucht krijgen. Een oorverdovend gedonder vulde de nachtelijke lucht. Het klonk alsof tien mannen met houten hamers op koperen trommels roffelden. Ping hing zelf in de lucht, hoog boven de mensen die zich allemaal op de grond hadden laten vallen en hun oren dicht hielden tegen het verschrikkelijke geluid. Het leek of haar longen zouden barsten. Er was een gloeiend licht boven haar. Het was niet de maan, dat kon ze zien. Het was iets anders. Ze schudde met haar hoofd en een moment lang zag ze een bleke draak. Hij zag eruit alsof hij van maanlicht was gemaakt. Toen werd alles vaag en in haar oren overstemde een zoemend geluid het gedonder in de verte.

Ping kreeg met korte tussenpozen het gevoel dat er iets heel zwaars op haar borst drukte. Het water in haar maag en longen spoot uit haar mond en neus, zo hard dat het een brandend gevoel gaf. Ze ademde in. Deze keer zoog ze haar longen vol met lucht. Ze haalde opnieuw adem, diep deze keer. De lucht had geen smaak of geur, maar op de een of andere manier leek het melk en honing. Het was het heerlijkste wat ze ooit in haar leven had gevoeld. Ze voelde weer iets zwaars op haar borst drukken. Ze deed haar ogen open. Het was een drakenpoot.

'Dat doet zeer,' klaagde ze toen de poot werd opgetild.

Danzi keek op haar neer. Draken kunnen niet glimlachen, maar ze zag een verzachting rond zijn lippen en hoorde het geluid dat leek op klingelende klokjes.

'Ik heb de draak in het meer gezien,' zei Ping, die nog steeds de lucht opsnoof alsof het de lekkerste parfum van de wereld was.

'Was ik,' antwoordde Danzi. 'Ping in de war. Danzi boven water, niet eronder.'

Ping fronste haar wenkbrauwen. Ze probeerde dit te begrijpen.

'Hoe wist je dat ik in moeilijkheden was?' vroeg Ping. 'Ik dacht dat je me niet kon horen schreeuwen om hulp.'

'Hoorde niet. Zag het. Draken horen slecht, maar zien een mosterdzaadje van een afstand van honderd li, zelfs 's nachts. Ik heb je dit onderweg verteld. Ping luistert niet.'

'Van nu af aan zal ik heel goed luisteren naar alles wat je zegt. Beloofd!'

Hoofdstuk 12

EEN DONKERE WOLK

Hij sloeg snel met zijn vleugels.
Ze zagen er klein en breekbaar uit,
te teer om zijn zware lijf in de lucht te houden.
Hij sloeg nog sneller met zijn vleugels,
maar hij begon te vallen.

Danzi had het vuur aangewakkerd en erboven hing een ketel water te dampen. 'Dacht Ping houdt van thee,' zei hij. 'Heb krekel gevangen voor de achtenswaardige Hua.' De draak hield een dood insect omhoog.

'Is hij niet hier?' Ping zette vlug haar kom thee neer en griste haar lange jurk van de vloer, die lag te drogen bij het vuur. De koperen munten en de hanger zaten nog in de zak, en ook de restjes van Wang Cao's ontplofbaar poeder. Maar van Hua geen spoor.

'Waar kan hij zijn?' Ping keek zenuwachtig rond

en hoopte de rat te zien. Hij zat zich vast te warmen bij het vuur of knabbelde aan hun voedselvoorraad.

'Heb rat niet gezien,' zei de draak.

Ping riep zijn naam, maar hij kwam niet opdagen. Ze liet zich weer zakken bij het vuur.

'Hij moet zijn weggerend toen ze me mijn lange jurk uittrokken,' zei ze.

'Vrouw heeft Ping lange jurk weer aangetrokken,' zei Danzi.

'Hua zat niet meer in mijn lange jurk,' zei Ping.

'Nee, Ping spuwde zoveel water uit. Rat weggelopen. Danzi heeft dat niet gezien. Te druk met Ping. Maar rat is trouw. Komt terug.'

'Waarom zou hij bij mij willen blijven? Bij mij is het leven voor hem gevaarlijk. Hij zou veel gelukkiger zijn als hij met alle andere dieren in het wild leefde.'

De volgende morgen was Hua nog niet terug. Ping ging naar het meer om hem te zoeken. Ze kon hem niet vinden. Ze glipte terug naar hun schuilplaats toen de mensen zich weer bij de oever van het meer verzamelden.

De draak zuchtte. 'Moeten werken op akkers.'

'Nu ze ervan overtuigd zijn dat er een draak in het meer zit,' zei Ping, 'houden ze niet meer op met bidden tot het gaat regenen.'

'Als het gaat regenen geloven mensen dat komt doordat ze meisje hebben geofferd. Elke keer dat ze regen willen, offeren ze weer.'

'Kun jij het laten regenen, Danzi?'

De draak bewoog zijn kop heen en weer, maar zo dat het niet ja, maar ook niet nee betekende.

'Het nieuws dat er een draak is gezien verspreidt zich natuurlijk als een lopend vuurtje,' zei Ping. 'Het zal niet lang duren voordat Diao ons spoor te pakken heeft. We moeten hier vlug weg, Danzi.'

Danzi bleef staren naar de mensen rond het meer. 'Nog even.'

Ping zag in haar hoofd Diao steeds dichterbij komen, terwijl zij hier treuzelden om weg te komen.

'Ik ga uitleggen dat de draak geen offergaven meer wil,' zei Ping.

'Luisteren niet. Willen regen.'

'Waarom denken de mensen dat jullie het kunnen laten regenen?'

'Lang geleden waren er nog veel draken. Elke draak zorgde voor bepaalde rivieren, vijvers en beken. Hield ze in orde. Boeren begonnen draken te eren, geloofden dat zij de lenteregens brachten.'

Ping streek haar jurk glad en kamde haar haar.

'Ik kan proberen het aan hen duidelijk te maken,' zei ze.

Ze liep naar het meer en probeerde er belangrijk uit te zien. Er viel een stilte onder de mensen.

'Ik ben de prinses van de vijver,' zei ze. 'De grote draak is boos op jullie.'

De mensen kreunden.

'Zeg tegen de draak dat het ons spijt dat we hem

beledigd hebben. We zullen nog een offergave aan hem doen.'

'Hij wil niet dat jullie mensen aan hem offeren.'

'Wat moeten we dan doen?'

'Het is lente. Jullie moeten zaaien.'

'Maar zonder regen redt onze oogst het niet. Zaaien heeft geen zin.'

Ping probeerde duidelijk te maken dat als er niet werd gezaaid, er niets zou groeien, al regende het pijpenstelen, maar de boeren schenen het niet te begrijpen.

'We hebben de grote draak beledigd,' jammerde de dorpsoudste. 'Alles is verloren.'

De mensen bogen hun hoofd en gooiden modder in hun haar.

'De draak zal regen brengen,' zei Ping. 'Maar alleen als jullie een plechtige belofte doen.'

Het gejammer hield op. De mensen zeiden dat ze alles zouden beloven, wat dan ook.

'Jullie moeten onmiddellijk beginnen met werken op jullie akkers,' zei Ping met de strenge stem die ze gebruikt had als ze de dieren op Huangling bij elkaar riep om terug te komen in hun kooien. 'En jullie moeten beloven nooit meer mensen aan hem te offeren.'

'Zelfs geen meisjes?' vroeg een man.

'Nee,' zei Ping streng. 'Hij houdt van offergaven als geroosterde zwaluwen.'

De mensen schudden de modder uit hun haar. 'Als we dit beloven, brengt de draak dan lenteregens?'

'Ja,' antwoordde Ping. Ze vond een leugentje om bestwil beter dan een heel dorp hongerig te laten worden.

De dorpsoudste beval zijn mensen de ploeg en de schoffels te halen. Hij koos drie jonge mannen uit die op jacht moesten naar zwaluwen. Iedereen rende weg om de bevelen van de draak uit te voeren.

Ping liep terug naar Danzi.

'Boeren werken,' zei Danzi. 'Goed gedaan. Wat heeft Ping gezegd?'

Ping was stil. De draak fronste zijn dikke wenkbrauwen, terwijl hij Ping aankeek.

'Wat heeft Ping gezegd?' herhaalde de draak.

'Ik heb gezegd dat als ze weer op hun akkers aan het werk gingen en beloofden nooit meer mensen te offeren dat jij eh... regen zou maken.'

De draak maakte diepe rommelende geluiden.

'Ik wist niet wat ik anders moest zeggen,' zei Ping. 'Ze hebben regen nodig.'

'De hemel beslist of het gaat regenen in het voorjaar.'

Ping keek de draak aan. 'Kun je het niet proberen?'

'Draken kunnen wolken aanmoedigen te gaan regenen. Weet niet of gewonde vleugel goed genoeg genezen is voor zo'n vlucht,' zei de draak. Hij sloeg zijn linkervleugel uit. Het litteken in het dunne vlies van de vleugel was aan een kant weer opengegaan.

'Dat is vast gebeurd toen je me kwam redden,' zei Ping schuldbewust.

De draak vouwde zijn vleugel weer dicht.

'Ik wist niet dat je moest vliegen om het te laten regenen,' ging Ping door. 'Ik dacht dat je een toverformule zou uitspreken of een van je lievelingsgeluiden zou maken.'

'Moet naar boven vliegen, boven wolken,' zei Danzi.

Ping keek naar de lucht. Er waren alleen maar wat flarden van grijze wolkjes die Ping deden denken aan de vlokken stof in de hoeken van de zalen op Huangling. Wat leken die nu vreselijk ver weg. 'Wat doe je dan?'

'Erop spuwen,' antwoordde de draak.

'Spuwen?'

De draak knikte alsof het niets bijzonders was. 'Je kunt drakenspeeksel voor zoveel dingen gebruiken.'

'Maar je kunt niet naar de wolken vliegen met een scheur in je vleugel,' zei Ping. Ze wenste nu dat ze nooit die belofte aan de mensen had gedaan. 'Ik ga het hun wel vertellen.

Ping rende terug naar het meer. Ze legde de boeren uit over de beschadigde vleugel.

'Waarom komt de draak niet zelf naar ons?' vroeg de dorpsoudste.

'Hij is boos op ons,' zei een van de jongens die haar de avond daarvoor gevangengenomen had. 'Hij wil nog een offergave.'

'Nee, niet waar,' zei Ping.

De boeren kwamen om haar heen staan. Hun gezichten stonden weer hard en wreed.

Ping bereidde zich erop voor dat ze zich moest verdedigen. Toen besefte ze dat ze niet naar haar luisterden. De boeren keken over haar schouder. Ping draaide zich om. De omgeving was vlak, op de heuvel na waar zij en Danzi hun kamp hadden gemaakt. De boeren wezen opgewonden naar een kleine figuur die de berghelling beklom. Het was Danzi.

Van de grond komen was voor een draak het moeilijkste deel van het vliegen. Het vroeg een heleboel energie. Ping nam aan dat het alleen maar schrik was dat Danzi was opgestegen op Huangling toen de drakenjager achter hem aanzat. De tweede keer dat ze opvlogen van de bergtop werden ze ondersteund door een stevige opwaartse wind. Ping wist niet hoe hij de vorige avond opgevlogen was om haar te redden, maar ze wist zeker dat hij spierpijn in zijn vleugels zou hebben na de ongewone oefening. Ze staarde angstig naar de draak in de verte. Hij zag er klein en tenger uit. Het meisje was bang dat de draak met vermoeide spieren en een gescheurde vleugel niet in staat zou zijn naar de wolken te vliegen.

Ping hield haar adem in toen Danzi zich omdraaide en van de heuvel af begon te rennen. Het leek vreemd dat hij bergafwaarts rende om te kunnen vliegen, maar Ping wist dat hij probeerde genoeg snelheid te maken. Hij had al driekwart van de weg naar beneden gerend, maar vertoonde nog geen tekenen dat hij zou vliegen. Wat zouden de boeren doen als de draak te pletter viel? Maar toen, terwijl hij zijn poten onder zich vouwde, sloeg de draak zijn vleugels uit en suisde de lucht in. De boeren juichten. Ping ademde weer, maar hield haar ogen angstig op Danzi gericht, terwijl hij langzaam hoger steeg. Door de grote afstand leken zijn vleugels zo teer als die van een vlinder.

Een van de donzige wolken was grijzer en zwaarder dan de andere twee. Danzi's vleugels zwoegden. Langzaam vloog hij in een spiraal op naar de wolk.

Het duurde bijna een halfuur om bij de wolken te komen. Danzi leek niet groter dan een mus. Toen verdween hij in de wolk. Ping wilde geloven dat de draak het kon laten regenen, maar het leek onmogelijk. De gezichten van de boeren, die allemaal naar boven keken, glimlachten terwijl ze op één toon gebeden zongen voor de drakengod van het meer. Ze twijfelden er niet aan dat de draak hun regen zou brengen. Lange minuten verstreken terwijl de wolk langzaam verder zweefde en koppig weigerde water te lozen. Er waren nu meer wolken. Ping begon haar eigen gebeden te mompelen. Danzi had zijn vleugel beschadigd toen hij probeerde haar te redden en zij was het die hem deze vlucht liet maken. Hij zou toch niet hoeven sterven door haar domheid? Zij was degene die gestraft moest worden. Ze keek op naar de grijze wolken. Ze kon niets doen. Ze was machteloos.

De glimlach op de gezichten van de mensen begon te vervagen. De lovende kreten stierven weg. Waar bleef de regen? Ze mopperden boos tegen elkaar. Ze hadden weer hoop gekregen. Ze hadden zich hun meer weer vól voorgesteld. Ze hadden hun zorgen en beslommeringen opzij gezet, maar het was allemaal valse hoop geweest.

Ze grepen Ping vast.

'Jij komt hier niet meer weg,' schreeuwde de dorpsoudste, terwijl hij zijn roestige zwaard uit de schede trok.

Ping verzette zich niet. Misschien was dit de wil van de goden. Als de boeren haar doodden, bleef Danzi misschien gespaard.

Toen schoot er een bliksemschicht door de lucht, gevolgd door een rollende donderslag. Ping keek op. De wolken waren donkerder en zwaarder. Uit het westen kwamen nog meer wolken aandrijven. Weer een bliksemflits, en een knallende donderslag. Het klonk als Danzi wanneer hij boos werd. Een dikke druppel water spatte op Pings wang, toen nog een. Het gemopper van de boeren hield op toen regendruppels op hun omhoog kijkende gezichten spatten. Ze lieten Ping los en begonnen te lachen en te schreeuwen. Al gauw begon het hard te regenen. De mensen dansten al lachend en juichend in de plassen.

Ping bleef naar boven kijken. Waar was Danzi? Opeens brak hij door de wolken. Hij sloeg snel met zijn vleugels. Ze zagen er klein en breekbaar uit, te zwak om zijn zware lijf in de lucht te houden. Hij sloeg nog sneller met zijn vleugels, maar hij begon te vallen. Zijn tere vleugels legden het af tegen de opwaartse wind. Ze bewogen zich niet meer, maar wapperden achter hem aan, nutteloos als een dunne gazen cape. Danzi bleef vallen. Ping kon het niet aanzien, maar ze moest wel. Ze moest weten waar hij landde. De draak probeerde controle te krijgen over zijn val, probeerde zijn vleugels weer te strekken. Het lukte hem niet. Toen trok hij zijn zwaaiende poten tegen zijn lijf en boog zijn kop. Hij boog zijn lijf zo dat hij terugdraaide naar het meer. In plaats van een doodklap op de grond te maken, plonsde Danzi voorover in het meer. Een fontein van water, hoger dan het hoogste gebouw in Chang'an, spoot naar boven. Maar het meer was ondiep en Ping voelde de grond trillen onder haar schoenen.

'De draak is teruggekeerd naar zijn huis op de bodem van het meer,' zei de dorpsoudste. 'Nu gaan we zijn geschenk van de regen vieren.'

De boeren dachten niet meer aan Ping. Zingend en dansend in de stromende regen gingen ze terug naar huis.

Het meisje stond alleen bij het meer en staarde wanhopig in het donkere water, hopend op een teken van beweging. Maar niets verstoorde de oppervlakte van het water, behalve de regen.

De regen viel zwaar. De wolken waren zwart. Het leek eerder nacht dan dag. Het had geen zin om in het water te springen om te zoeken naar de draak. Ping kon niet zwemmen. Ze begon langs het water te lopen, turend in de diepte, maar ze kon niets zien. Ze beefde als een rietje in de kou. Wat moest ze doen zonder de draak? Waar moest ze heen? Ze zag het korte jurkje liggen dat ze had aangehad toen ze haar als offergave in het meer hadden gegooid. Ze pakte het op en stak het bij zich.

Ping was altijd alleen geweest. De enige mensen die ze zich kon herinneren waren Lao Ma en de vreselijke Lan. Maar zij waren geen vrienden. Meester Lan had haar nooit één moment van warmte laten zien en hoewel Lao Ma vriendelijk tegen haar was geweest, had ze Ping alleen maar als een slaaf beschouwd. Op Huangling had ze vaak een wens gehad die dringender was dan een bord lekker eten, een warmere jas of de hoop dat Lan minder dingen naar haar hoofd zou gooien. Ze wilde zo graag een echte vriend of vriendin tegen wie ze kon praten. Ze had zich nooit kunnen voorstellen dat ze bevriend zou raken met een draak. Op Huangling had ze geen vrienden gehad, maar zich nooit eenzaam gevoeld. Nu ze wist wat vriendschap kon zijn en die vriendschap weer verloren had, voelde ze zich voor het eerst van haar leven eenzaam. Haar enige vrienden – een draak en een rat – waren allebei weg. Tranen vermengden zich met de regen die langs haar wangen stroomde.

Ping ging zitten aan de oever van het meer en bleef er de hele dag. Ze zag dat het water langzaam steeg. Vanuit het dorp zweefden de geluiden van feestende mensen op de wind in Pings richting. Er werd gezongen, geschreeuwd, gejuicht, gelachen.

Haar lange jurk was kletsnat van de regen. Het korte jurkje lag als een natte prop naast haar. Haar haar hing in natte strengen langs haar hoofd. De hemel was de hele dag zo donker dat ze nauwelijks merkte dat het inmiddels avond was geworden. Uiteindelijk stond ze op en zocht haar weg terug naar de schuilplaats in de rotsen. Het werd steeds donkerder en ze ploeterde door de glibberige modder. Ze struikelde en viel voorover. Ze dacht dat ze gestruikeld was over een boomstronk, maar hoewel hij bedekt leek met een schubachtige grijze schors, was hij zachter dan hout. Waar ze aanvankelijk van dacht dat het takken waren, bleken hoorns, merkte ze. Het was helemaal geen boomstronk. Het was het lijf van een draak.

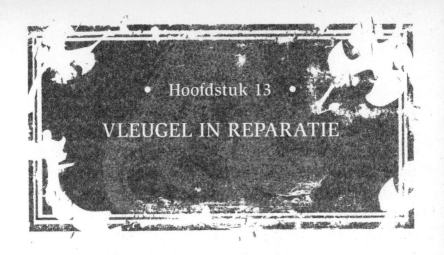

Hoofdstuk 13

VLEUGEL IN REPARATIE

Haar eigen hart bonkte alsof het probeerde
haar én de draak in leven te houden.

Ping knielde neer in het water aan de oever van
het meer en probeerde of ze Danzi's hart voelde
kloppen in zijn geschubde borst. Ze voelde niets.
Haar eigen hart bonkte, alsof het probeerde haar én
de draak in leven te houden. Ze voelde onder zijn
kin tot ze het zachte plekje vond, waar de draak
graag gekrabd wilde worden, net boven de omgedraaide schubben. Ze stak haar vingers in de schubben. Toen voelde ze wel een hartslag. Het hart klopte
langzaam en oppervlakkig, maar Danzi leefde nog.

Het stijgende water begon al te kabbelen over de
staart van de draak en over zijn achterpoten. Ping

moest hem verplaatsen. Ze moest hem terug zien te slepen naar hun eerdere schuilplaats met de over-hangende rots. Daar kon ze hem warmen en eten en kruiden geven. Ze dacht er even over de boeren te vragen haar te helpen, maar ze wilde niet dat ze de draak in deze zielige toestand zagen. Ze moest Danzi er zelf heen slepen.

Ping had honderden *li* gelopen sinds ze met de draak op reis was, maar ze wist dat de volgende halve *li* het moeilijkst zou zijn. De aarde was zacht en modderig van de regen. Met een tak vol blade-ren effende ze een pad naar hun kamp. Ze ruimde stenen weg en trok grashalmen uit. Toen maakte ze een primitieve hefboom van dezelfde tak en rolde de draak op zijn rug. Ze was nu al buiten adem. Ze hield de draak bij zijn voorpoten vast en trok. Zijn lijf was iets weggezakt in de modder. Ze kreeg er geen beweging in. Ze duwde en trok, rukte en draai-de, struikelend in de glibberige modder. Het bleef hard regenen. Het water van het meer begon nu heel snel te stijgen. Het was al halverwege Danzi's lijf. Ping deed haar ogen dicht en dacht aan Mees-ter Lan, aan de jaren van scheldpartijen tegen haar en blauwe plekken van de vliegende voorwerpen die tegen haar lichaam sloegen. Als Danzi er niet was geweest, zou dat nog steeds haar leven zijn. Ze con-centreerde zich erop elke *shu* van energie te verga-ren uit elk deel van haar lichaam. Ze greep de draak beet en trok opnieuw. Ze hoorde een zuigend geluid toen zijn lijf zich losmaakte uit de modder.

Ping had de draak niet meer dan een paar centimeter kunnen verschuiven, maar het gaf haar moed. Als ze hem vier centimeter kon verschuiven, konden er zeker nog vier bij. Ze trok weer aan zijn voorpoten. Zijn lijf schoof de steile helling van de oever op. Hij was een zware last en ze moest doorgaan, omdat hij anders terug zou glijden in het water en haar pogingen tevergeefs zouden zijn. Na een halfuur deden Pings armen zeer en was ze duizelig van de zware inspanning. Na een uur voelde ze een felle, stekende pijn in haar armen, maar ze ging door. Eindelijk had ze de draak op het droge. Ze trok Danzi naar een vlak stuk en rustte uit. Het volgende deel van haar weg was vlakker. De regen had het pad verraderlijk glibberig gemaakt en Ping kon Danzi hier makkelijker duwen. Ten slotte waren ze bij hun kamp. Daar trok Ping de bewusteloze draak uit de regen.

Hoewel Ping aan niets anders meer kon denken dan aan zitten en uitblazen, wist ze dat dat nu niet kon. Ze pookte het vuur op en schoof de draak er zo dicht mogelijk bij. Al het hout dat ze de dag daarvoor had verzameld, was nat. Het vuur rookte en gaf een tijd lang maar weinig warmte af. Terwijl ze wachtte tot het behoorlijk brandde, bouwde ze een scherm van takken aan één kant van de overhangende rots, om de slagregens uit hun schuilplaats te houden. Ze legde meer hout rond het vuur om het te laten drogen en maakte het voor de draak zo comfortabel mogelijk op de harde aarde. Het vuur hield eindelijk op met roken en begon te vlammen. Ze hing het korte jurkje te drogen aan een rotspunt. Met het laatste beetje gedroogde kruiden die Wang Cao aan Ping had gegeven, maakte ze een groentedrankje voor Danzi. Ze zette de kookpot op het vuur. Danzi had eten nodig. Ze raakten door hun voorraad heen. De draak had meer nodig dan gierst en wilde groenten, vond Ping. Over het glibberige pad liep ze terug naar het meer. De offergave van vlees lag nog steeds in de pot in het heiligdom. Zonder wroeging nam Ping het vlees mee. Het was een offergave aan de draak van het meer. Danzi had gedaan wat de boeren wilden, waarbij hij zijn leven had gewaagd. Als hij geen recht had op het vlees, had niemand recht op het vlees. Ping nam ook de vier sinaasappels mee.

Zodra de drank klaar was, schepte Ping wat van de donkerbruine groentebouillon tussen de tanden van de draak. Hij reageerde er niet op. Ze at een van de sinaasappels op en nam wat van het vlees. Toen damde ze het vuur een beetje in en ging er ook bij liggen.

Ping sliep langer dan ze van plan was geweest. De zon kwam al op toen ze wakker werd. Ze keek vlug naar de draak. Zijn oogleden trilden. De opluchting spoelde over haar heen als warm bronwater. Hij leefde nog. Het vuur was uitgegaan. Ping sprong op en blies tegen de as. Het vuurtje vlamde weer op. Ze legde wat droog hout op de brandstapel. Ze had met de voorkant van haar jurk naar het vuur gekeerd gelegen. Die was mooi opgedroogd, maar de achterkant was nog steeds vochtig. De zware regen was intussen een motregentje geworden. Ping maakte opnieuw de groentebouillon warm en speelde het klaar de draak een paar happen te voeren. Ze at zelf wat meer en maakte thee voor zichzelf. De drank deed haar goed.

Ze hoorde een vaag metaalachtig geklingel. 'Ping heeft het goed gedaan.' Het was de mooiste muziek die ze ooit had gehoord.

'Goed je stem weer te horen, Danzi,' zei Ping glimlachend tegen de draak.

Ze hoorde een ander vaag geluid. Geen metaalachtige draakgeluiden, maar kleine piepjes en gekrabbel. Ze keek naar haar voeten en zag een bemodderde rat worstelen met de plooien van haar jurk.

'Hua!'

Door de warmte van het vuur begon de natte rat te dampen. Ping schoot in de lach. Danzi maakte het geluid van klingelende klokjes. Haar armen deden pijn, haar jurk was nog vochtig, maar op dat moment had Ping alles wat ze wenste.

Haar geluk wankelde toen de draak zijn vleugel uitspreidde. Ping zag de schade die hij had opgelopen tijdens zijn vlucht naar de wolken. Het dunne vlies van zijn vleugel hing in rafels.

'Danzi!' zei ze geschrokken. 'Moet je zien! Misschien kan ik die scheur verbinden met een paar repen stof. Ik pak de rodewolkkruidzalf.'

'Nee!' zei de draak, toen Ping naar haar buidel greep. 'Zalf is voor steen.'

'De steen is verdwenen. Weet je dat niet meer?'

'Natuurlijk,' zei de draak.

'Je bent toch niet van plan terug te gaan voor die steen, of wel?'

'Nee.'

Ping wist niet zeker of ze hem geloofde. 'We moeten iets aan je vleugel doen, anders zul je nooit meer kunnen vliegen. Mag ik er alsjeblieft wat zalf op doen?'

De draak schudde heftig zijn kop. Hij keek lang naar zijn kapotte vleugel. 'Teveel schade,' zei hij. 'Zalf geneest niet. Ping moet scheuren naaien.'

'Naaien?' zei Ping.

'Als je de scheuren weer dicht kunt naaien, zal vleugel op tijd genezen.'

Ping had nooit kunnen denken dat toen ze de naald en draad kocht, ze die hiervoor zou gebruiken. Ze stak een lengte van het roodzijden naaigaren door het oog van de naald en begon de rafelige scheuren in Danzi's vleugel te repareren.

'Doet het geen pijn?' vroeg ze, ineenkrimpend omdat ze de draad door het vlies trok.

'Geen pijn.'

Toen Ping klaar was vouwde Danzi opnieuw zijn vleugel uit. Ping schoot in de lach. Ze kon het niet helpen. 'Je vleugel lijkt een beetje op een lappendeken,' zei ze.

Hoofdstuk 14

EEN SNELLE TOCHT

'Is dit niet de verkeerde weg?' vroeg Ping.
'De zee is in het oosten.'
'De rechte weg moet soms gebogen worden,'
antwoordde de draak.

'Je hebt het echt laten regenen, Danzi,' zei Ping.

De regen bleef vallen. Ping zat met de rat en de draak te eten in hun kamp onder de overhangende rots. Ze dronken thee en keken uit over het natte landschap en het meer dat weer gevuld was. Ze genoten van de simpele genoegens van goed gevoed en droog te zijn, en het warm te hebben.

Na twee dagen stopte het met regenen en klaarde het op. Danzi stond op en liep naar een plek van waar hij de boeren kon zien werken op hun akkers. Een boer trok een ploeg, anderen stonden gebukt omdat ze zaadjes in de grond stopten. Ping hoorde de melodieuze geluiden van klingelende klokjes van de draak.

'Tijd om weer op reis te gaan,' kondigde Danzi aan.

De draak had het niet meer over de drakensteen. Hij scheen hem vergeten te zijn. Ping vond het jammer dat ze de mooie steen nooit meer zou zien, maar ze waren nu tenminste eindelijk weer op weg naar de zee.

Een paar uur na hun vertrek zag Ping tot haar verbazing dat Danzi opeens van hun oostwaartse pad afsloeg en richting het noorden liep.

'Is dit niet de verkeerde weg?' vroeg Ping. 'De zee is in het oosten.'

'De rechte weg moet soms gebogen worden,' antwoordde de draak.

Danzi liep langzaam, alsof elke stap grote concentratie vroeg. Hij zei zelfs minder dan anders. Zijn laatste rampzalige vlucht en zijn contact met ijzer hadden hem verzwakt. Ping moest wachten tot ze stopten voor hun middagmaal, voor Danzi uitlegde waarom ze van richting waren veranderd.

'Je moet naar Gele Rivier,' zei hij tegen Ping. 'Reis met de boot.'

Pings verbazing werd groter. De draak was eerder nogal moeilijk geweest om iets van het geld uit te geven dat ze van Wang Cao hadden gekregen. Ping had uren moeten zeuren om een enkel koperen muntje uit te mogen geven aan eten.

'Kan vele weken niet vliegen,' legde Danzi uit. 'Moet bij zee zijn voor einde zomer.'

De draak had nooit eerder gezegd dat hun tijd beperkt was, maar hoewel Ping het hem vroeg, vertelde hij haar niet waarom. Haar voetzolen waren gezwollen van het vele lopen. Als het reizen per boot betekende dat ze niet hoefde te lopen, deed ze graag mee aan Danzi's nieuwe plan.

Toen ze bij de Gele Rivier kwamen, kon Ping alleen maar doodstil blijven staan en staren. Ze hadden allerlei rivieren en riviertjes overgestoken op hun reis. Ze hadden langs kabbelende beken gelopen. Ze hadden door golvend water gewaad dat Danzi een rivier had genoemd, maar al die rivieren, riviertjes en beken waren nauwelijks meer geweest dan een sijpelend stroompje vergeleken bij deze kolkende watermassa. De Gele Rivier was zo breed dat Ping haar ogen half moest dichtknijpen om de overkant te kunnen zien. Hij stroomde met zo'n grote snelheid dat ze niet wist hoe de mensen op de boten konden voorkomen dat ze omsloegen. Het andere angstige van de rivier was dat hij echt geel was, of in elk geval zanderig bruin van kleur.

'Gele aarde uit verre velden stroomt in de rivier,' legde Danzi uit. 'Reist naar zee.'

Ze waren aan de rand van een drukke stad die als enig doel scheen te hebben een haven te zijn voor schepen om aan te meren en grote ladingen op te halen of af te leveren.

Terwijl ze naar de drukke werven liepen, legde Danzi aan Ping uit wat ze moest doen. Ze moest op zoek gaan naar een kleine boot die onderweg was. Niet alleen maar naar de volgende stad, maar zo ver oostwaarts als maar mogelijk was. Dan moest ze de bootsman een redelijke som geld bieden (niet zóveel dat hij wantrouwig zou worden) om zijn hut af te staan tijdens de reis. Ping moest tegen hem zeggen dat ze het vroeg omdat haar oude grootvader ziek was, maar eigenlijk was het zo dat Danzi zich dan kon verstoppen tijdens de reis en niet al te veel tijd in de gedaante van de oude man hoefde door te brengen.

De werf was een stevig bouwwerk van stenen, waar veel mannen bezig waren met laden en lossen van vrachten. Stapels zakken en kratten met kippen werden overal weggestopt. Paard en wagens, pakpaarden en gesloten draagstoelen maakten het moeilijk om een weg erdoorheen te zoeken. Je kon een trap af gaan naar de rand van het water, waar zeker vier maal tien boten lagen aangemeerd. Sommige waren grote boten, vol met passagiers. Kleinere boten werden volgestouwd met zakken graan, bergen groenten of rollen zijde. De boten, of ze nu groot of klein waren, waren allemaal op dezelfde manier gebouwd. Ze waren gemaakt van dikke, houten planken en hadden een dek dat aan beide kanten iets opliep, zodat de voorsteven en het achterschip uit het water omhoog kwamen. De dekken van de grotere boten hadden een dak om de passagiers tegen wind en regen te beschermen. De vrachtboten hadden kleine hutten waarin de matrozen sliepen, maar de rest van het dek was leeg voor vrachten. Ploegen van roeiers bemanden de grotere schepen, maar de kleinere boten werden gevaren door maar twee man. Er waren ook breekbare bootjes, niets meer dan grote bekkens gemaakt van leer dat vastgebonden zat aan gebogen bamboestokken. Ze vervoerden manden met graan en gedroogde vis. Deze fragiele bootjes, geboomd door vissers of boeren op weg naar de markt, zagen eruit of ze elk moment konden omslaan.

Ping vroeg Danzi weg te kruipen achter een stapel graanzakken, waar hij kon uitrusten in zijn drakengestalte, ongezien door de mensen op de werf. Een grote rode kat met maar één oog kwam aanlopen en ging naast Danzi zitten.

'Zo,' lachte Ping. 'Jij hebt gezelschap, terwijl ik op zoek ga naar een boot.'

Een paar uur lang liep ze van de ene boot naar de andere. Ze probeerde er een te vinden met ruimte voor passagiers. De matrozen bekeken haar achterdochtig en wilden niet hun hut opgeven. Ze zeiden allemaal dat ze beter naar de passagierboten kon gaan.

Ping vond de rivier een beetje griezelig. Hij stroomde te snel, was te gevaarlijk. En ze vond de mannen op de boten ook niet vriendelijk.

Ze keerde terug naar de draak.

'Ik wou dat we terug waren op de weg,' zei ze.

'Blaren aan mijn voeten en pijn in mijn benen kunnen me niets schelen. Kunnen we niet lopend verder gaan?'

'Waar is Ping bang voor?' vroeg de draak.

'Verdrinken.'

'Matrozen heel goed. Weinig mensen verdrinken in rivier.'

Het maakte Ping niets uit of er maar een paar mensen waren verdronken. Ze wilde simpelweg niet een van hen worden.

'Er is maar één boot die ik niet heb geprobeerd en dat is de boot helemaal aan het einde.'

Ze wees naar een boot die aangemeerd lag, een eindje verder dan de andere boten. Op het dek stonden minder zakken en kratten opgestapeld.

'Het ziet ernaar uit dat er heel veel ruimte is.'

'Schipper moet oneerlijk of onaardig zijn,' zei Danzi. 'Mogelijk onervaren.'

Maar Ping vond dat de boot er mooi uitzag. Hij was goed onderhouden. De zakken uien en meloenen lagen netjes opgestapeld en de lijnen, zeilen en masten waren goed verankerd op het dek. Er was iets aan de schipper dat ze ook leuk vond. Terwijl andere schippers of matrozen rondslenterden in luidruchtige groepen en elkaar verhalen vertelden van hun reizen, was de schipper bezig het dek te vegen. Ping deed of ze de zwakke geluiden van Danzi's angst niet hoorde en liep naar de boot.

'Ik wil inlichtingen over reizen naar het oosten,' zei Ping.

De schipper draaide zich om en kwam naar Ping. Ze begreep opeens waarom ze die bijzondere schipper zo aardig vond. Het was helemaal geen man, maar een vrouw. Ze liep zonder hoed of pet op en droeg haar haren naar achteren in een dikke vlecht. Haar gezicht was bruin en gerimpeld van vele jaren varen op de rivier.

'Ik neem geen passagiers aan boord,' zei de vrouw.

'We zullen u niet in de weg lopen,' antwoordde Ping.

De vrouw had een broek aan van hennepvezel en een jasje met een overslag, zoals de mannen droegen. Ze had zware waterdichte laarzen aan. Haar handpalmen zaten vol eelt van het constante roeien en bomen van haar boot in de sterke stroom. De rode kat met maar één oog slenterde de loopplank op en streek langs de benen van de vrouw.

'Goed,' zei ze. 'Een beetje gezelschap vind ik niet erg.'

'Is dit uw kat?' vroeg Ping.

De vrouw knikte. De strenge uitdrukking op haar gezicht verdween terwijl Ping de kat aaide. Ping werd het eens met de vrouw en ging terug om Danzi aan boord te brengen.

'Voor een paar extra Chinese munten wil de vrouw ook wel voor ons koken,' zei Ping tegen de draak.

Nu haar reis toch nog iets aan winst ging opbrengen, ondanks haar kleine vracht, wilde de vrouw zo snel mogelijk vertrekken.

'Kunnen we niet tot morgenochtend wachten?' vroeg Ping, die er niet echt naar uitzag zich op de rivier te wagen.

'Er zijn nog vier uur daglicht over,' zei de vrouw. 'En als we nu vertrekken spaar ik een nacht liggeld uit.'

Ze werden door niets meer tegengehouden. Ping bracht Danzi naar de hut. De vrouw maakte de boot los en boomde de beschutte haven uit tot de snelle stroom de boot greep en meetrok verder de rivier op. Ping hield zich goed vast. De ogen van de vrouw straalden en verdwenen in een heleboel lachrimpels toen ze lachte om Ping, die zich zo slecht op haar gemak voelde.

'Ik kan zien dat je nooit hebt gevaren,' zei ze. 'Maak je geen zorgen, ik ben zelfs nog geen ui aan de rivier kwijtgeraakt.'

De boot schoot door het water met een onrustbarende snelheid. Hij had stevig genoeg geleken toen hij nog vastgebonden lag, maar nu werd hij heen en weer geschud als een speelgoedbootje. De oevers aan weerskanten van de brede rivier rezen op in steile rotspartijen, maar ze leken heel ver weg. Rotspunten staken omhoog uit het water en Ping was bang dat de boot ertegen te pletter zou slaan. De vrouw, die de boot in haar eentje bestuurde, moest hard werken, maar ze stuurde het vaartuig vol zelfvertrouwen om de rotspunten heen. Twee grote eilanden verschenen voor hen. Ze verdeelden de grote rivier in drie smalle vaargeulen.

'De drie poorten,' zei de vrouw. 'De rechter vaargeul is de Poort van de Mannen, de middelste vaargeul is de Poort van de Goden en de linker is de Poort van de Draken. Welke zullen we nemen?'

Ping was nerveus. 'Ik heb geen verstand van varen. Kunt u niet kiezen?' Waarom verwachtte iedereen toch altijd dat zij beslissingen nam?

'Ik heb niet vaak mensen mee op de boot. Ik vind het leuk als jij beslist.'

Ping keek naar de drie vaargeulen. 'De Poort van de Draken.'

'Een goede keuze,' zei de vrouw. 'Het is de langere vaargeul omdat hij rond het grootste eiland draait, maar de stroom is daar trager, dus gemakkelijker om te bevaren.'

'Hoe zijn de andere twee?'

'De Poort van de Mannen heeft de traagste stroom. Het lijkt een gemakkelijke vaargeul maar hij heeft verborgen gevaren, omdat je langs veel rotspunten komt die half boven het water uitsteken. Heel moeilijk te bevaren. De Poort van de Goden is de kortste en meest gerichte route, maar de stroom is verraderlijk. Je hebt goed gekozen.'

De vrouw stuurde de boot naar de linker vaargeul. De wind ging liggen. Het water stroomde langzamer. De middagzon ging schuil achter steile rotsen. Ping voelde zich veiliger nu ze dichter bij de oever waren. Ze zag dat er gaten waren uitgehouwen in de rotsen. De vrouw vertelde dat het grotwoningen van arme mensen waren. Een paar van de bewoners van de grotten liepen langs gevaarlijke paadjes die in de rotsen uitgehouwen waren. Ze zwaaiden toen de boot voorbij voer. In de beschutte bocht van de vaargeul werden de rotsen vervangen door heuvels die met gras begroeid waren, en een bamboebosje. Toen rezen de rotsen weer op. De boot draaide rond de noordkust van het eiland en ze werden teruggetrokken in de wilde stroom van de rivier. De boot maakte weer snelheid. Ping was misselijk.

De vrouw heette Jiang Bing. Haar boot was ongeveer tweemaal tien stappen lang en het dek liep aan de voor- en achtersteven iets omhoog, net zoals bij de andere boten. Op het achterschip was een groot roer dat de vrouw gebruikte om de boot te besturen. Midscheeps sliep de vrouw in wat niet meer was dan een houten hutje met een dak van gevlochten bamboe. Binnen lag een stromatras. Het was eenvoudig, maar Danzi kon zo hele dagen in zijn drakengedaante doorbrengen. De zijkanten van de boot waren maar zo'n dertig centimeter hoger dan het dek. Ping was ervan overtuigd dat ze in de rivier zou vallen. Waar de hut van de vrouw stond was een klein stuk reling. Daar klampte Ping zich aan vast.

De vrouw hoefde niet te roeien. De stroom was heel snel en ze moest op het achterschip blijven en sturen met het roer. De boot steeg en daalde weer in het kolkende rivierwater. Ze had al haar kracht nodig om de boot op koers te houden. Ping probeerde zich het slopende werk voor te stellen dat Jiang

Bing zou moeten doen om tegen de stroom op te roeien. Het leek onmogelijk dat deze vrouw, niet veel groter dan Ping, dit in haar eentje kon, maar ze moest het vele malen gedaan hebben.

Danzi had tegen Ping gezegd dat ze met een dag varen dezelfde afstand konden afleggen als ze lopend in vier dagen deden. Ping was blij dat het zo snel ging, maar het gaf haar ook een ongemakkelijk gevoel. Het leek onnatuurlijk zo vlug verder te komen terwijl ze niets anders deed dan zitten op een zak uien. Ping keek naar het kolkende gele water. De kracht ervan beangstigde haar. Ze had de kracht van water gevoeld, toen ze in het stille water van het meer was gegooid. Als ze in de Gele Rivier viel, zou hij haar naar zijn modderige diepten zuigen en het zou zelfs Danzi niet lukken haar te redden. Ping keek naar Jiang Bing, die op het achterschip zat. Ze hield het roer stevig vast en speurde met haar ogen de rivier vóór haar af. Ping had het veilige gevoel dat ze in goede handen waren.

De kat zat op een mand met haar ene gele oog naar Ping te staren. Waar het andere oog had moeten zitten, zat nu een kronkelig litteken. De kat knipperde nooit met haar ene oog. Ping vond het griezelig.

'Ze is meestal niet zo geïnteresseerd in mensen,' vertelde de vrouw. 'Ik weet niet wat ze zo spannend aan je vindt.'

'Ik wel,' zei Ping. Voorzichtig trok ze Hua uit haar jurk.

De kat hurkte neer, klaar voor de aanval. Hua keek naar de kat en deed heftige pogingen zich los te rukken. Ping stopte hem vlug terug in de plooien van haar jurk.

Jiang Bing lachte. 'Nu begrijp ik het.'

Toen de zon was weggezakt achter de horizon, stuurde de vrouw de boot naar de oever. Ze vond een smalle inham, waar de stroom niet zo sterk was. Ze gooide een klein anker overboord en begon toen het avondmaal klaar te maken. Ping maakte een houtskoolvuur in een metalen schotel op poten, waar Jiang Bing altijd op kookte. De vrouw maakte de vis schoon die ze eerder gevangen had om een visstoofpot te maken.

Na het eten waste Ping de kommen en eetstokjes af in het ondiepe deel van de rivier. Toen ze zeker wist dat Danzi lekker lag, maakte ze een bed voor zichzelf tussen zakken met kool en kratten vol meloenen. Het dek schommelde toen de boot aan het anker trok, alsof hij graag weer verder wilde reizen. De zwarte, met sterren bezaaide hemel strekte zich boven hen uit. Ze zag het sterrenbeeld van de Draak dat Danzi haar had leren zoeken. Elke avond reisde de maan langs de hemel van de hoorn van de draak tot zijn staart. Hij was net bij de hoorn, maar Ping was zo moe dat ze wist dat ze al zou slapen voordat de maan bij zijn hals was.

De volgende morgen, niet lang na zonsopkomst, hervatten ze de tocht. Ping was nog steeds bang voor de kracht van het water die de boot verder droeg alsof hij niet méér was dan een drijvend takje. Ze probeerde niet naar het kolkende water te kijken, maar de verre, sombere rotspunten langs de rivier gaven weinig afleiding.

Omdat er niets was om naar te kijken besloot Ping een praatje met Jiang Bing te maken, om aan iets anders te denken dan aan de snelle rivier. Ze zocht voorzichtig haar weg naar het achterschip, hield zich onderweg vast aan kratten en dozen en liet zich uiteindelijk zakken tussen een paar van die zakken.

Ping vroeg de vrouw iets te vertellen over zichzelf. Jiang Bing zei dat ze kwam uit een deel van het keizerrijk dat nog verder weg lag dan Huangling.

'Ik was getrouwd met een man die veel ouder was dan ik,' zei ze tegen Ping. 'Mijn ouders kozen hem omdat hij tien *mou* goed land had en een grote bruidsschat betaalde.'

'Was hij onaardig tegen u?' vroeg Ping.

'Nee. Hij was een goede man, maar hij stierf al snel na ons trouwen. Ons land ging naar zijn broer en ik moest de rest van mijn leven bij mijn schoonmoeder gaan werken.'

'Wat hebt u gedaan?'

'Ik was pas zestien. Ik liep weg van huis.'

'Hoe redde u zich?' vroeg Ping.

'Het was aanvankelijk moeilijk,' antwoordde de vrouw. 'Ik werkte waar ik maar kon. Na vele jaren had ik genoeg geld gespaard om deze boot te kopen.

Schippers zijn niet aardig. Kooplui zijn voorzichtig met een vrouw die geen familie heeft en die als enige vriend een rode kat bij zich heeft. Ze sturen hun goederen liever met boten die bemand worden door mannen, dus ik kan nog steeds geen dikke boterham verdienen, maar ik ben gelukkig.'

Ping wist dat ze bij Danzi moest gaan zitten, maar ze genoot van de verhalen van Jiang Bing, dus bleef ze nog even.

'En jij?' vroeg de vrouw. 'Waarom ben jij op reis met je grootvader?'

Ping had geweten dat haar vragen aan Jiang Bing onvermijdelijk betekenden dat de vrouw haar ook vragen zou stellen. Danzi had gewaarschuwd. Hij vond dat Ping afstand moest houden, maar ze wilde niet liegen tegen Jiang Bing.

'Hij is mijn grootvader niet,' zei ze zachtjes zodat de draak haar niet kon horen. 'Mijn familie verkocht me als slaaf toen ik nog heel klein was. Tot kort geleden heb ik voor een wrede baas gewerkt. De oude man hielp me te vluchten. In ruil daarvoor vond ik het een goed idee met hem op deze reis te gaan.'

Jiang Bing knikte en glimlachte treurig. Ping had het gevoel dat niemand haar leven ooit beter begrepen had.

'Waar gaan jij en de oude man heen?'

'Naar zee,' antwoordde Ping. 'Hij wil de zee zien voor hij sterft.'

Ping keek om te zien wat de reactie van de vrouw was.

'Ze zeggen dat deze rivier helemaal naar zee stroomt,' zei ze.

Ping ontspande zich een beetje. Ze begon vertrouwen te krijgen in Jiang Bings vaarkunst. Het was warm genoeg om haar schoenen en sokken uit te trekken. Misschien hadden ze het ergste stuk van de reis nu gehad. Misschien hoefde ze niet de hele weg naar zee te voet af te leggen. Misschien kon ze in plaats daarvan een week of twee op de boot blijven en zou de zee naar haar toe komen.

Pings visioen
– helemaal tot de zee kunnen blijven varen –
verdween als sneeuw voor de zon.

Na vijf dagen varen was Ping gewend aan de beweging van de boot, aan het rollen en beuken op de golven. Ze was niet meer bang dat ze overboord zou vallen en liep vol zelfvertrouwen rond op de boot. Ze deed wat ze kon om Jiang Bing te helpen. Ze was het leven op de rivier heel leuk gaan vinden. De dagen verstreken in een rustig ritme. Er moest werk worden gedaan, er moest vis worden gevangen, maar ze had elke dag wel een paar uur waarin ze niets hoefde te doen dan genieten van het steeds veranderende uitzicht.

De ruige rotsen maakten gaandeweg plaats voor

glooiende heuvels die op hun beurt vervlakten tot vruchtbaar land. Dorpen en velden gleden voorbij. Taferelen van het leven op het land – boeren die akkers omploegden, vrouwen die aan de oever van de rivier kleren wasten, een jonge jongen paste op een rollende waterbuffel – verschenen en verdwenen alsof ze keek naar een serie schilderijen in plaats van naar echte gebeurtenissen.

Rijen moerbeibomen stonden langs de oever. Jiang Bing wist alles wat er te weten viel over de rivier en haar oevers.

'Moerbeibomen worden niet alleen maar gekweekt om de zoete vruchten,' zei ze tegen Ping, 'maar ook om de bladeren, omdat de zijderupsen daar dol op zijn. In ruil voor al die moerbeibladeren die ze kunnen eten, spinnen de kleine rupsen zijden draad.'

'Het is een wonder,' zei Ping.

Ze kwamen langs terrasheuvels die eruit zagen alsof er een enorme trap in was uitgehouwen. Alsof een passerende reus met zijn reusachtige mes treden in de helling van de heuvel had gesneden om het klimmen gemakkelijker te maken. Jiang Bing lachte toen Ping dat zei.

'Ze zijn niet uitgesneden door een reus,' zei ze. 'Boeren hebben deze terrassen gemaakt met eenvoudige spades. Zo kunnen ze op de reusachtige "treden" groenten en granen op de hellingen verbouwen.'

Om twaalf uur meerde de vrouw het schip af, zoals ze elke dag deed, omdat ze dan hun middagmaal aten. Het was altijd hetzelfde – vis met uien, gekruid met een beetje gember en een kruid dat Ping niet kende, maar dat het lievelingskruid was van Jiang Bing.

Het enige wat Ping niet leuk vond aan de bootreis was de rode kat. Het dier keek haar de hele tijd aan met dat ene gele oog dat nooit knipperde. Arme Hua kwam elke dag maar een paar minuten uit de plooien van haar jurk en sloop rond over het dek terwijl Ping over hem waakte.

Het was moeilijk de leeftijd van Jiang Bing te schatten, maar Ping dacht dat ze qua leeftijd haar moeder kon zijn. Ze stelde zich voor hoe het zou zijn met deze vrouw te leven en te werken op de rivier. Ze dacht dat het een goed leven zou zijn. Misschien kon ze terugkomen nadat ze Danzi naar de zee had gebracht.

Het geluid van sissen en spuwen haalde Ping uit haar dagdromen. Hua rende over het dek, gevolgd door de rode kat van Jiang Bing. De rat klom langs Pings jurk naar boven en krabde haar in zijn haast. Hua zou niet zo graag op de rivier blijven. De kat keek boos naar Ping. Ze hield van alle viervoeters die ze had gekend – de ossen en de geit op Huangling, de varkens waarmee ze gevangen had gezeten, Hua en de draak natuurlijk – maar ze had een hekel aan de rode kat van Jiang Bing.

Danzi vond het heerlijk op de boot. Hij lag het grootste deel van de dag te doezelen in zijn hut. Ping was blij dat hij helemaal niet meer dacht aan de drakensteen. Ze wist dat ze wat meer tijd moest doorbrengen met de oude draak, maar ze vond het leuker aan dek te blijven en te luisteren naar Jiang Bings verhalen over het leven op de Gele Rivier. Het was goed voor Danzi om eens goed uit te rusten, zei ze tegen zichzelf. Het betekende dat al zijn *qi* zich kon wijden aan het genezen van zijn vleugel.

Ze hadden net hun middagmaal op en Ping maakte thee voor Jiang Bing. Ze kookte water boven het vuur van houtskool. Er waren nog maar een paar theeblaadjes van Wang Cao over, maar Ping deelde ze graag met Jiang Bing.

'In de volgende stad leggen we aan,' zei Jiang Bing, terwijl ze haar thee met kleine slokjes dronk.

Ping keek de rivier af. Aan de horizon zag ze een donkere vlek. Ze huiverde ondanks de warmte van de lentezon.

'Is dat de stad?' vroeg Ping. Ze tuurde in de verte, maar kon nog geen details zien.

Jiang Bing knikte.

'Hoe heet de stad?' vroeg Ping hoewel ze plotseling het gevoel kreeg dat ze dat niet wilde weten.

'Wucheng.'

Pings visioen – helemaal tot de zee kunnen blijven varen – verdween opeens als sneeuw voor de zon. Ze huiverde toen ze zich herinnerde wat Danzi had gezegd over Wucheng: een verzamelplaats van tovenaars die op zoek zijn naar een drakenhart.

'Moeten we daar aanleggen?' vroeg ze.

'Ik heb een vrachtje dat er bezorgd moet worden,' antwoordde Jiang Bing.

'Als u de stad voorbij vaart, betalen wij u meer om het geld te vergoeden dat u verliest door uw vracht niet af te leveren,' drong Ping aan.

Jiang Bing leek verward door Pings bezorgdheid. 'Het duurt maar een uurtje of zo om de vracht te lossen.'

Danzi verscheen naast Ping in de gedaante van de oude man. Het was voor het eerst in dagen dat hij aan dek kwam.

'Danzi,' zei Ping. 'Daar ligt Wucheng!'

De oude man staarde voor zich uit, zonder enig teken van verrassing op zijn gezicht.

'Wist je dat we daarheen gingen?'

Danzi knikte. Ping wilde verder vragen, maar dat kon niet met Jiang Bing binnen gehoorsafstand.

Terwijl de rivier hen dichterbij bracht, nam de zwarte vlek de vorm aan van een donkere berg, maar was nog steeds wazig. Een rookpluim kringelde van de piek naar boven. De rook ging echter niet naar boven, maar daalde langzaam en hulde de helling van de heuvel in een grijze mist.

'Het is een vuurberg,' legde Jiang uit. 'Er zit een gat in de top en dat leidt helemaal beneden, naar vuren diep onder de grond.'

Ping zag de berg groeien, terwijl ze dichterbij kwamen. De hellingen waren bedekt met kleine grijze stenen als sintels, met uitzondering van iets dat leek op een stroom donkere vloeistof die bevroren was toen hij langs de helling van de berg naar beneden stroomde.

'Het is zo warm in een vuurberg dat stenen smelten,' vertelde Jiang Bing. 'Lang geleden heeft de berg de gesmolten stenen uitgespuugd, zeggen ze. De stroom was vuurrood, stroomde langs de helling naar beneden en overstroomde de halve stad. Toen koelden de gesmolten stenen af, versteenden weer en de rest van de stad bleef gespaard.'

Wucheng was de lelijkste plaats die Ping ooit had gezien. Op de berg groeide helemaal niets. Zelfs op het sombere Huangling hadden nog een paar verdwaalde meloenranken gestaan en wat distels. Op de Vuurberg groeide niets. Zelfs niet het kleinste groene blaadje.

De stad was omgeven door een hoge muur, gemaakt van brokstukken gesmolten steen. Wucheng zag eruit als een stad die geheimen te verbergen had. Ze hurkte in de schaduw van de golf gestolde stenen, alsof de stad zich probeerde te verschuilen voor de zon.

De boot schommelde nogal toen Jiang Bing hem door de stroom naar de oever stuurde. Ping nam de draak mee naar een plekje waar Jiang Bing hen niet kon horen. Ze verjoeg de kat van zijn plek op een zak uien zodat zij en Danzi konden zitten en zich vasthouden aan de reling.

'Waarom wil je naar deze afschuwelijke stad?' vroeg Ping.

'Om drakensteen te vinden,' antwoordde de draak.

'Ik dacht dat je die vergeten was.'

'Nee. Dit is de stad waar Diao de steen heen zou brengen. Hem verkopen voor veel goud.'

'Denk je dat Diao hier is?'

De oude man bewoog zijn hoofd op de vervelende manier die nee noch ja betekende.

'Ik wil er niet heen,' zei Ping, maar ze had geen akelig voorgevoel over een bezoek aan Wucheng. De kat gaf kopjes tegen haar arm. Ze wilde geaaid worden. In haar hart wilde Ping wel naar de stad, als er ook maar een kleine kans was dat ze de steen zouden vinden.

'Soms lijkt vooruitgaan alsof je teruggaat,' zei de draak.

De boot botste tegen de kade en Jiang Bing legde hem vast. In plaats van trappen waren er alleen maar een paar wankele ladders die naar boven leidden naar de rottende balkenvloer van de kade.

De draak in de gedaante van een oude man maakte een kleine buiging voor Jiang Bing en liep naar de ladder. 'Betaal de vrouw, Ping,' zei de drakenstem in Pings hoofd.

Ping haalde een paar munten uit haar binnenzak en gaf die aan Jiang Bing.

'Ik wilde dat ik verder mee kon reizen,' zei ze.

De vrouw pakte Pings hand in de hare en hield hem even vast.

'Misschien een andere keer,' zei Jiang Bing treurig. Toen ging ze weer aan haar werk.

Ping klom achter Danzi aan de trap op. De moed zonk haar in de schoenen.

Ze zette voet aan land en werd opeens duizelig. Haar knieën knikten onder het lopen. Ze was zo gewend aan de beweging van de boot, dat het leek of de aarde deinde onder haar voeten. Ze was op de rivier niet meer misselijk geweest, maar nu ze terug was op het land was haar maag van streek.

De donkergrijze steen waarvan de stadsmuur was gemaakt, was verschroeid en zat vol gaten. Bovenop de muur zag Ping hoekige rotspunten, scherp genoeg om door je huid te dringen als je probeerde eroverheen te klimmen. Maar de poorten in de muren waren open en werden niet bewaakt. Als Ping en Danzi zo gek waren de grijze stad binnen te gaan, hield niemand hen tegen.

Drie straten van gelijke breedte waaierden uit vanaf de poort. Ze leidden alle drie de stad in.

'Waarheen?' vroeg Danzi. Hij klonk nu al moe.

'Hoe moet ik dat weten?' vroeg Ping geïrriteerd.

'Ping beslist welke weg,' zei de draak.

Ping wist niet waarom Danzi wilde dat zij de beslissingen nam, maar ze wist dat discussie met hem hierover tijdverspilling was. Ze wees naar de middelste straat en ze gingen op pad.

Wucheng was saai en armoedig. Op de straten lag een laag vertrapte sintels. De huizen waren oud en bouwvallig. Sommige waren gemaakt van heel oud hout, andere van dezelfde lelijke steen als de stadsmuren. Op de huizen lagen daken die bedekt waren met een laag grijze as. Er waren geen paleizen, geen mooie gebouwen, geen standbeelden. Mensen waren er ook niet. Het leek een spookstad, leeg en stil. De enige levende wezens die Ping zag waren twee grote zwarte kraaien die op de nokbalk van een huis zaten. Vlokken fijne as dwarrelden van de berg naar beneden en vielen op Pings wijde mouwen. De rokerige lucht prikte in haar ogen en rook naar rotte eieren.

'Je weet niet of Diao hierheen zou komen,' fluisterde Ping.

De metaalachtige geluiden van de draak echoden door de troosteloze straten. 'Danzi weet wat drakenjagers doen.'

'Waar moeten we zoeken naar de steen?'

'Ping moet zoeken.'

'Ik weet niet wáár ik moet zoeken.'

'Ping kan steen vinden. Zoek in geest. Ping voelt waar steen is.'

Ping keek Danzi aan. Er was niemand die hem hier kon zien, maar hij bleef in de gedaante van de oude man. 'Je moet gek zijn als je denkt dat ik zoiets kan,' antwoordde Ping.

'Ping heeft eerder dingen gevoeld.'

Ping herinnerde zich het gevoel van angst dat ze had gehad toen ze eenmaal op de markt in Chang'an liepen en nog een keer toen ze het dorp Fengjing naderden. Ze huiverde onwillekeurig. Beide keren was Diao in de buurt geweest. Haar maag was van streek, maar dat was niet hetzelfde als het gevoel van angst dat ze eerder had gehad. Ze liepen door alle drie de straten, maar zonder iemand tegen te komen. Een of twee keer dacht Ping dat ze een glimp van een gezicht zag in een raam, of dacht ze dat ze vanuit haar ooghoek een gestalte zag staan in een deuropening. Maar toen ze omkeek was er niemand. Hun enige metgezellen waren de twee kraaien, die sloom van het ene dak naar het andere fladderden. Het enige geluid was het trage, sombere krassen van de vogels in de stilte.

Toen ze door alle drie de straten waren gelopen, bleef Ping staan. Ze vond Wucheng niet leuk, maar ze had geen gevoel van angst.

'Diao is niet hier,' zei ze.

'Goed,' zei de draak.

'Zullen we dan verdergaan?' vroeg Ping terwijl ze zich omdraaide naar de stadspoort. 'Als we opschieten zijn we misschien nog op tijd terug bij de kade voordat Jiang Bing vertrekt.'

Danzi schudde vermoeid zijn hoofd. 'Moet herberg vinden.'

'Waarom? Je wilt hier toch niet overnachten, hè?'

Ze had de draak nog nooit zo doodmoe gezien. 'Het is zo'n rare stad. We hebben nog geen sterveling gezien sinds we hier zijn. Ik slaap nog liever op een vlot op de rivier.'

Het begon donker te worden. Hier en daar werd licht aangestoken. Danzi leidde Ping naar een van de grijze, stenen gebouwen. Ping schreeuwde van verbazing en angst toen ze naast de deur een donkere, dierlijke gestalte zag staan.

'Herbergier,' zei Danzi.

Ping keek wat beter. Wat ze eerst had gehouden voor een of ander raar beest was gewoon een man, zag ze nu. Zijn haar hing tot op zijn schouders. Tanden had hij niet, en een litteken liep van zijn linkerooghoek tot aan zijn kin. Hij had een kort jak aan over zijn lange mantel. Het jak leek gemaakt van wolfsvel. Hij keek hen wantrouwig aan, maar hoewel hij chagrijnig keek, leek hij niet kwaad. Ping gaf de man een paar koperen munten en hij bracht hen naar een kamer.

Ping had geen trek, maar Danzi drong erop aan dat ze de man vroeg hun iets te eten te brengen. Enige tijd later bracht de herbergier een afgedekte stenen pot. Ping haalde de deksel eraf en de damp steeg op uit de stoofpot, die rijkelijk gevuld was met stukken kip. Het rook lekker. Vaag rook Ping ook een kruid dat Jiang Bing gebruikte. Danzi at een kommetje van de stoofpot. Ping vertrouwde niets dat in Wucheng gemaakt was. Ze doopte een lepel in de pot en proefde een beetje. Het smaakte wel lekker, maar haar maag protesteerde en ze kon maar een paar happen nemen. Toen had ze al genoeg.

Met de rare stad Wucheng aan de andere kant van de vergrendelde deur begon Ping zich te ontspannen. Ze hoefden alleen maar te wachten tot het ochtend was en dan konden ze teruggaan naar de rivier. Ze vond schone matrassen en dekens in een kast en legde ze uit op de vloer. Danzi, terug in zijn drakengedaante, deed of hij zijn matras niet zag en zat op de vloer met zijn staart om zich heen gedraaid als een grote hagedis. Ping lag op haar matras en bedacht net hoe raar het was een kamer in een herberg te delen met een draak, toen Danzi opstond.

'Danzi naar buiten,' zei hij.

Ping kreunde. 'Waarom wil je naar buiten? Het kan gevaarlijk zijn.'

'Drakensteen zoeken.'

'Maar we hebben de hele stad al gezien. Ik kreeg nergens het gevoel dat Diao er was.'

'Deze keer niet zoeken naar Diao. Zoeken naar drakensteen.'

Ping draaide vlug haar hoofd af toen de draak zich begon te veranderen in de oude man. Ze hoorde dat hij de grendel van de deur haalde en liep achter hem aan naar buiten, waar het nacht was.

Wucheng was 's nachts heel anders. De straten waren vol met rare mensen die bezig waren met hun zaken. Het waren gestaltes met kappen op. Hun gezichten waren niet te zien. Er waren mannen die mantels droegen, beschilderd met vreemde vormen. Er was een vrouw die spierwit haar had.

'Alchemisten, astrologen en tovenaars zijn niet slecht,' zei de draak. 'Ping hoeft voor die mensen niet bang te zijn, wel voor dodenbezweerders.'

'Wat zijn dodenbezweerders?' vroeg Ping.

'Tovenaars die doden laten herrijzen om toekomst te voorspellen.'

Ping wist het verschil niet tussen een dodenbezweerder en een alchemist, dus besloot ze voorzichtig te zijn tegenover iedereen.

Veel van de lege gebouwen die Ping overdag had gezien waren nu open en bleken winkels of eetkramen te zijn. Mensen aten kommen hete stoofpot en genoten van borden geroosterd vlees. Het zag er bijna als een normale stad uit, behalve dat in een normale stad mensen rond deze tijd niet winkelen en eten alsof het midden op de dag was.

Ping wist niet zoveel van steden, maar Wucheng leek op geen enkele stad die ze ooit had gezien. De spullen die verkocht werden, waren heel anders dan de spullen op de markt in Chang'an. Een kraam verkocht dode insecten – duizendpoten, spinnen, kevers – allemaal keurig opgespeld op stukken bamboeblad in rijen van tien of tweemaal tien. Een andere kraam verkocht stenen, sommigen met glinsterende spikkels van zilver en goud, of rood en groen geaderd, andere stenen hadden de vorm van levende dingen – een schildpad, een peer, een vuist. Weer andere stenen leken op gewone stenen die je kon oprapen van de grond, maar de koopman riep luidkeels welke magische krachten ze bezaten.

Bij een andere kraam stonden kommen met organen, die dreven in bloed – nieren, harten, stukken darm. Er waren slangenhuiden, berenoren en kommetjes met tanden, klauwen en ogen. De vrouw die deze dingen verkocht dacht dat Ping uit pure belangstelling voor haar koopwaar met grote ogen en open mond ernaar staarde.

'Tijgerlever en vleermuizenbloed,' riep ze. 'Vandaag vers.'

De vrouw was een vreemdeling. Haar haar had dezelfde kleur als de vossenstaarten die ze verkocht. Haar huid was bleek en haar kleren schitterden van de lovertjes.

Een man die een wijde broek aan had die bij de enkels bij elkaar was genomen, kocht een paar *shu* apenhersens en begon toen af te dingen bij de vrouw op een handvol gedroogde organen die Ping niet kon identificeren.

'Het is het eerste drakenhart dat ik in vijf jaar heb,' zei de vrouwkoopman. 'Ik kan het echt niet verkopen voor minder dan vijf jin.' Ze hield een stuk verschrompeld vlees omhoog.

Ping voelde de draak naast zich verstijven. Ongetwijfeld waren zijn gedachten dezelfde als de hare. Was het een stuk van Lu Yu, Danzi's maatje, van haar dode lijf gehakt bij Lan? Had het zijn weg gevonden naar Wucheng?

Ze liep vlug door, maar stond even later bij een koopman die levende dieren verkocht. Hij had een slang om zijn hals hangen. In kooien zaten padden, een aap met trieste ogen en een gele vogel met drie poten. De man had een paarse mantel aan die met vreemde symbolen beschilderd was.

'Je bent te jong om alchemist of tovenares te zijn,' zei hij. Hij keek naar een plek op de grond, maar Ping wist dat hij het tegen háár had. 'Je moet een helderziende zijn. Elke helderziende heeft een dierlijke metgezel nodig.'

Ping probeerde weg te lopen, maar hij ging voor

haar staan. Hij had een donker, bijna zwart gezicht en witte ogen. Hij had een bamboehoed op, hoewel het nacht was. Ping begreep dat hij blind was.

'Ik heb hier iets dat heel geschikt voor je is – gemakkelijk te dragen, gemakkelijk af te richten, niet boosaardig.' Hij hield een miauwend poesje bij zijn nekvel omhoog.

'Ik heb al een kameraad,' zei Ping. Ze trok Hua uit de plooien van haar jurk.

De man voelde de vacht van de rat en liet haar voorbij.

Ping had het gevoel dat iemand vanuit het donker naar hen keek. Ze zag een gezicht met een korte dikke baard en een donkere moedervlek op een wang. Aan zijn oren bungelden sieraden. Hij had een jas aan, maar daaronder zag ze een glimp van een ander, glanzend kledingstuk. Ze wist niet zeker of de man naar haar, naar Hua of naar de blinde koopman keek.

Ping stopte de rat vlug terug in haar jurk. Een zacht gejammer, nauwelijks hoorbaar, maakte haar ongerust. Ze hoorde het al vanaf het moment dat ze de stad waren binnengekomen. Het had geen zin om de draak ernaar te vragen. Hij zou het niet kunnen horen. Ze liep terug naar de man die stenen verkocht.

'Ik ben op zoek naar een grote paarse steen,' zei ze. 'Hij heeft de vorm van een meloen en hij voelt glad aan. Hebt u zo'n steen gezien?'

De man hield zijn hoofd schuin naar een kant alsof hij luisterde naar iets in de verte. Zijn ogen waren glazig. Toen schudde hij zijn hoofd alsof hij probeerde een vlieg van het puntje van zijn neus te verjagen.

'Ik heb hem misschien gezien, maar als dat zo was zou ik het je niet vertellen,' lachte hij alsof hij net een bijzonder goede mop had verteld. 'Dit is een mooie steen,' voegde hij eraan toe, terwijl hij Ping een groenachtige, kristalfijne steen liet zien. 'Gemalen en opgedronken met de melk van een ree kun je een hele week zonder slaap.'

Ping zei tegen de man dat ze niet geïnteresseerd was en liep weg.

'Het is tijdverspilling, Danzi,' zei Ping. 'Ik weet niet waar de steen is.''

'Ping moet zoeken naar steen.'

'Ik weet niet hoe ik moet zoeken,' antwoordde Ping vermoeid.

'Is verborgen. Ping moet iets écht willen, dan vind je hem. Heeft Ping dit ooit meegemaakt?'

'Nee,' snauwde Ping. 'Ik weet niet waarom je denkt dat ik dat zou hebben meegemaakt. Ik ben een slaaf, geen tovenares.'

Het jammerende geluid werd duidelijker. Ze beet haar tanden op elkaar. Ze wilde weg, weg van de straten van Wucheng.

De draak zuchtte. 'Terug naar herberg.'

Ping kon niet geloven dat de draak het zo vlug opgaf, maar ze zei niets. Een pijn in haar maag die ze de hele dag al had gevoeld, was veel erger geworden.

De herbergier stond in de deuropening toen ze terugkwamen. Hij was bezig een kat weg te jagen die dezelfde gemberkleur had als de kat van Jiang Bing. Hij schreeuwde tegen de kat en zwaaide met zijn bezem. Ping wilde dat ze terug was op de boot, maar dat kon natuurlijk niet. Gelukkig kon ze in elk geval slapen achter een gesloten deur.

Ping hoorde het regelmatige zuchten en snurken van de slapende draak, voor ze zelfs maar de kans had gehad te gaan liggen. Hoewel ze uitgeput was, kon ze niet slapen. Haar hoofd tolde van de dingen die ze die nacht had gezien en stond de slaap niet toe haar hoofd te legen. Haar maag deed pijn en het geluid dat ze de hele nacht al hoorde was er nog steeds. Het werd hoog en schril geweeklaag dat pijn deed in haar oren. Ze was nog steeds wakker toen het silhouet van de slapende draak langzaam zichtbaar werd in de grijze ochtendschemering. Ze hoorden andere mensen terugkeren naar hun kamers in de herberg en toen werd alles rustig. Haar mond was droog. Ze had niets meer gedronken sinds ze de zoute stoofpot had gegeten. Op blote voeten liep ze zachtjes de kamer uit. Ze had alleen maar het korte jurkje aan, waarop de groene draak geschilderd was. Ze had het meegenomen van het meer en het gehouden als nachthemd.

Op de binnenplaats van de herberg was de lucht nog steeds mistig van de rook. Er hing een vieze lucht, maar de hemel werd lichter. Het werd gauw licht en dan konden ze weg uit Wucheng.

Ping wilde het zichzelf niet bekennen, maar ze had steeds een vage hoop gekoesterd dat ze de drakensteen zouden vinden. Dat kwam ook door Danzi. Hij was te optimistisch geweest. Zij voelde zich nogal teleurgesteld. Waarom had hij verwacht dat zij de drakensteen zou vinden? Waarom had hij zelf niets gedaan? Hij was de draak. Hij was degene met de geheimzinnige krachten, niet zij. Het was een dwaze onderneming geweest. Ze hadden beter op de boot bij Jiang Bing kunnen blijven.

De binnenplaats van de herberg was geruststellend normaal. Een kachel, gemaakt van modderstenen was nog steeds warm als je hem aanraakte. Er was een put. Een stenen kookpot en de borden waren afgewassen en lagen omgedraaid te drogen. Ping haalde een emmer water op uit de put. Een soeplepel met een gebogen steel hing aan een haak. Ze doopte hem in het water en dronk dorstig. Maar ze kon zich niet ontspannen. Er was een zeurende stem achter in haar hoofd. Niet de stem van de draak, maar de stem van haar geweten. Ze was niet eerlijk geweest tegen de draak. Ze herinnerde zich dat andere gevoel dat ze in Chang'an had gehad. Ze had het aan Danzi verteld. Toen de jongen met de bonthoed hun munten had gestolen, was ze woedend geweest. Op de een of andere manier had de woede haar de kracht gegeven verder te kijken. Ze was in staat geweest de jongen op te sporen tussen de duizenden mensen in de hoofdstad. Iets in haar binnenste had haar naar hem toe getrokken. Ze had de draak ook niet verteld over het treurige geluid.

Ping dacht aan de drakensteen, aan zijn mooie dieppaarse kleur. Zijn buitenkant was prachtig geaderd. Ze herinnerde zich zijn gladde, ronde vorm en hoe goed ze het gevoel had gevonden dat hij steeds tegen haar heup botste onder het lopen. De herinnering eraan gaf haar een verdrietig gevoel. Ze miste de steen.

Ze herinnerde zich het begerige plezier in Diao's ogen toen hij hem voor het eerst zag op Huangling. Ze dacht aan zijn vuile handen die de koele buitenkant vastpakten, de vettige buitenkant van zijn kleren die de kleuren van de steen vuil maakte. In haar binnenste vormde zich een punt van woede, eerst klein, maar het groeide. Ze was boos op Diao omdat hij de steen had gestolen. Hij bezoedelde zijn schoonheid.

Maar ze was nog bozer op zichzelf. Zij was degene die het had laten gebeuren. Ze had zich niet verzet toen de bewakers op Fengjing de steen van haar afpakten. De drakensteen verdiende het niet in handen te vallen van de drakenjager of wie dan ook die slecht genoeg was om in Wucheng te wonen. Ping had niets gedaan om de steen terug te krijgen. Ze had zichzelf toegestaan verleid te worden door het ritme van de rivier en de warmte van vriendschap.

De woede werd groter en groter. Ze probeerde niet de woede te stoppen. Ze liet haar woede groeien totdat die haar helemaal vervulde. De kracht ervan deed haar trillen. Ze keek rond met haar geest, zocht naar de drakensteen zoals ze gezocht had naar de bonthoed. Ze verwachtte niet ook maar iets te voelen. De drakensteen kon overal zijn in het keizerrijk. Ze hoopte op zijn hoogst op een vage fluistering van kennis, een vage glinstering die haar een richting zou geven waarin ze zoeken moest. Wat ze voelde was zo verschrikkelijk sterk dat ze er geen raad mee wist. Het was een golf van emoties – angst, woede en eenzaamheid door elkaar. De drakensteen was dichtbij, heel dichtbij. Het geluid dat ze de hele dag al hoorde werd luider, schriller. Het vulde haar hoofd.

Het leek ongelooflijk, maar ze wist het nu zeker. De drakensteen riep haar.

Ze stond op, deed haar ogen dicht en draaide rond tot ze een kracht voelde die haar voorwaarts trok. Ze deed een oog open om zeker te weten dat het niet de draak was die haar aan haar jurkje meetrok naar hun kamer. Er was niemand. Het was alsof sterke touwen haar ergens heentrokken. Ze hield zich vast aan haar woede. Die bracht haar de herberg uit, de verlaten straat op. Waar die woede haar ook heen wilde brengen, ze zou gaan.

Ping deed haar ogen open. Een deur hield haar tegen. Ze stond voor een van de huizen die gebouwd waren van de pokdalige stenen van de Vuurberg. De kreet van de drakensteen die haar riep klonk dringender. De deur zat niet op slot. Hij kraakte in de scharnieren toen Ping hem zachtjes open duwde. Ze hield haar adem in toen ze het huis binnenging.

Ze verwachtte half Diao binnen aan te treffen. Op een matras lag een figuur te slapen. Het was Diao niet. Het was de man die Ping eerder naar haar had zien kijken vanuit het donker.

Hoofdstuk 16

VERLOREN
EN WEER GEVONDEN

De vingers van de dodenbezweerder
reikten naar de drakensteen.
Zijn lange, zwarte nagels haakten in de rieten mand.

Verspreid door de kamer zag Ping de vreselijk-
ste dingen liggen: een tijgerstaart, de schedel van
een hond of wolf, een uitgedroogde lever. Er waren
planten die ruw met wortel en al waren uitgetrokken en stapels gebleekte botten. Een dood babygeit-
je lag met gespreide pootjes op de vloer. Zijn maag
was opengesneden en zijn ingewanden staken eruit.
Ping schrok van een beweging die ze hoorde. In een
kooi zat een grote vogel die zijn veren bijna allemaal
verloren had. Een ketel die boven het vuur hing verspreidde een ranzige, misselijkmakende stank. Aan
de muren hingen kaarten van de sterrenbeelden en

een ronde spiegel met een bronzen lijst. Ping dacht dat ze het gezicht van een oud, rimpelig vrouwtje erin zag, tot het opeens tot haar doordrong dat het haar eigen gezicht was.

De man sliep vast met een vage glimlach om zijn mond. Ping zag dat de moedervlek op zijn wang eigenlijk een tatoeage was. Het had de vorm van een gefantaseerd dier met een gestreepte staart, manen van bloemen en open kaken vol scherpe tanden. De man had een lapje voor zijn ene oog en zijn hoofd was helemaal kaal. Zijn dikke baard was niet zwart, maar roodbruin van kleur. In tegenstelling tot de baard van Meester Lan – die een verwilderde bos lang, zwart haar was, bestond deze baard uit korte stugge haren die leken op het varkenshaar in de borstel die Lao Ma gebruikte om te schrobben. De sieraden die aan de oren van de slapende man hingen waren vogels gesneden uit een turkooizen steen. Een houten staf en een in elkaar gedraaide mantel lagen naast de matras. De man had een jak aan, gemaakt van een stof die glansde hoewel er maar weinig licht in de kamer was. Om zijn middel had hij een koord, gemaakt van vijf verschillende gekleurde draden die samengevlochten waren. In zijn slaap zag hij er niet boos uit, maar de kreet van de drakensteen klonk nog in Pings hoofd. Het was een wanhopige schreeuw van angst en pijn. Ze wist dat hij geen onschuldige tovenaar was.

Een drinkbeker lag op zijn kant naast de matras. Een donkere vlek afkomstig daaruit spreidde zich verder uit. Ze zou zich hebben omgedraaid en op haar tenen weer de kamer uit zijn gelopen als ze alleen maar op haar ogen had vertrouwd. Maar dat deed ze niet. Het visioen dat ze in haar hoofd had gezien, had haar naar deze vreselijke plek gebracht en dat visioen zei dat ze moest blijven. De kreet die ze hoorde was een doordringende gil geworden. Ze keek nauwkeuriger. In het schemerdonker zag ze dat de man iets tegen zijn borst drukte. De nagels van zijn vingers waren enige centimeters lang en zwart. Ze wist precies wat hij vasthield, al kon ze het niet duidelijk zien doordat het was ingepakt in een stuk stof.

In haar geest zag Ping gladde bochten, paarse kristalfijne diepten, mooie melkachtige, gekrulde lijnen. Ze had de steen gevonden. Ze hoefde hem alleen nog maar uit de handen van de vreemde man zien te krijgen. Maar hoe? De kracht trok opeens weg uit haar lichaam. De kreet vervaagde tot een zwak gejammer. Ping had geen ervaring in de wereld. Nu leek het of men van haar verlangde elke dag met plannen en samenzweringen te komen. Ze moest beslissingen nemen. En ze moest krachten opsporen in haar binnenste die ze liever verborgen hield. Ze zat op haar hurken en voelde zich moe en dom. Het visioen in haar binnenste was verdwenen en ze had geen ideeën meer. Ze was weer een onnozel slavenmeisje.

De stank van gemorste wijn drong in haar neus. Het was een bekende reuk die haar deed denken aan het huis van Meester Lan. Ping besefte opeens dat ze een heleboel ervaring had in situaties als deze. Meester Lan was vaak in een dronken slaap gevallen, terwijl hij iets vasthield dat zij wilde hebben – een vuile beker, een rijpe perzik, een kippenpoot. Ze had een idee.

Ze had nog steeds de pollepel van de put in haar hand. Ze liep naar de vogelkooi en raapte een van de veren op die eronder lagen. De vogel zette zijn weinige overgebleven veren op, maar maakte geen geluid. Ze had al het gereedschap dat ze nodig had.

Toen ze het visioen in haar binnenste gevoeld en gezien had, had ze geen angst gehad. Nu was ze doodsbang. Ze knielde neer op de rand van de matras van de tovenaar en stak haar hand met de veer erin trillend in zijn richting. Ze kriebelde over het puntje van zijn neus. Zoals ze had gehoopt, tilde de tovenaar, nog steeds slapend, zijn hand op om datgene wat zijn rust verstoorde, weg te jagen. Zijn hand plofte naast zijn hoofd neer. Hij hield de steen nu met maar één hand vast. Ping gaf hem even tijd om weer dieper in slaap te vallen. Van dichtbij was de tatoeage op zijn wang nog griezeliger. De manen van het dier waren niet van bloemen gemaakt, maar van schedels. Ze greep de pollepel stevig vast bij het einde van de steel. Met de pollepel reikte ze naar de drakensteen. Ze haakte de gebogen steel van de lepel in het losse weefsel van het stuk stof waarin hij was gedraaid. Met de kleinst mogelijke schokjes trok ze de steen zachtjes naar zich toe. De vingers van de man, ontspannen in zijn slaap, gaven mee. Toen de steen bijna uit zijn hand was gaf de vogel in de kooi een ellendige schreeuw. De lange, zwarte nagels van de man groeven zich in de stof om de steen. Hij deed zijn ene oog open. Het staarde Ping aan. Ze bleef roerloos geknield zitten. Het oog van de man was onnatuurlijk van kleur, saai geel als urine, maar glazig. Het oog staarde, maar keek haar niet echt aan. Ping was zo dichtbij dat ze zijn vieze adem kon ruiken. Ze zag de oranjebruine varkensharen van zijn baard, de gaatjes in zijn oorlelletjes. De vogeltjes die als sieraden aan zijn oren hingen bleken vleermuizen te zijn. Het bleke schemerlicht was blijkbaar te scherp voor hem. Hij gromde iets als een boze geit en sloeg zijn arm voor zijn gezicht. Ping wachtte. Ze durfde zich niet te bewegen tot de ademhaling van de tovenaar weer regelmatig klonk en hij zachtjes begon te snurken. Toen trok ze nog eens zachtjes aan de drakensteen. Zijn vingers ontspanden zich. Het stuk stof viel uit zijn handen. Ping trok de steen naar zich toe tot hij zo dichtbij was dat ze hem kon oprapen. Ze hield de steen even tegen zich aangedrukt. Haar hart sloeg een slag over van blijdschap.

Pings vermoeidheid verdween. Ze voelde haar kracht terugkomen, genoeg om helemaal tot de zee te rennen, maar ze zorgde ervoor dat ze langzaam en zonder geluid te maken de kamer uitkroop.

Ze rende door de straat naar de herberg en keerde terug naar de kamer waar de draak nog steeds sliep.

Ze had het uit kunnen schreeuwen van blijdschap. Kon Danzi de aanwezigheid van de steen niet voelen? Hoorde hij de steen niet zingen zoals zij hoorde?

'Danzi,' zei ze, 'ik heb hem! Ik heb de drakensteen gevonden!'

Ze pakte de steen uit de lap stof en haar glimlach vervaagde. De drakensteen was donker en dof en bedekt met bruine vlekken. Hij was niet meer mooi. De melkachtige lijnen waren grijs en werden doorkruist met bloedrode nerven. Het duurde even voordat Danzi wakker was. Hij scheen niet te weten waar hij was. Toen zag hij de steen.

'Wie had de steen?' vroeg hij.

Ping beschreef het getatoeëerde gezicht van de tovenaar.

'Dodenbezweerder,' zei de draak.

'We moeten hier weg en vlug ook,' fluisterde Ping.

'Steen moet naar zee. Belangrijk!'

Waar ze heen gingen kon Ping niets schelen, als ze maar weggingen uit Wucheng. Ze was al op weg naar de deur.

'Ping aankleden.' De stem van de draak klonk kalm in haar hoofd.

Ping keek naar beneden. Ze liep nog steeds op blote voeten en had het korte jurkje aan. Ze trok vlug haar lange jurk aan, haar sokken en schoenen en pakte hun weinige bezittingen bij elkaar. De drakensteen legde ze in de rieten mand. De draak kwam traag en kreunend overeind. Ping wachtte niet op hem.

Buiten was de straat leeg. De bewoners van Wucheng waren allemaal verdwenen, samen met de duisternis van de nacht. Ping rende naar de stadspoort. Zes mensen stonden dwars over de straat en versperden haar de weg. Ze bleef staan. Het waren vreemde, magere gestalten met wapperende grijze jurken en rommelig lang haar dat rond hun hoofd werd geblazen, hoewel er geen wind was. Ze hadden lege, starende gezichten. Er was nog iets geks: ze zweefden net boven de grond.

'Schildwachtspoken,' zei de draak. 'Ze gaan dodenbezweerder waarschuwen.'

Ping voelde haar nekharen prikkelen. De dodenbezweerder stond achter haar met een gezicht als een donderwolk. Hij hield een toverstaf in zijn hand.

Ping drukte de drakensteen tegen zich aan, deed haar ogen dicht en begon te rennen. Ze voelde een ijskoude rilling over haar rug, maar ze bleef rennen. Ze rende dwars door de spookachtige schildwachten heen, alsof hun lichamen gemaakt waren van mist.

Toen ze bij de stadspoort kwam, zag ze dat die gesloten was. Hij zag eruit alsof hij van lood was gemaakt. Ze zou hem nooit kunnen openmaken – ook niet als hij niet op slot had gezeten. Iets scherps en glanzends scheerde langs haar oor en sloeg in het donkere hout van de poort. Het was een schijf, gemaakt van blinkend metaal en voorzien van drie weerhaken aan de rand. De weerhaken waren gebogen en scherp als kattenklauwen. Ze draaide zich om. De dodenbezweerder stond midden op straat en gooide nog meer van die schijven naar haar. Ping wist de eerste en de tweede schijf te ontduiken, maar zag toen een derde recht op zich afkomen. De schijf miste haar lichaam op minder dan twee centimeter, maar prikte haar lange jurk tegen de poort. De dodenbezweerder wees met zijn toverstaf naar de draak. De kracht ervan gooide Danzi tegen de muur. De draak raakte buiten adem.

'Ping hem tegenhouden,' hijgde de draak.

'Ik ben niet sterk genoeg,' antwoordde Ping.

'Niets onder de hemel is zachter dan water,' zei Danzi. 'Toch kan water het harde en het sterke overwinnen.'

De dodenbezweerder kwam naar haar toe. Hij keek voordurend naar de drakensteen. Ze drukte de steen met één hand tegen zich aan. De steen schreeuwde weer van angst. Ze stak haar vrije hand op, alsof ze hem wilde tegenhouden. Hij lachte om haar, spottend en minachtend. Hij twijfelde er niet aan dat hij de drakensteen van haar kon afnemen met een even groot gemak als iemand die een dropje van een peuter afpakt. Hij stak zijn staf omhoog. Ping voelde de woede in haar binnenste weer groeien. Haar lichaam tintelde van top tot teen. Ze concentreerde zich op haar *qi* en merkte dat dat in een oogwenk groot effect had. De kracht liep door haar arm naar beneden en schoot door haar vingertoppen naar buiten. De dodenbezweerder werd op de grond gegooid door de onzichtbare kracht. Hij ging op zijn knieën zitten en wees met zijn toverstaf naar haar. Ping zat nog steeds vast aan de poort. Voordat de dodenbezweerder de kans kreeg zijn eigen krachten op te roepen, verscheen Danzi naast haar en gaf de dodenbezweerder een klap met zijn klauwen. De man keek naar het bloed dat door zijn glanzende jak begon te druppelen.

'Kun je over de stadsmuur vliegen, Danzi?' vroeg Ping.

'Nee,' antwoordde hij. 'Heb hoogte nodig. Moet eerst stuk klimmen.'

Ping keek naar de scherpe stenen waarvan de muur gemaakt was. 'Die rotsen snijden me aan flarden.'

'Mensenvlees aan flarden, ja,' zei de draak. 'Niet drakenschubben.'

De dodenbezweerder was weer overeind gekrabbeld. Deze keer deed de kracht van Pings vingertoppen hem alleen maar wankelen. Ze gooide de rieten mand over haar schouder en sprong op de rug van de draak. Ze greep zich vast aan zijn hoorns en klemde haar knieën om zijn hals. De hoekige stenen leverden genoeg steunpunten voor Danzi's poten. De draak klom met moeite tegen de muur op en hij hees zichzelf en Ping over de gevaarlijke rotspunten. Ze keken over de muur. De rivier aan de andere kant was niet meer dan een *li* verwijderd. Achter haar hield de dodenbezweerder zijn borstkas vast, riep zijn krachten op om het slot van de stadspoort open te breken.

Ping voelde gefladder rond haar hoofd. De twee kraaien die ze hadden gezien toen ze in Wucheng aankwamen, begonnen haar te pikken. Ze hield haar armen omhoog om haar ogen te beschermen tegen de pikkende zwarte snavels. Een kraai pikte in haar arm en zijn snavel drong diep in haar vlees. Ze schreeuwde het uit van de pijn, maar het boze gebulder van de draak overstemde haar schreeuw. De vogels vlogen weg en Danzi sloeg zijn vleugels uit. Pings rode naaisteken hielden nog steeds de rafels in de linkervleugel op hun plek. De kraaien keerden terug. Deze keer deden ze of ze het gebulder van de draak niet hoorden. Danzi sloeg met een voorpoot naar de vogels. Hij maakte een wond in de borst van een van de twee kraaien. Het bloed druppelde eruit. De vogel viel op de grond. De andere kraai pikte aan de rode draad, buiten het bereik van Danzi's klauwen. Wakker geworden door de geur van bloed kroop Hua uit Pings jurk en rende langs de opengevouwen vleugel van de draak naar de plek waar de kraai Pings naaiwerk uit elkaar trok. De vogel zag de rat komen, flapperde met zijn vleugels en vloog weg. Hua besprong de kraai en klemde zijn tanden om een pootje van de vogel toen die wilde wegvliegen. De kraai vloog weg met de rat hangend aan zijn poot. Ping verloor Hua uit het oog omdat Danzi van de muur sprong. De grond kwam snel dichterbij. De draak landde onhandig, maar veilig.

Ping keek op en zag de kraai nog hoger in de lucht vliegen met Hua nog steeds hangend aan een van zijn pootjes. De kraai liet een schreeuw van pijn horen en Hua viel plotseling pijlsnel naar beneden. Ping rende naar haar vriendje om hem op te vangen. Ze struikelde over de zoom van haar lange jurk. Hua was nog niet geland, maar Ping kon niet vlug genoeg overeind komen. Een drakenpoot reikte naar de rat en Danzi wist Hua niet meer dan vier centimeter boven de grond weg te sleuren. Ping en de draak renden naar de rivier.

Toen ze bij de werf kwamen zag Ping tot haar blijdschap Jiang Bings boot nog steeds liggen. De vrouw keek op, verbaasd dat ze Ping naar zich toe zag komen rennen met een draak naast zich.

'We moeten nu weg,' zei Ping, terwijl ze aan boord klom. 'Er zit een dodenbezweerder achter ons aan. Ik zal het later uitleggen.'

De draak kwam met moeite de ladder af en klapte op het dek van de boot uitgeput in elkaar. Ping keek vluchtig naar de stadsmuren, maar zag geen spoor van de dodenbezweerder.

'Ik stond al op het punt te vertrekken,' zei Jiang Bing kalm.

Ze keek rond over de werf. Ze riep niet, floot niet, maar de oranjebruine kat kwam achter een paar zakken graan vandaan en sprong aan boord.

Jiang Bing maakte de boot los. Ping hielp haar hem weg te duwen van de werf. De vrouw boomde de boot tot de stroom het vaartuig in zijn greep kreeg en hem naar het midden van de rivier zoog. Wucheng werd steeds kleiner en Ping haalde diep adem en voelde zich opgelucht. Hua, die nog steeds de kraaienpoot in zijn bek had, vocht zich los uit Danzi's greep. De kat zat tussen hem en de veiligheid van Pings jurk. Hij rende tegen de poot van de draak op en verdween achter een van de schubben onder zijn kin die andersom zaten.

'Fantastisch om weer op het water te zijn,' zei Ping. Ze hield de rieten mand nog steeds tegen zich aangedrukt. Ze draaide zich met een glimlach om naar Jiang Bing.

Het gezicht van de vrouw stond onverbiddelijk. Ze keek naar de draak.

'Ik geef je goud als je hierover tegen niemand iets zegt,' zei Ping.

'Ik wil geen goud,' zei Jiang Bing met een ruwe stem die Ping niet herkende.

'Wat wil je dan?' vroeg Ping.

'Ik wil de drakensteen hebben. Hij is van mijn meester.'

Ping kon haar oren niet geloven.

De rode kat slenterde naar Jiang Bing. Ping zag dat er bloed druppelde uit een wond in zijn buik. De lucht rond de kat glinsterde en flikkerde. Het dier draaide en kronkelde. Zijn vacht veranderde in vlees en stof. Ping keek gefascineerd naar de afschuwelijke verandering, hoewel ze er misselijk van werd. Voor haar ogen werd de kat een man. Hij had een donkere jas aan, maar iets daaronder blonk in de ochtendzon. Hij had een lapje over een oog, een tatoeage op een wang en een oranjebruine baard. Het was de dodenbezweerder. Jiang Bing ging naast hem staan. Ze keek naar hem vol bewondering en toen keek ze boos naar Ping.

Ping strompelde naar de rand van de boot en moest overgeven.

'Geef me de drakensteen,' zei de dodenbezweerder terwijl hij naar Ping toe kwam.

'Danzi!' riep Ping, terwijl ze de mand met de steen erin tegen haar borst klemde. 'Help me!'

De draak krabbelde overeind. Hij probeerde zijn *qi*-krachten op te roepen, maar kon het niet. Hij was te zwak.

De vingers van de dodenbezweerder reikten naar de drakensteen. Zijn lange, zwarte nagels haakten in de rieten mand. Hij trok hem uit Pings greep. Ping griste de steen uit de mand en liet de mand los. De man probeerde weer de steen te pakken. Zijn zwarte nagels krasten over de buitenkant van de steen en maakten een geluid waar Ping van op haar tanden ging bijten. De dodenbezweerder probeerde zijn handen om de steen te leggen. De steen schreeuwde. Ping wist dat ze deze man nooit de steen zou geven. Ze sprong over de rand van de boot in het schuimende, gele water. De dodenbezweerder slaakte een gesmoorde, boze schreeuw.

'Laat haar niet gaan,' beval hij Jiang Bing.

De vrouw aarzelde niet en sprong ook in het water.

Ping kon niet zwemmen. Ze voelde het verstikkende water om zich heen. Het water wilde haar neus en mond vullen waardoor ze niet kon ademhalen. De snelle stroming trok aan haar en droeg haar verder alsof ze zo licht was als een veertje. Het meisje wist dat ze zou verdrinken. Het kon haar niets schelen. Ze ging nog liever dood dan dat ze de steen aan de dodenbezweerder zou afstaan. Ping was niet bang voor de dood. Ze voelde een duidelijke, sterke emotie die ze geen naam kon geven. In plaats dat ze het koud had, vulde dit gevoel haar met warmte. Ze glimlachte.

Jiang Bing zwom naar haar toe, worstelend door het water. Pings glimlach vervaagde. Niemand kreeg de steen. Ze trok haar linkerbeen op en schopte zo hard ze kon. Haar voet trof Jiang Bing op haar neus. De vrouw schreeuwde het uit van de pijn toen bloed zich mengde met het gele water. Ze proestte en haar armen leken vergeten te zijn hoe ze ook weer moesten zwemmen. De vrouw ging onder in het turbulente water.

Terwijl haar hand de steen omklemde als een bankschroef wachtte Ping tot het gewicht van de steen haar onder het onweerstaanbare water zou trekken. Maar ze ging niet onder. De steen bleef drijven, deinde door het water als een appel en nam Ping ook mee.

Ping deed haar uiterste best haar hoofd boven water te houden. Ze ontdekte dat hoe minder ze zich verzette, hoe gemakkelijker het was. Ze voelde de koele hardheid van de steen in haar handen en ontspande haar lijf. Ze werd inderdaad licht als een veertje. Ze zou zich door de rivier laten meenemen waar ze ook maar heen wilde.

Ze waren pas een paar *li* gedragen, toen zij en de steen een zijstroom werden ingetrokken waar allerlei dingen ronddreven – takken, ingewanden van vis, rommel uit Wucheng. Ze kroop door het vuile, gele schuim langs de rand van het water op de oever. Ze veegde de rommel van de steen. Zijn purperen diepten waren nog steeds dof, maar de bruine vlekken begonnen te verdwijnen. De rode nerven die de grijze kringen en krullen op de buitenkant doorkruisten leken niet zo dik. Ze zou arsenicum vinden en rodewolkkruid en de steen zou genezen.

Ping lag uitgestrekt op de oever van de rivier met de drakensteen dicht bij zich. Ze leefde nog en ze had de steen nog steeds. Ze had de dodenbezweerder en zijn maatje verslagen. De zon kwam net op aan de horizon en zond oranje lichtstralen in haar richting. De wereld was prachtig. Ze ging rechtop zitten en keek naar de verandering van de lucht van oranje naar roze. Toen wist ze opeens dat ze iets vergeten had. Iets belangrijks. De draak was nog steeds aan boord bij de dodenbezweerder. En Hua ook.

De zon verdween, het werd langzaam donker.
Eindelijk doemde een vermolmde aanlegsteiger op
uit de schemering.

Pings hoofd tolde. Danzi en Hua waren belangrijker dan de steen. Zij waren haar vrienden. Zonder Hua zou ze waarschijnlijk jaren geleden al van
ellende gestorven zijn. Zonder Danzi zou ze nog
steeds op Huangling zijn. Maar iets in haar binnenste vertelde haar dat de drakensteen belangrijker
was. Als ze terugging om haar vrienden te redden,
zou de drakensteen weer binnen het bereik van de
dodenbezweerder komen.

Ze staarde in de diepten van de steen. Ze legde
haar wang tegen zijn koele buitenkant. Als ze hem
verloor zou ze dat niet kunnen verdragen. Maar ze

kon haar vrienden ook niet in de steek laten. Ze moest een manier bedenken om ze alle drie te redden.

Ze kreeg niet de kans om zelfs maar te beginnen een plan te bedenken toen de boot van de dodenbezweerder in zicht kwam. Hij stond op het achterschip met zijn hand aan het roer en zocht de oever van de rivier af. De draak lag op het dek uitgespreid duidelijk zichtbaar voor iemand die toevallig voorbij voer. Elke poot was vastgebonden aan de rand van de boot alsof hij een os was, klaar voor de slacht. De dodenbezweerder dacht waarschijnlijk dat Ping was verdronken, net als Jiang Bing. Hij zocht de drakensteen. Ping sprong op.

'Hierheen!' schreeuwde ze, terwijl ze de steen boven haar hoofd hield. 'Ben je hier naar op zoek?'

De dodenbezweerder keek verbaasd naar haar. Niet alleen was ze nog in leven, ze bood hem ook nog de drakensteen aan. Hij leunde op het roer en stuurde de boot naar de oever. De inham waar Ping was ingedreven was te ondiep om aan te leggen. De dodenbezweerder gooide zijn anker overboord. Even later lag de boot stil. De stroom trok eraan, maar het anker hield hem op zijn plaats. De dodenbezweerder pakte de loopplank van het dek en legde hem over de rand van de boot. De plank reikte niet tot de oever. Hij was te kort, maar hij kwam dichtbij de oever in het ondiepe water terecht tussen de vissenkoppen en meloenschillen. De dodenbezweerder kwam met grote stappen van de loopplank af.

Ping wist niet wat ze moest doen. Ze had het klaargespeeld de dodenbezweerder in Wucheng te overvallen en haar angst had haar geholpen zich te concentreren op haar *qi*. Nu was ze niet boos, alleen maar bang. Ze had nooit geleerd zo'n krachtige tovenaar te verslaan en ze had geen wapen bij zich, op haar bronzen mes na. Ze stopte de steen in de kromming van haar rechterarm, trok haar mes voor de dag en hield dat stevig met haar linkerhand vast.

De dodenbezweerder stond voor haar. Hij lachte om haar mes, dat niet meer dan een centimeter of acht lang was en bestemd om groenten mee te snijden. Hij trok een lang, gebogen zwaard uit de schede. De rand glinsterde dreigend in het zonlicht. De dodenbezweerder zwaaide het in haar richting. Hij was zwak, dat kon ze zien. Zijn jak was doordrenkt met bloed. Hij had vijf dagen doorgebracht op de boot in de gedaante van een kat. Ze wist dat het veranderen van gedaante Danzi ook erg verzwakte. Ongetwijfeld had het oproepen van de schildwacht-geesten ook de kracht van de tovenaar verzwakt. Ping had misschien geen tovenaarsvaardigheden, maar ze was snel. Ze dook weg. Het zwaard drong diep in de modderige rivieroever. De dodenbezweerder greep het gevest van het zwaard met beide handen vast om het eruit te trekken. Iets kleins en grijs rende over de loopplank naar beneden. Het was Hua. Toen hij bij het einde van de plank was, sprong hij de lucht in. Hij wilde het ondiepe water en de modder in één sprong overbruggen. Het was te ver. Hij spreidde zijn poten wijd terwijl hij viel en helde naar één kant over. Hij sloeg wild met zijn poten en bleef met zijn klauwen haken in de rug van de lange mantel van de dodenbezweerder. Hua gleed door naar beneden, draaide naar de voorkant in de lange mantel en begon tegen zijn been op te klimmen. De tovenaar voelde van alles. Van schrik liet hij het zwaard los. Hij begon wild naar de rat te slaan om hem kwijt te raken. Hua zag de zwaaiende vingers en greep zich aan eentje vast. Door dit geworstel was de dodenbezweerder verder weggezakt in de modder. Zijn voeten waren tot aan zijn enkels begraven. Hij probeerde de rat van zijn vinger te schudden. Maar Hua was niet van plan hem los te laten. Hij beet zich vast in de vinger tot de wond begon te bloeden.

Ping herinnerde zich iets dat de draak had gezegd tegen haar rug in Chang'an. Op dat moment had het zonder betekenis geleken, maar nu begreep ze het pas.

'Je grenzen erkennen is wijsheid,' had hij gezegd.

Pings grenzen waren zo helder als een bergbeek. Ze had geen schijn van kans het van de geoefende dodenbezweerder te winnen. Hij was misschien verzwakt, maar hij was nog lang niet uitgeput. Hij concentreerde zich opnieuw op zijn krachten en zou zich gauw bevrijden uit de modder en haar dan overmeesteren. Hij zou de drakensteen pakken. Ze moest ontsnappen.

Ping rende naar de loopplank.

'Kom op, Hua!' schreeuwde ze, terwijl ze over de loopplank de boot op rende.

De dodenbezweerder had één voet en zijn zwaard uit de modder getrokken. Hij probeerde opnieuw de rat van zijn vinger te schudden. Deze keer had hij succes. Hua zeilde in een grote boog en met spartelende pootjes door de lucht. Deze keer was er niets voor de rat waar hij zich aan vast kon klampen. Hij viel in het water. De dodenbezweerder had nu zijn andere voet ook uit de modder getrokken en was nog maar drie stappen verwijderd van het einde van de loopplank. Ping legde de drakensteen voorzichtig in een rol touw. Ze had beide handen nodig. Ze tilde de loopplank van de rand van de boot en gooide hem in de rivier. De tovenaar stond nog vlakbij de oever van de rivier. Hij aarzelde, had blijkbaar geen zin het water in te waden en zo bij de boot te komen.

Ping had nog steeds haar bronzen mes in haar linkerhand. Ze sloeg met haar mes op het ankertouw. Hua zwom naar de boot toe. Zijn korte pootjes peddelden zo snel dat ze nauwelijks te zien waren. Ping had haar mes scherp gehouden. Met drie houwen had ze het touw doorgesneden. Hua was nog steeds een armlengte verwijderd van de voorsteven. Ping hing over de rand van de boot, maar kon hem net niet pakken. De dodenbezweerder dook in het water en probeerde het eind van het ankertouw te grijpen. Nu de boot los was van het trekkende anker, werd hij gemakkelijk door de stroom meegenomen. Het touw, glibberig van de algen, gleed uit zijn hand. Hua deinde hulpeloos mee op het water toen de boot voorbij dreef, de rivier af. Ping rende naar het achterschip, maar ze kon niets doen omdat Hua werd meegesleurd in het kielzog van de boot. Toen sloeg iets aan de achterkant over de rand van de boot in het water. Het was de staart van de draak. De punt van de staart belandde dicht bij de plek waar de rat spetterend bovenkwam. Hua haakte zijn klauwen onder de groene schubben. De draak trok zijn staart weer op de boot. Hij kwam met een smak op het dek neer. Hua lag ernaast, nat en uitgeput. De stroom zwiepte de boot weg van de woedende dodenbezweerder die nog steeds in het ondiepe water stond.

'Alles goed, Danzi?' riep Ping terwijl ze naar de draak liep. De boot deinde en wiebelde. Ping struikelde en viel op het dek. De draak draaide zijn kop om.

'Vaar door.'

Ping kroop naar de achtersteven en greep het roer vast. Ze moest al haar kracht aanwenden om de boot weg te sturen van de woedende stroom in het midden van de rivier naar een deel waar de stroming trager was, dichter bij de zuidelijke oever. Hua was niet dol op water en ook niet op het zeilen door de lucht. Zodra hij zijn evenwicht weer had gevonden, schudde hij het water zoveel mogelijk van zich af. Toen klom hij naar boven langs Pings jurk en nestelde zich in de plooien.

Ping moest het roer met beide handen stevig vast-houden. Haar armen deden na een uur al pijn, maar ze durfde niet te stoppen om te rusten. Ze keek om naar de draak die nog steeds vastgebonden lag op het dek, uitgestrekt als een geit die geofferd ging worden. Ze keek angstig naar de drakensteen die in de rol touw lag.

'Ik kan niet stoppen, Danzi,' riep ze. 'We moeten zo ver mogelijk van de dodenbezweerder zien weg te komen.'

De draak maakte een zacht geluid. Het was een heel zwak tinkelend geluid, zoals klokjes die tin-kelden door de zachte fluistering van een zwoele wind.

'Het meisje is nog jong, maar laat zich door nie-mand verslaan,' fluisterde hij.

Het was niet veel, maar Ping wist dat de draak wel zwak was, maar verder goed.

Het was de langste dag in Pings leven. Ze kon het roer niet los laten zonder de controle over de boot verliezen. In werkelijkheid had de rivier meer controle over de boot dan Ping. Hoe ze ook haar best deed de boot dicht bij de oever te houden, hij vond steeds zijn weg terug naar het midden van de rivier. Uiteindelijk liet Ping de rivier zijn gang gaan, maar ze had nog steeds al haar kracht nodig om de boot langs de middenstroom te laten varen. Het was gevaarlijk, maar Ping was blij met de extra snelheid. Hoe sneller ze voeren, hoe onwaarschijnlijker het werd dat de dodenbezweerder hen zou inhalen.

Ping moest haar ogen op de rivier houden, voor zich. Ze zou het heerlijk gevonden hebben om naar de bamboebossen en naar de dorpen in de verte te kijken, maar ze moest oppassen voor rotsen en andere boten. Ze kon niet gaan slapen. Ze had het warm en ze had dorst. Ze was moe en hongerig. Maar ze kon niet stoppen om te eten of te drinken. Haar armen deden pijn omdat ze de boot maar met moeite op koers kon houden. Ze keek naar de roerloze draak, vastgebonden aan de boot. Ze kon niet stoppen om Danzi te bevrijden.

Terwijl het leek of de tijd voorbij kroop, stond de zon aan een wolkenloze hemel. Ping kon zich maar met moeite concentreren. Ze viel in slaap aan het roer en werd wakker van schreeuwende mannenstemmen. Ze keek op en zag dat vier mannen in een boot zich stroomopwaarts vochten met peddels. Ze werden geholpen door twee ossen op de oever die de boot voorttrokken en een groot zeil dat zo gedraaid was dat het de wind ving. Ping gaf een ruk aan het roer en stuurde weg van de andere boot en zijn ontmoedigde bemanning. Ze moest wakker blijven. Ze oefende het tellen tot duizend. Ze zong hard de twee liedjes die ze kende – een kinderliedje dat ze had geleerd van Lao Ma en een drinklied dat Meester Lan altijd zo graag had gezongen.

De zon zakte achter hen naar de horizon. Ping durfde te geloven dat ze de dodenbezweerder achter zich hadden gelaten.

'Ik denk dat het veilig is om nu te stoppen,' riep ze tegen de draak, hoewel ze al een paar uur geen geluidje meer van hem gehoord had.

Besluiten te stoppen was gemakkelijk. Maar het stilleggen van de boot was veel moeilijker. Het anker was nog steeds begraven in de rivierbedding waar ze de confrontatie met de dodenbezweerder had gehad. Terwijl ze haar laatste kracht opriep stuurde Ping de boot naar de zuidelijke oever van de rivier. De stroming daar was trager. Grote bamboeplanten bogen zich over de oever als buigende heren, raakten het water en zwaaiden in de wind. Haar handen trilden omdat ze het roer steeds zo stevig vasthield. Een scherpe pijn schoot door haar armen omhoog. Ze dwong zichzelf door te gaan. Ze stuurde nu met één hand. Met de andere kon ze net bij een keurig opgerold stuk henneptouw komen dat op het dek lag. Ze klemde het roer onder haar arm, maakte een lus aan één eind van het touw en bond het andere einde vast aan de rand van het achterschip. Ze probeerde de lus om de kleinere bamboeplanten te gooien, maar het touw gleed steeds weer van de buigende stengels af. Ze probeerde het een aantal keren, maar het resultaat bleef hetzelfde. Ze wachtte tot ze iets stevigers zag waaromheen ze het touw kon gooien – een overhangende boom, een verlaten bootje, een overhangende rots.

De zon verdween, het werd langzaam donker. Eindelijk doemde een vermolmde aanlegsteiger op uit de schemering. De planken aan het einde waren weggerot en de stutten staken uit het water. Ping gooide haar lus en miste de eerste stut. Ze wist dat dit de laatste kans was die ze had om de boot af te meren voor het donker werd. Ze liet het roer los. De stroming trok de boot weg van de oever naar het sneller stromende midden. Ping stond op het achterschip met de lus in haar hand. Toen ze de tweede stut voorbij voeren gooide ze de lus. Hij hing een seconde in de lucht en viel toen rond de houten paal. De boot voer door en werd toen plotseling gestopt. De houten paal helde over, want de boot trok er te hard aan. Ping bond snel nog een touw aan de voorsteven, sprong uit de boot op de vermolmde steiger en legde hem vast.

Toen ze zeker wist dat de boot goed afgemeerd lag, rende ze naar Danzi. Hij bewoog zich niet. Ze maakte de touwen los die de poten van de draak gespreid hielden. Ze haalde een emmer water uit de rivier en goot hem leeg over de kop van de bewusteloze draak. Haar armen trilden van de inspanning van de hele dag het roer vast houden. Ze trok Danzi's reusachtige bek open en druppelde water erin. Zijn lange tong was zo droog als een stuk leer. Ze dronk zelf ook wat van het water.

Ping bleef water in Danzi's mond druppelen en krabbelde hem zachtjes onder zijn kin. Langzaam kwam hij bij. Ping hoorde de bekende stem in haar hoofd, voor het eerst in een eeuwigheid, zo leek het.

'Alles goed met steen?'

Ping tastte naar de rol touw waarin ze de drakensteen had achtergelaten. Ze pakte de steen. De lucht
was zwart. De maansikkel was dun.

'Ik weet het niet,' zei ze. 'Ik kan het niet zien.
Het is te donker.'

Ping maakte een klein vuur. Het leek honderd
jaar te duren voordat er een vlammetje verscheen.
Toen stak ze een lamp aan. Ze hield de steen in
het schijnsel van de lamp. Van buiten was hij diep
paars. De roomkleurige wervelingen in zijn diepten
konden zijn gemaakt van het ontbrekende stuk van
de maan. De rode lijnen die zich erdoorheen slinger-
den waren kastanjebruin geworden. Ze maakten de
steen alleen maar mooier. De draak kwam kreunend
overeind en ging op zijn hurken zitten. Hij hield zijn
grote kop dicht bij de steen en keek ernaar alsof hij
probeerde door de steen in zijn binnenste te kijken.

'Het is goed,' was alles wat Danzi zei.

Ze staarden allebei in de paarse diepten van de
steen, minutenlang. Toen dacht Ping opeens aan
eten. Er waren voorraden eten aan boord – graan,
gedroogde vis, uien. Ze begon een stoofpot te maken
van vis.

Ze wilde net een beetje van de gedroogde bladeren eroverheen strooien die Jiang Bing vaak gebruikte bij het koken. Danzi stak een geklauwde poot uit
en hield haar tegen.

'Wat is dat?'

'Een of ander kruid.'

Danzi pakte de pot met gedroogde blaadjes op en

snoof. Toen gooide hij de pot met inhoud en al in de rivier.

'Waarom doe je dat nou?'

'Bladeren van de chinabes,' zei de draak. 'Giftig voor draken. Vertraagt het hart, maakt ons zwak en treurig.'

Ping kreunde. Weer een teken van het verraad van Jiang Bing. De vrouw had Ping voor de gek gehouden met haar valse vriendschap.

'Ze heeft die bladeren in al ons eten gegooid,' zei Ping. 'Er zaten ook een paar door het maal dat we in Wucheng hadden. De dodenbezweerder moet de herbergier hebben betaald om het te doen.

Ping herinnerde zich hoe traag en duf de draak was geweest. Hoe gemakkelijk hij de zoektocht naar de drakensteen in Wucheng had opgegeven. Hoe weinig hij zich verzet had tegen de dodenbezweerder op de boot.

'Waarom hadden die blaadjes niet hetzelfde effect op mij?' vroeg ze.

'Kleine porties geven mensen alleen maar een beetje maagpijn.'

Ping herinnerde zich de maagpijn en het misselijke gevoel dat ze die nacht in Wucheng had gehad.

Ping en Danzi aten in stilte. Hua at wat van de stoofpot, hoewel hij niet zo dol was op vis. De draak rolde zich in elkaar en viel onmiddellijk in slaap. Hua maakte zijn bed in Danzi's opgerolde staart. Ping wilde dat de slaap ook haar snel zou bezoeken. Ze had in de hut kunnen slapen, maar koos ervoor om op het dek te liggen. Hoewel de dag heel zonnig was geweest, was het nu de zon verdwenen was, weer koud. Ze draaide zich in de deken van Jiang Bing en staarde naar boven, naar de heldere, nachtelijke hemel. De maan zocht zijn weg naar de vuurster die het Chinese drakenhart was. Ping herinnerde zich hoe gelukkig ze zich een paar dagen geleden, voor ze in Wucheng waren, nog had gevoeld. Voor ze had gemerkt dat de vriendschap van Jiang Bing vals was geweest.

Hoewel ze probeerde aan andere dingen te denken, keerden Pings gedachten steeds terug naar Jiang Bing en hoe gemakkelijk ze de vrouw had vertrouwd. Ze zou in de toekomst veel voorzichtiger zijn. Ze zou nog steeds beleefd zijn tegen de mensen die ze ontmoette, maar ze zou haar vertrouwen heel goed bewaken.

Hoofdstuk 18

TOEVALLIGE ONTMOETING

Het was alsof een geheim plekje in haar binnenste,
dat altijd gesloten was geweest,
zich had geopend.

De draak was veel vlugger op krachten dan Ping
had verwacht. Hij at niet tot de chinabessen uit zijn
gestel waren, maar de volgende dag was hij sterk
genoeg om een uur of twee in zijn gedaante van
oude man aan het roer te zitten. Dit gaf Ping de tijd
de boot te verkennen. Ze vond haar rieten mand met
de resten van de rodewolkkruidzalf en wreef daar
de drakensteen mee in. Danzi wilde dat ze wat op
de lelijke wonden deed op haar arm, waar de kraai
haar gepikt had, maar ze weigerde er ook maar iets
van aan zichzelf te verspillen. Ze vond een reserve-
anker en een visuitrusting in een kast. Tussen de

dingen van Jiang Bing waren reservekleren en een bamboezonnehoed. De dodenbezweerder had meer interessante dingen achtergelaten – een bamboeboek, een bundel duizendblad en een kalebas vol bloed.

Ze reisden nog steeds naar het oosten. Ping en Danzi stonden om beurten aan het roer. Ping had veel vragen die ze de draak wilde stellen.

'Waarom heb je me niet verteld dat dodenbezweerders ook van gedaante kunnen veranderen, net als draken?'

'Ping vroeg het niet.'

Ping glimlachte. Zo goed, vond ze, dat de draak weer zijn woedende zelf was. Hua lag uitgestrekt op het dek in de zon. Zonder de rode kat aan boord scheen hij varen wel leuk te vinden.

'Waarom wilde de dodenbezweerder de drakensteen hebben?' Ping had de steen in haar schoot.

'Gebruiken voor betoveringen,' antwoordde de draak.

'Wat voor soort betoveringen?'

'Niets interessants voor Ping.'

Ping geloofde hem niet. De steen veranderde. Niet alleen waren zijn kleuren anders, hij was ook groter. Hij zou nog maar net in de mand passen. Er waren ook de geluiden die ze kon horen in haar hoofd, samen met de drakenstem. Niet de verschrikkelijke, pijnlijke geluiden die ze in Wucheng had gehoord, maar zachte geluiden als een spinnende kat. Welke toverkrachten de steen ook had, Ping wist zeker dat het met haar te maken had.

'In Wucheng had ik die eh... kracht,' zei Ping. Ze kon nog steeds niet goed geloven wat er was gebeurd. 'Ik weet niet zeker waar die vandaan kwam.'

Danzi knikte. 'Ping concentreerde zich op *qi*. Gebruikte haar kracht.'

'Maar ik weet niet hoe dat gebeurde.'

'Woede.'

'Dus kan ik me alleen maar op mijn *qi* concentreren als ik boos ben?'

'Nee. Ping moet leren *qi* bruikbaar te maken als het nodig is, boos of niet.'

'Hoe moet ik dat doen?'

Het tinkelende geluid van een blije draak zweefde naar Ping. 'Ping moet leren goed ademhalen, geest concentreren en lijf trainen om *qi* sterker te maken. Danzi zal leren.'

Ze waren op een rustig stuk van de rivier en Danzi kon praktisch de hele tijd in zijn drakengestalte blijven. Hij demonstreerde ademhalingsoefeningen die Ping moest leren en elke morgen oefenen.

'Oefening het beste bij zonsopgang,' legde hij uit. 'Dan heeft lucht meeste *qi*. Draai gezicht naar oosten en haal diep adem. Vul lichaam met gouden *qi* van zonsopgang.'

In de volgende dagen leerde Danzi haar trage bewegingen van de handen te maken die haar in staat zouden stellen zich te concentreren op *qi*. Er waren andere oefeningen, die een langzame draaiing van haar lichaam inhielden en het buigen van haar armen.

'Moet leren geest concentreren,' zei hij terwijl ze over de rivier voeren. 'Schakel alle andere gedachten uit.'

Hoe hard ze probeerde zich te concentreren op haar *qi*, ze kon andere gedachten niet tegenhouden haar geest binnen te kruipen – wat ze die middag zouden eten, hoeveel zijderupsen je nodig had om een zijden mantel te maken, waarom boten niet zonken.

'Ping moet aarzelen alsof je over dun ijs loopt, zwichten als smeltend ijs, blank als onbewerkt hout.'

Danzi's instructies waren niet duidelijk.

'Ik kan het niet,' zei Ping.

'Je moet oefeningen doen voor geest en lichaam,' zei Danzi.

Ze moest zich van hem een tuin voorstellen vol pioenrozen en die tellen. Ping herinnerde zich de pioenen in de keizerlijke tuin in Huangling. Ze waren verwelkt toen de tuinman ze in een hete zomer vergat water te geven.

'Welke kleur moeten de pioenrozen hebben?' vroeg Ping. Ze fronste haar voorhoofd toen ze probeerde het beeld te verjagen dat ze in haar hoofd had, van de paar verwelkte pioenen op Huangling. Ze probeerde zich een tuin vol bloeiende bloemen te herinneren. Er waren andere oefeningen die ze moest doen, ook van vijfhonderd terugtellen tot nul en zich voor te stellen dat ze het pad van een kever volgt op een verre heuvel.

'Moet je lichaam tintelen,' zei de draak

Ping herinnerde zich dat ze dat gevoel kende toen ze de dodenbezweerder had aangevallen. Het tintelende gevoel was bij haar binnengesneld zonder dat ze maar een oefening hoefde te doen.

'Kun je niet iets doen waar ik boos van word?' vroeg ze.

De draak schudde zijn hoofd. '*Qi* opgeroepen door woede is gevaarlijk en moeilijk te beheersen.'

Terwijl ze verder de rivier afvoeren, deed Ping elke dag urenlang de ademhalingsoefeningen en trainde de bewegingen. Ze concentreerde zich op denkbeeldige velden pioenen, verre kevers en terugtellen, maar ze kon niets meer oproepen dan een zwakke prikkeling in haar linkerduim.

'Je moet veel oefenen,' zei Danzi. Hij zat rustig in de zon terwijl Hua de oren van de draak controleerde op duizendpoten. Na hun recente avonturen sliep de rat niet meer in Pings jurk. Hij lag liever te slapen achter een van de omgekeerde schubben van de draak.

Ping maakte zich geen zorgen meer over de dodenbezweerder. Ze ging elke avond op veilige afstand van dorpen en havens voor anker. Ze sneed zachte bamboescheuten van de zachte, modderige grond om toe te voegen aan hun maaltijd. Danzi zocht naar ginseng, mosterdblaadjes en gele lathyrus. Deze planten, zei hij, zouden helpen haar *qi* sterker te maken. Hij ving ook vogels om te roosteren.

'Wordt mijn *qi* ook sterker van vogels?' vroeg Ping terwijl ze het vlees van het bot haalde.

'Nee,' antwoordde Danzi. 'Maar smaakt goed.'

Een week later kon Ping zich genoeg concentreren op *qi* om het tintelende gevoel in haar handen op te roepen. Toen kon ze de kracht concentreren en haar gebruiken om een eetstokje zo'n dertig centimeter over het dek van de boot te laten schuiven. Danzi leek onder de indruk, maar Ping dacht dat het heel lang zou duren voor ze genoeg *qi* kon aanwenden om er iets nuttigs mee te kunnen doen.

De stroming van de Gele Rivier werd trager. Het sturen van de boot was minder moeilijk. Het gele water was rustiger en bracht de kleine boot steeds dichter bij de zee.

'Waarom leert niet iedereen zich te concentreren op hun *qi*?' vroeg Ping.

'Niet iedereen kan dat.'

Ping dacht daar even over na. Ze keek naar de bamboeplanten die dicht bij op de oever stonden, als nieuwsgierige toeschouwers die zich verdrongen om naar een zeilwedstrijd te kijken.

'Maar ik kan het,' zei ze, trots op haar bescheiden vaardigheid. 'Een beetje.'

De draak knikte. 'Met oefening krijg je alles onder knie.'

'Waarom kan ik dit wel en andere mensen niet?'

Danzi's rode lippen werden zachter toen hij het tinkelende geluid liet horen van een klokje in de wind.

'Ping is heel bijzonder,' zei hij. 'Bijzonder, maar traag van begrip.'

'Begrip van wat?'

'Waarom Danzi Ping koos als reisgezel.'

'Jij hebt me niet gekozen. Er was niemand anders... Lao Ma was te oud en jij zou Meester Lan zeker niet hebben gekozen om mee op reis te gaan.'

'Koos Ping omdat ze drakenhoeder is.'

'Ik? Een drakenhoeder? Doe niet zo gek.'

'Danzi zei drakenhoeders hebben kenmerken, Ping nog weten?'

'Ik herinner het me.'

'Drakenhoeders zijn linkshandig. Horen draken praten, kunnen *qi* oproepen en zijn helderziend.'

'Wat is helderziend?'

'Ping kan aanwezigheid voelen van mensen, vrienden en vijanden. Ping weet wat in mensen omgaat, kan soms komende gebeurtenissen voorspellen.'

Ping herinnerde zich hoe ze had geweten dat Diao in de buurt was en hoe ze had gevoeld dat er iets erg zou gebeuren in Chang'an.

'Maar ik wist niet wat er in Jiang Bing omging. Ik weet ook niet wat er morgen gaat gebeuren.'

'Ping doet leven lang erover om dat te leren.'

'Hoe dan ook zei je dat drakenhoeders allemaal uit de familie Huan of de familie Yu kwamen.'

Danzi knikte.

'Maar mijn naam...'

'Ping kent familienaam niet.'

'Jij wel, Danzi? Wist jij dat ik behoorde tot een van de drakenhoedersfamilies?'

De draak schudde zijn hoofd. 'Wist niet. Toeval bracht Ping en Danzi samen.'

'Maar jij zag de kenmerken aan mij.'

De draak schudde opnieuw zijn hoofd. 'Danzi ook traag van begrip. Kon niet geloven drakenhoeder was meisje.'

Ping overdacht nog eens wat Danzi net had gezegd. Ze begreep het niet. Hoe kon ze zo bijzonder zijn? Kon ze dingen doen die andere mensen niet konden? Ze kwamen langs een dorp en Danzi kroop weer even in zijn gedaante van oude man. Mensen waren zeker niet altijd wat ze leken. Maar als ze zo'n uitzonderlijk persoon was, zou ze dat toch geweten hebben?

'Ik ben een slaaf,' zei ze. 'Ik kan geen drakenhoeder zijn.'

'Kundigheid komt als een verrassing tot de nederigen.'

'Maar je zei dat drakenhoeders altijd jongens waren.'

'Klopt. Nooit eerder vrouw gezien als drakenhoeder.'

Ping schudde haar hoofd. 'Je moet je vergist hebben.'

'Ping heeft alle kenmerken. Vertrouwde ze eerst niet, maar Ping heeft zichzelf bewezen. Redde Danzi van dodenbezweerder.'

De draak voelde met de klauwen van zijn rechtervoorpoot onder een van de omgekeerde schubben. Hij trok er iets uit.

Het was een bronzen schijf met ongeveer een doorsnee van een halve perzik. Aan één kant was er iets in geëtst. Op de andere kant stond niets, maar die kant blonk zo helder dat Ping Danzi's spiegelbeeld erin kon zien.

'Alle drakenhoeders die voor Danzi hebben gezorgd hebben deze spiegel bij zich gedragen.'

'Hoeveel hoeders heb je gehad?'

'Heel veel. Een mensenleven is kort vergeleken bij dat van een draak.'

'Meester Lan had er geen,' zei Ping.

'Lan valse drakenhoeder. Zelfs Wang Cao is geen echte.'

'Maar hij was links en hij kon je verstaan.'

'Maar was niet helderziend.'

Hij hield de spiegel omhoog. Het teken op de achterkant was een draak die rond een knopje in het midden gedraaid was. De draak stak een poot uit om de knop te grijpen alsof het een kostbare parel was. Ping stak haar hand uit naar de spiegel. Maar de draak drukte hem tegen zijn borst.

'Als Ping dit aanneemt van Danzi is ze met hem verbonden, en met zijn erfgenamen.'

'Natuurlijk zal ik...'

'Besluit niet in haast,' zei de draak. 'Dit verbindt jou voor je leven.'

Danzi hield de spiegel schuin en de zonnestralen ketsten ertegen af en schenen in Pings ogen. Het licht was te fel om in te kijken.

'Spiegel kan gebruikt worden als signaal. Draken

horen slecht, maar als de drakenhoeder de zonnestralen tegen de spiegel laat afketsen kan draak dat van vele *li* afstand zien.'

Danzi hield Ping opnieuw de spiegel voor, met de glanzende kant naar haar gericht. Ping zag zichzelf. Er was niets ongewoons aan haar gezicht. Niets waardoor ze er anders uitzag dan welk ander meisje ook in het keizerrijk. Maar diep in haar hart wist ze dat de draak gelijk had. Het was alsof een geheim plekje in haar binnenste was opengegaan dat altijd gesloten was geweest. Haar borst zwol van trots. Een paar maanden geleden was ze een slaaf zonder naam. Nu had ze ontdekt dat ze een bijzonder persoon was. Ze zou de spiegel aannemen. Het was haar bestemming.

Ze wilde dat net tegen de draak zeggen, toen er een verschrikkelijk lawaai was van versplinterend hout en Ping werd naar voren geworpen. Ze schoof over het dek tot ze tegen de kajuit opbotste. Danzi werd overboord gegooid. Ping werd heen en weer geslingerd. Ze krabbelde overeind en drukte haar handen tegen haar gekneusde ribben. Een reusachtig schip torende hoog boven haar uit. Het was het grootste schip dat Ping ooit had gezien. Daar had ze een aanvaring mee gehad.

Ping viel bijna weer, omdat het dek scherp helde. De boot was aan het zinken. Ze keek omhoog naar de andere boot. Hij was tien keer langer dan hun kleine bootje en zo hoog als twee huizen. De boot was glanzend zwart geschilderd en versierd met kleurige vlaggen en zijden vaandels. Zo te zien was hij niet beschadigd. Maar Ping had geen tijd de boot lang te bewonderen. De helling van het dek werd steeds steiler. De voorsteven was al onder water verdwenen.

Ping pakte vlug de mand op met de drakensteen en wat ze verder nog kon dragen – de kookpan, haar zonnehoed, een zak linzen. Het water kabbelde al over haar voeten. Danzi was terug in zijn drakengedaante en stapte plonzend en spetterend terug naar de oever. Ping sprong overboord. Het water was dieper dan ze had gedacht. Haar jurk bolde op om haar heen. Haar voeten konden de grond niet vinden. De zware kookpot trok haar naar beneden. Maar ze wilde hem niet loslaten en verliezen. Het water spoelde over haar hoofd. Toen voelde ze handen onder haar armen en ze werd uit het water getild en neergelegd op de oever. Ze hoestte rivierwater op.

'Bedankt,' zei ze, hoewel ze door het zanderige water in haar ogen niet kon zien wie haar had gered. 'Aardig van u om me uit de rivier te trekken. Ik ben nu veilig. U kunt me loslaten.'

Ze veegde het water uit haar ogen. Aan weerskanten van haar stonden bewakers in een rood uniform met een leren hoed en een leren jas. Ze glimlachten niet en ze maakten ook geen aanstalten om haar los te laten. Meer bewakers stonden voor haar. Ze hielden allemaal hun zwaard of speer op haar gericht. Andere bewakers stonden om de druipende draak heen. Ook zij hadden hun zwaard getrokken.

Ze staarden naar het beest dat was opgedoken als iets uit een sprookje. Danzi brulde tegen hen. Het was een diep bulderend geluid alsof iemand op een gong sloeg. Hij probeerde de wapens uit hun handen te trekken, maar hij had er geen kracht voor. De wapens waren allemaal van ijzer gemaakt.

Ping probeerde zich op haar *qi* te concentreren zodat ze die kon gebruiken om de bewakers opzij te gooien. Ze deed haar ogen dicht om aan een veld pioenen te denken, maar kon alleen maar een beeld oproepen van de weinige verlepte planten op Huangling. Ze probeerde van vijfhonderd terug te tellen maar vergat steeds waar ze gebleven was en moest dan opnieuw beginnen. Een gorgelend geluid leidde haar af. De boot die hen de hele weg over de Gele Rivier had vervoerd lag met het achterschip omhoog in het water. Terwijl ze keek stegen er luchtbellen rond de boot op en hij zakte onder water.

'Dit is de toverheks van Huangling!' riep de commandant van de schildwachten die stonden te trillen op hun benen. 'Zij heeft de keizerlijke draak gestolen. Er is een verordening dat ze gevangen genomen moet worden en onthoofd.'

De bewakers die Ping vasthielden verstevigden hun greep. Ze pakten de mand van haar schouder. Ping probeerde tegen te stribbelen, maar ze waren met teveel.

'We moeten de draak ook gevangennemen,' riep de commandant tegen de bewakers.

De bewakers die om Danzi heen stonden stapten

voorzichtig dichterbij. Een van hen had een eind touw. Danzi ontblootte zijn reusachtige tanden, gooide zijn hoofd naar achteren en bulderde zo hard dat het op een rollende donderslag leek. Hij sloeg zijn klauwen uit. De bewakers sprongen allemaal naar achteren. Een van hen greep zijn arm vast. Bloed druppelde tussen zijn vingers door toen hij probeerde het bloeden te stoppen van een diepe snee. Nog meer bewakers verschenen. Ze hadden kruisbogen bij zich. Ze vormden een cirkel om de draak heen.

'Wacht,' zei Ping. 'Jullie moeten hem geen pijn doen.'

De bewakers besteedden geen aandacht aan haar.

'Richten!' riep de commandant van de schildwachten.

De bewakers richtten hun kruisbogen op de draak.

'Nee!' schreeuwde Ping. 'De draak is van de keizer. Op het doden van de enige overgebleven keizerlijke draak staat de doodstraf.'

De schildwachten keken naar hun commandant.

Ping kreeg opeens een idee. 'Ik ben op weg om het beest terug te brengen naar zijne Keizerlijke Hoogheid,' zei ze.

De schildwachten keken naar het meisje met het druipende haar.

'Ik ben geen toverheks,' zei ze. 'Ik ben de keizerlijke drakenhoeder. Als u opzij gaat, neem ik de draak weer onder mijn hoede.'

De commandant knikte tegen de wachten, die hun

wapen lieten zakken en haar loslieten. Ze nam het opgerolde stuk touw over van de schildwacht met de gewonde arm en liep naar de draak toe.

Een bulderend geluid kwam diep uit Danzi's keel. 'Wat gaat Ping doen?'

'Speel maar mee,' fluisterde ze. 'Ik overtuig hen ervan dat ik jou naar de keizer terugbreng.'

Het boze bulderen van de draak veranderde in een gegrom. Ping maakte een lus in het touw.

'Laat je kop zakken, draak,' zei ze streng.

Danzi boog zijn kop en Ping liet het touw eroverheen glijden.

'Indrukwekkend,' zei een stem achter haar.

Op het moment dat Ping zich omdraaide om te zien wie het was, gleed de bewaker naast haar uit en viel voorover op het pad.

Een jonge jongen kwam over het pad aanlopen. Nog een schildwacht gleed uit en viel om. Ping keek naar het stenen pad. Het was bijzonder glad en goed gemaakt. Ze begreep niet waarom iedereen uitgleed. De jongen stond voor Ping en Danzi en staarde naar hen op een nogal onbeleefde manier – vond Ping. Hij was ongeveer tien en vijf jaar oud en zou betere manieren geleerd moeten hebben.

'Buig voor je keizer,' siste de commandant, die op het pad op zijn knieën was gezakt.

Ping keek om zich heen. 'Ik zie helemaal geen keizer.' Ze raakte geïrriteerd. 'Ik ben kletsnat en ik heb het koud,' zei ze, 'en ik heb geen zin om hier een beetje te ruziën met een vervelende jongen.'

'En ik ben niet in de stemming om te ruziën met een meisje,' zei de jongen. 'Ik ben de keizer.'

'Je kunt grote problemen krijgen als je zulke dingen zegt,' zei ze. 'Als de echte keizer erachter komt...'

Ping keek om zich heen. Alle schildwachten lagen geknield met hun voorhoofd op de grond. Zij en de jongen waren de enigen die nog rechtop stonden.

'Ik ben de echte keizer,' zei de jongen.

Ping staarde hem aan. Zijn gezicht was schoon. Hij had nog geen snorharen, evenmin als andere jongens van zijn leeftijd. Hij had een klein litteken door zijn rechter wenkbrauw. Zijn lippen waren op elkaar geklemd alsof hij net aan een limoen had gezogen. Ze wilde iets zeggen, toen een schildwacht haar aan haar doorweekte jurk op haar knieën trok. Ze probeerde op te kijken, maar de grote hand van de schildwacht duwde haar hoofd naar beneden. Het enige wat ze zag was de zoom van de mantel van de jongen en zijn muilen. De zoom was vastgemaakt aan een mantel van zwarte satijn. Hij was versierd met draken, die met gouddraad op de mantel geborduurd waren. De draken waren op zo'n manier ingeweven dat ze op de oppervlakte van de stof lagen. Ze waren zo echt dat het leek of ze zo van de mantel af konden springen. De slippers waren geborduurd in wervelende spiraalpatronen die leken op wolkenpluimen. Ping had een soortgelijke zoom en dezelfde slippers eerder gezien. Ze waren van de keizer geweest.

'Als je een slaaf bent, Ping,' zei de keizer,
'dan ben je mijn eigendom,
net als de draak.'

Een aantal ministers kwam haastig aanrennen. De linten van hun functies om hun middel wapperden achter hen aan.

'Wie durft de keizer zo grof te beledigen?' zei een van hen buiten adem.

'Het spijt me,' zei Ping, hoewel het moeilijk was om te praten terwijl haar gezicht tegen de grond werd gedrukt. 'Ik besefte niet dat hij de keizer was. Ik dacht dat keizers allemaal oud en dik waren.'

De strakke mond van de jongen verbreedde zich tot een aarzelende glimlach.

'Het is hoogverraad om op zo'n manier te praten

tegen zijne Keizerlijke Majesteit,' zei de minister met de meeste gekleurde linten en een gouden ambtszegel.

Ping herkende de stem.

'Laat me het gezicht van het meisje zien,' zei hij.

De schildwacht trok Pings haar naar achteren. Ze keek de minister aan. Ze kende hem. Hij kende haar ook.

'Ik heb deze stumper eerder gezien, majesteit.' Het was Tian Fen.

De keizer luisterde niet naar Tian Fen. Hij staarde naar de draak.

'Ze is de toverheks van Huangling,' ging de raadsman Tian verder. 'Ze heeft gestolen. Ze heeft uw vaders...'

'Uwe Keizerlijke Majesteit,' zei Ping, 'ik heb de draak niet gestolen en ik wilde ook die aanvaring met uw schip niet.'

'Je mag niet zomaar het woord richten tot de keizer!' schreeuwde Tian Fen.

De jonge keizer stak een hand op. 'Het is goed, raadsman Tian. Ik zal onze gevangene ondervragen.'

De keizer, die steeds naar Danzi keek, richtte zich nu tot Ping.

'Sta op.'

Ping stond op. Water van haar natte jurk had onder haar voeten een kleine plas gemaakt.

'Ze zegt dat ze de keizerlijke drakenhoeder is, majesteit,' zei de commandant van de wacht.

De keizer bekeek Ping van top tot teen.

'Als jij niet vindt dat ik er als een keizer uitzie, vind ik niet dat jij er als een drakenhoeder uitziet,' zei de keizer.

Ping kon daar niets tegenin brengen.

'Hoewel het beest tam is in je handen.' De keizer keek naar Danzi. 'Jij zegt dat het een keizerlijke draak is?'

'Inderdaad, uwe Keizerlijke Majesteit,' antwoordde Ping. 'De laatste overgebleven keizerlijke draak.'

'Ik was bij uw hooggeëerde vader toen deze toverheks ontsnapte met de keizerlijke draak, majesteit,' zei raadsman Tian.

'Ik ben geen toverheks, ik ben een slaaf,' zei Ping. 'Ik heb gediend bij Meester Lan, de keizerlijke drakenhoeder. Hij was geen goede man. Hij was van plan de draak aan een drakenjager te verkopen en de winst te houden. Ik wilde alleen maar dat hij de draak niet zou doden... uw draak, uwe Keizerlijke Majesteit.'

'Waarom heeft mijn vader me nooit over deze draak verteld?' vroeg de jongen.

'Uw hooggeëerde vader was niet dol op draken, Keizerlijke Majesteit,' antwoordde raadsman Tian. 'En hij had veel aan zijn hoofd voordat zijn ziekte hem fataal werd.'

Ping schuifelde zenuwachtig met haar voeten. Ze hoopte dat de keizer haar niets zou vragen over de dood van zijn vader.

'Ze is een toverheks en niet te vertrouwen,

Keizerlijke Majesteit,' ging de raadsman verder.

'Maar ze heeft mij de draak gebracht,' antwoordde de keizer. 'Helemaal van de berg Huangling.'

Ping knikte.

'Hoe heet je?' vroeg de keizer.

'Ping, uwe Keizerlijke Hoogheid.'

'Als je een slaaf bent, Ping,' zei de keizer, 'dan ben je mijn eigendom, net als de draak.'

Ping deed haar mond open om iets te zeggen, maar veranderde van gedachte.

'Uw vader vaardigde het bevel uit dat ze moet worden onthoofd voor haar misdaden, uwe Majesteit,' zei raadsman Tian.

De keizer liep naar de draak. Danzi gromde, maar de jongen schrok daar niet van. Hij liep om de draak heen en inspecteerde het beest van top tot teen.

'Het is een mooi dier,' zei hij. 'Heeft hij een naam?'

'Zijn naam is Long Danzi, uwe Keizerlijke Majesteit,' antwoordde Ping.

'Executie lijkt me geen geschikte beloning voor het terugbrengen van mijn enige nog overgebleven draak,' zei de keizer. 'Ik denk dat ik mijn vaders bevel zal terugdraaien.'

Raadsman Tian boog. Danzi's grommen veranderde in een tinkelend geluid.

'Hij maakt een ander geluid,' merkte de keizer op.

'Dat betekent dat hij blij is, uwe Keizerlijke Majesteit,' zei Ping.

'Verstaat hij wat we zeggen?'

'Hij verstaat wel iets.' Ping keek naar de draak.

De keizer maakte zijn rondje om de draak af. 'Welkom op Ming Yang Jachthuis, Ping.' Hij keek een van de schildwachten aan. 'Geef het meisje haar mand terug en haal droge kleren voor haar,' commandeerde de jongen. 'Als ze een beetje is uitgerust, zie ik haar graag voor het avondmaal in de Hal van de Zoetgeurende Koelte.'

Een van de schildwachten gaf Ping de mand. Ze hield hem tegen zich aan.

'De draak moet worden vastgebonden in de stallen,' zei de raadsman.

Danzi begon weer te grommen.

'Mag hij niet bij mij blijven?' vroeg Ping. 'Hij gedraagt zich keurig.' Ze keek naar de wacht met de bloedende arm. 'Nou ja, meestal dan.'

De raadsman schudde zijn hoofd. 'Nee, het beest is gevaarlijk. Hij moet veilig worden opgesloten.'

De jonge keizer draaide zich om en liep terug over het pad. De ministers haastten zich achter hem aan. De keizerlijke wachten die Ping nog steeds vasthielden, liepen met haar het pad op. Danzi liep achter haar aan, vastgebonden aan het touw.

Ping had nu pas de kans om de omgeving in zich op te nemen. Vanaf de oever van de rivier liep de grond geleidelijk omhoog. Hier waren geen akkers, geen bossen. De hellingen waren veranderd in een prachtige tuin die zich zover Ping kon kijken uitstrekte langs de oever van de rivier. Een stenen pad zigzagde de heuvel op en zocht zijn weg door bloembedden en groepen cipressen. Bloemen verdrongen zich aan weerskanten van het pad. Er waren vijvertjes en stroompjes en bloeiende kersenbomen stonden verspreid door de tuin. Even verderop slingerde het pad langs grotten met misvormde, verweerde rotsen die de op leeuwen of draken of apen leken. Er waren ook mooie paviljoenen.

Ping had graag even gestopt om te zitten in een van die paviljoentjes, maar de schildwachten liepen hard door en hadden geen oog voor de schoonheid van de tuin. Op de top van de heuvel stond een prachtig huis, groter dan welk huis dan ook dat Ping in Chang'an had gezien. Het had een zwart dak van pottenbakkersklei, net als Huangling. Het huis had twee verdiepingen en een groot balkon dat gesteund werd door dikke pilaren.

Ping liep met Danzi mee naar de stallen. De stalknechten keken nerveus naar de draak, terwijl ze een box uitveegden en schoon stro op de grond legden. Ze gaf hen instructies dat de draak alleen maar geroosterde zwaluwen met melk mocht hebben en binnen een cirkel van tien stappen om hem heen mocht er geen ijzer in zijn buurt zijn. Ze drong er ook op aan dat ze wat arsenicum zouden zoeken zodat hij iets kon drinken dat hem verjongde. Zodra de stalknechten weg waren op zoek naar deze rare benodigdheden, pakte Ping de drakensteen uit en stopte hem onder het stro achter in de box. Gelukkig waren de keizer en zijn wachten zo in Danzi geïnteresseerd geweest dat ze niet in haar mand hadden gekeken.

'Heeft Ping plan?' vroeg de draak.

'Niet precies,' antwoordde Ping. 'Maar maak je niet druk, ik bedenk wel iets.'

Ze stopte haar vingers achter een van Danzi's schubben die omgekeerd zaten en haalde Hua voor de dag. Hij knipperde met zijn oogjes alsof hij net wakker was geworden.

'Alles goed, Hua?' vroeg ze, terwijl ze de rat achter zijn oren krabbelde. 'Jij blijft hier bij Danzi. Ik moet gaan. Ik moet eten met de keizer. We willen toch niet dat jij wéér paniek veroorzaakt bij een keizerlijke maaltijd?'

Ping liep achter de wachten aan naar een grote hal bij de ingang. Er stonden mooi bewerkte houten tafels. Op elke tafel stond een vaas met bloemen of een plant. In tegenstelling tot de hal in Huangling blonken de geboende tafels, rond de lantaarns hingen geen spinnenwebben en er lag geen stofje op de stenen vloer. De bewakers brachten haar naar een mooie kamer. Er stond een bed versierd met mooie zijden draperieën. De muren waren beschilderd met hoge bergen waarvan de top in wolken was gehuld. Er waren ramen met een traliewerk ervoor in de vorm van lotussen. De ramen boden een prachtig uitzicht over de Gele Rivier die zich in een bocht naar beneden slingerde. Dienaren droegen een bad binnen en vulden het met kannen warm water.

'Ik hoef niet in bad,' probeerde Ping hen te vertellen. 'Het is nog niet eens twee maanden geleden sinds ik voor het laatst een bad heb genomen.'

De bedienden reageerden niet en gingen door met het vullen van het bad. Het was laat in de middag en Ping had al meer dan een uur natte kleren aan. Ze huiverde.

'Maar ik denk wel dat een warm bad me goed zou doen,' zei ze.

Meester Lan had een soortgelijk bad gehad, een houten kuip als een wijnvat, maar lager en breder. Ping had nooit eerder in een bad gezeten. Ze trok haar natte jurk en ondergoed uit en klom in de kuip. Het was er zo warm als in het meertje met de hete bronnen. De bediende had gedroogde rozenblaadjes in het water gegooid, dus de dampen roken ook heerlijk. Ze lag in het water en ontspande zich. Als ze bedienden had die een bad voor haar konden vullen zou ze misschien wennen aan regelmatig baden – misschien zelfs wel tweemaal in de maand.

Toen ze uit het bad stapte, merkte ze dat haar natte jurk weg was. Er lag een keurig gevouwen, schone jurk voor in de plaats. Alleen was dit geen jurk voor buiten. Hij was gemaakt van mooie, blauwe zijde met witte bloemen die erin geweven waren. Ze trok de jurk aan. Hij was koel en licht tegen haar huid. Hij had wijde mouwen die tot halverwege de grond reikten. Er waren ook schone, witte sokjes en zijden slippers.

Een keizerlijke schildwacht kwam om haar naar de Hal van Zoetgeurende Koelte te brengen. De hal lag op de bovenste verdieping van het huis en kon bereikt worden door een brede trap van witte stenen. Ping was er het eerst. De kamer leek op de eetkamer op Huangling, maar hier lagen allerlei soorten dierenhuiden op de vloer in plaats van matten. Ping herkende de vacht van een beer, de gespikkelde vacht van een hert. De mooiste huid was geel en zwart gestreept. Dit – dacht ze – was een tijgervel. Ze had tekeningen van die dieren gezien op Huangling. Voor ze tijd had om naar de schilderingen op de muur te kijken kwam Tian Fen binnen, gevolgd door de keizer, twee bedienden en zes ministers. De ministers bekeken haar achterdochtig terwijl ze hun plaatsen aan tafel innamen. De ministers en de bedienden lagen allemaal geknield met hun voorhoofd op de vloer.

Ping knielde ook vlug met haar voorhoofd op de vloer.

'Kom hier naast me zitten, Ping,' zei de keizer terwijl hij op een groot kussen ging zitten en zijn bedienden wegwuifde zodra ze probeerden hem te helpen.

Ping stond op, struikelend over de lange mouwen van haar jurk. Ze ging – opnieuw struikelend – naast de jonge keizer zitten. De ministers keken boos naar haar.

Zodra de keizer zat brachten bedienden tafels binnen waarop mooie zwart en rood gelakte kommen stonden en ebbenhouten eetstokjes die onderaan met edelstenen waren bezet. Er waren ook wijnbekers die voor Ping wel gemaakt leken van goud. De keizer had zijn eigen tafel, net als de oude keizer op Huangling had gehad. De ministers moesten tafels delen. De bediende zette ook een tafel neer naast Ping. Zij had ook een tafel helemaal voor haar alleen.

'Ik heb niet zoveel trek,' zei de keizer. 'Daarom heb ik vanavond om een licht maal gevraagd. Ik hoop dat het genoeg is voor jou.'

Ping had honger. Door alle gebeurtenissen van de dag was het eten er vanaf de vroege ochtend bij ingeschoten.

De bedienden schonken wijn in de gouden bekers en brachten toen de eerste gang binnen. Ping staarde naar de schaal die de bediende voor haar neerzette. Het leek op het schild van een schildpad. Ping had nooit eerder van iemand gehoord die schildpaddenschild at. In feite wist ze tamelijk zeker dat het zou lijken op het kauwen op oude botten. De bediende pakte het schild alsof ze Pings gedachten kon lezen en wilde hem weghalen. Maar terwijl ze het beetpakte ging de bovenkant van het schild eraf. Het onderste deel was gevuld met een dampende stoofpot.

'Stoofpot van schildpad,' zei de keizer toen hij Ping ernaar zag staren. 'Het is wel lekker.'

De keizer begon snel te eten, ondanks zijn gebrek aan honger. Ping herinnerde zich hoe op Huangling iedereen had gewacht tot de keizer zijn eerste gang had gegeten voor ze zelf begonnen te eten. Bij de geur van de stoofpot begon Pings maag indringend te knorren, maar ze wachtte netjes.

'Heb je geen honger?' vroeg de keizer.

'Jawel, uwe Keizerlijke Majesteit,' antwoordde Ping, 'maar...'

'Begin dan!'

Het klonk als een keizerlijk bevel, dus Ping negeerde de boze ministers en begon te eten. De keizer concentreerde zich op zijn eigen schaal tot zijn schildpadschild leeg was. Ping was blij te zien dat de jonge keizer betere tafelmanieren had dan zijn vader. Ze volgde zijn keizerlijke voorbeeld. De schildpadstoofpot was heerlijk.

De volgende gang was geroosterd vlees. Het smaakte niet als welk vlees dan ook dat Ping ooit geproefd had.

'Het is panterborst,' zei de jonge keizer.

Het vlees werd opgediend met lotuswortel en bonenscheuten. Ping at in eerbiedige stilte.

'Je mag tegen me praten, Ping,' zei de keizer 'Je hoeft niet bang voor me te zijn.'

Ping zocht naar iets dat ze tegen de keizer wilde zeggen. 'Waarom bent u hier, uwe Keizerlijke Majesteit?' vroeg Ping. 'In plaats van in Chang'an?'

'Ik ben op weg naar de Tai Shan,' antwoordde de keizer.

Ping had nog nooit van de Tai Shan gehoord.

'Het is de meest gewijde berg in het hele keizerrijk,' legde hij uit. 'Ik ga daarheen om de hemel te vragen mijn regering te zegenen.'

'Ik weet zeker dat u een heel goede keizer zult zijn,' zei Ping.

De bedienden brachten de derde gang binnen.

'Ik ben pas een maand keizer,' zei de jongen met een vermoeide zucht, 'maar ik vind het nu al saai.'

Pings maag was al behoorlijk vol. Ze wilde dat ze niet zoveel van de schildpadstoofpot had gegeten. Het gezicht van de jonge keizer klaarde op toen hij de laatste gang zag.

'Gebakken uil met pioenrozensaus,' zei hij. 'Een van mijn lievelingsgerechten.'

Ping dacht dat het onbeleefd zou zijn het lievelingsgerecht van de keizer af te slaan, dus liet ze de bediende er iets van opscheppen.

De bedienden brachten alweer een nieuwe gang binnen. Ping herkende deze. Het was gerst met doperwten en prei. Ze kreeg er maar een paar happen van door haar keel. Tenslotte brachten de bedienden fruit – peren, pruimen, dadels. Daarna was het eten afgelopen.

Ping had zoveel gegeten dat ze dacht dat ze niet meer op kon staan. Gelukkig zat de keizer op zijn praatstoel. Hij vertelde haar over het leven op het paleis in Chang'an en stelde haar vragen over haar leven op Huangling.

'Het is leuk om met je te praten, Ping,' zei de keizer. 'Ik heb altijd alleen maar oude mannen om me heen.'

Ze besefte dat hoewel de keizer dag en nacht mensen om zich heen had, hij nooit iemand had met wie hij kon praten. Ping glimlachte. Het was een nieuwe ervaring voor haar te praten met iemand die ongeveer even oud was als zij. De ministers bleven allemaal op hun plaats. Ze mochten niet weg voordat hun keizer was weggegaan.

'De sjamanen zeggen dat we hier bij het Ming Yang Jachthuis moeten wachten op een gunstige dag om de Tai Shan te beklimmen.' De jonge keizer boog zich naar Ping toe. 'Ik heb besloten mijn tijd hier goed te besteden. Ik heb wetenschapsmensen van het hele keizerrijk opgeroepen – alchemisten, kruidkundigen, waarzeggers. Ik heb mijn ministers nog niet de reden daarvan verteld. Daarom zijn ze zo chagrijnig.'

Hij grijnsde en leek meer op een brutale jongen dan op een keizer. Ping keek naar de ministers. Ze schenen heel geïrriteerd omdat ze niet konden horen wat de keizer tegen haar zei.

'Ik wil niet oud en dik en begerig worden als mijn vader,' fluisterde de jonge keizer. 'Ik wil een betere keizer worden dan hij was. Daarom heb ik de mannen van de wetenschap hier uitgenodigd. Ik wil dat ze een wondermiddel van jeugd maken dat me voor altijd jong zal houden.'

'Ik weet zeker dat u een groot keizer zult worden,' antwoordde Ping. Ze kende de jongen nog maar net, maar ze voelde in haar hart dat hij het keizerrijk goed en rechtvaardig zou besturen. 'Wanneer komen de wetenschappers aan?' vroeg ze.

'Ze zullen morgen hier zijn.'

Hoewel Ping niet zeker wist of een wondermiddel van jeugd een goed idee was, vond ze het een groot voorrecht dat ze hoorde van de geheime plannen van de keizer.

'Ik denk dat ik naar bed moet,' zei hij onwillig. 'Ik moet morgen heel vroeg op. Ik moet het reinigingsritueel beginnen zodat ik goed ben om de hemel te naderen. Ik moet duizendbladstengels strooien, die daarna door de sjamanen worden gelezen om de beste tijd te berekenen waarop we de Tai Shan beklimmen.'

'Ik moet even gaan kijken hoe het met Danzi is,' zei Ping.

De keizer stond op. Alle ministers deden hetzelfde. Ping was opgelucht toen ze merkte dat ze ook kon gaan staan, ondanks haar zeer volle maag.

'Welterusten, Ping,' zei de keizer. 'Ik vond het leuk om met je te praten.'

Ping liep naar de stallen. De stalknechten vertelden haar dat ze niet in staat waren om zwaluwen te vangen, maar ze hadden de draak wat gebakken vis gegeven van hun eigen eten.

Danzi was in de paardenstal geduwd. Het touw om zijn nek zat vast aan de muur in de stal. Ping zag dat hij naar haar nieuwe jurk keek. Ze keek schuldig naar de houten nap met het halfopgegeten eten van de draak. Het enorme diner van daarnet lag zwaar op haar maag.

'Hier!' Ze hield Danzi een pruim voor die ze van haar eigen maal had bewaard voor de draak.

Het beest negeerde de pruim.

Hua stak zijn kopje uit een van de omgekeerde schubben van de draak. Hij rende naar Ping. Zijn snorharen trilden toen hij de lucht opsnoof. Ping wist zeker dat hij het eten kon ruiken dat ze net gegeten had.

'Ik heb voor jou niets bij me, Hua,' zei ze, hoewel ze eigenlijk tijdens het eten helemaal niet aan de rat gedacht had. 'Ik zal voor jou iets bewaren van het ontbijt. Sorry. Je zult vanavond je eigen maaltje moeten zoeken.'

De draak maakte een laag, grommend geluid. 'Teveel kleur verwart het oog,' zei hij. Danzi was niet in een goede bui.

'Je moet geduld hebben, Danzi. De keizer krijgt morgen een groep wetenschappers op bezoek,' zei Ping. 'Dan hebben we misschien een kans om te ontsnappen.'

De draak gromde weer.

Ping had nooit eerder in een bed geslapen. Het bed in haar kamer in het Ming Yang Jachthuis leek breed genoeg voor een troep bewakers om in te slapen. Het stond op poten, zo'n zestig centimeter van de vloer en had een houten, bewerkt baldakijn. Ze streek over de zijden lakens. Het duurde even voor ze erachter was waarom er twee lakens waren – een waarop je ging liggen en het andere om haar te bedekken. Ping trok het nachthemdje aan en gleed tussen de lakens. Ze voelden glad en glibberig. Het onderlaken was warm. Er was geen vuur in Pings kamer, maar de warmte van een vuur, ergens in het paleis, moest door buizen naar het bed zijn aangevoerd. Het was een koude nacht. Er lag ook een berenhuid waaronder ze weg kon kruipen. Ping had zich in haar hele leven nog nooit zo heerlijk warm en goed gevoeld.

Hoofdstuk 20

DE TUIN VAN DE
RUSTIGE HARMONIE

'We gaan door het Tijgerwoud,' ging ze verder.
'Daar zal niemand naar ons durven zoeken.'

De volgende morgen zat Ping alleen aan het ontbijt. Er waren maar drie gangen. Ping schepte van elke gang een grote portie op. Maar ze at maar weinig. Ze stopte de resten van het ontbijt in een bamboeschaal die ze onder haar jurk verborg. Toen nam ze het eten mee naar de stallen.

'Kijk,' zei het meisje, terwijl ze de schaal voor de draak neerzette. 'Ik heb iets lekkers voor je mee...'

Hua was uit zijn schuilplaats gesprongen en had zijn neus al in het eten gestoken voor Ping uitgesproken was.

'Wil jij niet iets eten, Danzi?' vroeg Ping.

De draak stak een poot uit en pakte een stuk vlees tussen zijn klauwen. Hij rook eraan en stak het toen in zijn mond. Hij kauwde langzaam.

'Neem nog een beetje, Danzi,' zei Ping smekend.

De draak schudde zijn kop. Hij had nauwelijks iets gegeten sinds ze in Wucheng waren geweest. Het was aan hem te zien. Het leek of hij het eten niet meer vertrouwde.

'Ah, daar ben je, Ping,' zei een stem in de deuropening van de stal.

Het was de keizer. Ping stopte Hua vlug achter een van Danzi's omgedraaide schubben voor ze zich omdraaide, en boog voor de keizer.

'Ik wilde er zeker van zijn dat de draak genoeg eet,' zei Ping.

'Ik heb de hele morgen vergaderd met sjamanen en ministers,' zei de keizer. 'Ik heb nu zin in gewone praat. Kom mee en praat met me, Ping. Ik heb nog even tijd voor de wetenschappers aankomen.'

Ping keek naar de draak. Ze wilde hem niet weer alleen laten. Ze probeerde een smoesje te verzinnen. 'Ik was net van plan Danzi mee te nemen voor wat oefeningen, uwe Keizerlijke Majesteit,' zei ze.

'Uitstekend,' zei de keizer. 'Dan ga ik met je mee.'

Ping maakte de draak los en leidde het brommende beest uit de stallen.

'Mijn moeder zei dat de Tuin van de Rustige Harmonie in deze tijd van het jaar heel mooi is,' zei de keizer. 'Ik heb haar beloofd dat ik erheen zou gaan.'

Ping kon zich de tengere, gerimpelde vrouw her-inneren die ze op Huangling had gezien.

'Gaat het goed met de keizerin?' vroeg ze beleefd.

'Ze rouwt nog steeds om mijn vader in Chang'an.'

Ping was opgelucht dat de keizerin niet op het punt stond haar zoon te bezoeken.

Ping en de keizer liepen naar buiten in de pittige ochtendlucht. Ping huiverde in haar zijden jurk en op haar slippers.

'We hebben jassen nodig,' zei de jonge keizer. De bedienden, die nooit ver weg waren, deden een stap naar voren. 'En Ping heeft steviger schoenen nodig.'

Een van de bedienden boog en liep weg om het bevel van de keizer uit te voeren. Binnen een minuut was hij buiten adem terug met jassen en schoenen. Hij slaagde er op de een of andere manier in de keizer in zijn jas te helpen, terwijl hij geknield bleef zitten.

'Ik heb jullie begeleiding niet nodig bij mijn wande-ling,' zei de keizer tegen zijn bedienden.

Het was hun plicht altijd bij de keizer te blijven en tegelijkertijd mochten ze hem niet ongehoorzaam zijn. Ze keken ongelukkig toe terwijl de keizer zon-der hen een tuinpad afliep.

Het pad liep achter langs het huis en ging slin-gerend verder de berghelling op. De ochtendmist was nog niet opgetrokken. De Gele Rivier was niet te zien. In feite konden ze maar een paar meter tuin om zich heen zien. De bloemen waren nog dicht, de bomen vol met dauw. De grotten van misvormde rotsen zagen er nu nog meer uit als vreemde schepsels die opdoken uit de mist. Toen klommen ze boven de mist uit en voor hen lag de top van de heuvel, badend in het zonlicht. Het pad slingerde nogal, waardoor Ping niet merkte hoeveel ze intussen klommen.

Bovenop de berg was het weer een beetje vlak.

'Dit is de Tuin van de Rustige Harmonie,' zei de keizer.

De tuin lag rond een klein, onregelmatig gevormd meer. Azalea's voorzagen het pad van een zachtpaarse rand. Boven hen ruiste de kersenbloesem in de zachte wind. Een brug bracht hen van de ene kant van het meer naar de andere. Op het latwerk boven hen zochten de ranken van de blauwe regen hun weg. Overal hingen zware trossen van paarse bloemen tussen het latwerk naar beneden. Grillige takken hingen van de rand van het latwerk zelfs tot in het water. Reusachtige oranje vissen zwommen sloom rond. Eenden dobberden op het water en doken naar voedsel. De keizer tuurde in het water.

'Waar zoekt u naar, uwe Keizerlijke Majesteit?' vroeg Ping.

'Waarom noem je me niet bij mijn naam. Ik heet Liu Che.'

'Ik geloof niet dat ik dat mag doen, uwe Keizerlijke Majesteit,' zei Ping.

'Noem me Liu Che. En dat is een bevel,' zei de keizer lachend.

Ping haalde diep adem, blij dat Tian Fen niet in de buurt was en haar kon horen.

'Waarom tuur je zo in het water, Liu Che?'

'Er zijn schildpadden in het meer,' antwoordde hij. 'Althans, dat zegt mijn moeder.'

Aan de andere kant van de brug kwamen hemelsblauwe krokussen, gele narcissen, kleine sneeuwklokjes uit de donkere aarde tevoorschijn.

'Ik heb nog nooit zo'n mooie tuin gezien,' zei Ping.

Dat was niet helemaal waar. Ze had zulke tuinen gezien op de schilderijen in het paleis in Huangling, maar ze wilde niet dat de keizer wist dat ze in een van zijn paleizen had rondgeslopen. Achter zich kon Ping een zwak dissonant geluid horen, alsof iemand ongeduldig op een gong sloeg. De draak genoot niet zo van de wandeling als zij.

Ze stopten en gingen zitten in een paviljoen. Het was een mooi klein huis dat leek op een paleis in het klein. Het had zes kanten en het kleine dak had zes naar boven gedraaide dakpunten, die gesteund werden door zes zuilen. De beschermers van de vier windstreken waren geschilderd onder de overhangende dakranden: de blauwe draak van het oosten, de witte tijger van het westen, de zwarte schildpad van het noorden en de rode vogel van het zuiden. Er waren geen muren. Het paviljoen was alleen maar gebouwd als een plek om één bijzondere boom te bewonderen.

'Wat voor boom is dat, Liu Che?' vroeg Ping.

De dunne takken van de boom waren donkerbruin en vochtig. De boom had geen bladeren, maar de grootste bloesems die Ping ooit had gezien. De knoppen waren als bleke handen die in elkaar grepen. Sommige knoppen waren al opengegaan en Ping zag prachtige witte bloemen zo groot als wijnbekers.

'Het is een magnolia. Prachtig, hè?' zei de keizer. 'Dit paviljoen heet: Open Paviljoen om de Bloeiende Magnolia te Bewonderen.'

Ping glimlachte. Het was een mooie naam voor het paleisje. Liu Che plukte een van de witte bloemen. Hij gaf hem aan Ping.

Onder het lopen trok de mist op in de ochtendzon en liet het landschap zien dat zich voor hen uitstrekte. De Gele Rivier slingerde zich naar het oosten als een rol okergele stof die iemand achteloos had uitgerold over het landschap. Aan de andere kant van de rivier was de vlakte verdeeld in akkers – sommige groen, sommige geel, sommige bruin. Naar het zuiden toe was er alleen maar dicht, donker gebladerte zover het oog reikte. De tuin was zo ontworpen dat de berghellingen niet zichtbaar waren, alleen het uitzicht rond de berg. Het leek of de tuin in de lucht zweefde.

Liu Che praatte over zijn kinderjaren in Chang'an.

'We hebben iets gemeen, Ping,' zei hij. 'We hadden geen van tweeën andere kinderen om mee te spelen toen we nog klein waren.'

'Heb je geen broers en zusjes?' vroeg Ping.

'Jawel, maar mijn broers werden uitgezonden om hun eigen koninkrijken te besturen. Mijn zusje trouwde heel jong en ging bij de familie van haar man wonen. Ik heb als kind alleen maar de bedienden om me heen gehad.'

'En je ouders?' vroeg Ping.

'Mijn vader was altijd druk met bestuurlijke zaken. Mijn moeder was vaak ziek en vond mijn kinderspelletjes te lawaaierig.'

Ping kon het maar moeilijk geloven. Op een bepaalde manier was de keizer dus ook in de steek gelaten door zijn familie, net als zij. Hoewel ze dacht dat het waarschijnlijk een ernstige misdaad was om de keizer aan te raken, stak ze haar arm door de zijne. Liu Che had geen bezwaar. Ze liepen rond het meer, op zoek naar schildpadden.

'Ik heb iets voor je,' zei de keizer. Hij trok iets uit zijn mouw.

Ping was sprakeloos.

'Het is geen cadeau, Ping,' zei Liu Che. 'Hier heb je recht op.'

Ping hield haar hand op en trok hem toen terug. Ze herkende het ding dat hij haar wilde geven.

'Het is je ambtszegel, Ping,' ging de keizer verder.

Het was de zegel van witte jade die van Meester Lan was geweest. Hij had om zijn middel gehangen aan een vettig lint. Ze had het ding herhaaldelijk tegen haar hoofd gekregen. Ping nam de zegel van de keizer aan en draaide hem om in haar hand. Ze had nooit eerder de kans gehad hem goed te bekijken. Het was een kleine rechthoek. Eén kant was plat en er stonden Chinese karakters in gegraveerd. Aan de andere kant was met vaardige hand een draak gegraveerd. De gravure was zo echt dat ze zich niet kon voorstellen hoe de handwerksman het had klaargespeeld elke poot, elke tand en elke schub met zo'n nauwkeurigheid te graveren. Het vettige lint van Meester Lan was vervangen door een nieuw lint van paarse zijde.

Liu Che gaf Ping ook een kleine pot met zegelinkt. Hij liet haar zien hoe ze de zegel in de dikke rode inkt moest dopen. Hij keek om zich heen, op zoek naar iets waarop hij de zegel kon afdrukken. Hij nam de magnoliabloem uit haar hand en drukte de zegel op een van de blaadjes. Ping zag dat op de huid rond de gemanicuurde duimnagels van de keizer was geknaagd. De zegel liet een bloedrode indruk achter van twee karakters waaromheen een kleine draak zich geslingerd had.

'Ik kan niet lezen,' zei Ping treurig. 'Wat staat er?'

'Er staat keizerlijke drakenhoeder.'

'Maar ik ben niet de keizerlijke drakenhoeder.'

'Wel waar. Ik heb je net benoemd.'

Hij gaf de zegel terug aan haar.

'Dank je, Liu Che.' Ping bond de zegel aan haar riem. Ze wandelden verder door de tuin.

Bij een windvlaag kwam er een douche van roze

bloesemblaadjes van de kersenbomen naar beneden. De keizer keek naar de roze blaadjes op zijn mouwen en sloeg ze eraf.

'Ik wou dat ik niet altijd deze zwarte toga hoefde te dragen,' klaagde Liu Che. 'Zo saai.'

De mantel van de keizer was gemaakt van glanzende zwarte zijde en geborduurd met gouddraad. Ping vond hem prachtig.

'Kun je niet altijd aantrekken wat je wilt?' vroeg Ping.

'Nee,' zuchtte Liu Che. 'Ik moet altijd keizerlijke mantels dragen en alles wat met het keizerrijk te maken heeft is zwart.'

'Zijn de daken van de paleizen daarom ook altijd zwart?'

Liu Che knikte.

'Waarom verander je de keizerlijke kleur niet?' vroeg Ping.

'Dat mag niet. De keizerlijke kleur is al honderd jaar zwart.'

'Maar jij bent de keizer, Liu Che,' vond Ping. 'Kun je niet doen wat je wilt?'

Liu Che bleef staan. 'Jawel' zei hij. 'Je hebt gelijk, Ping. Ik ben de keizer.'

Hij keek uit over het landschap. 'Wat zal de nieuwe keizerlijke kleur zijn? Iets vrolijks...'

Ping keek de tuin rond. Er waren overal gele narcissen – in de bloembedden in de tuin, tussen de rotsen. 'Wat vind je van geel?' zei ze. 'Dat is een mooie, vrolijke kleur.'

Liu Che's ernstige gezicht glimlachte breed. 'De narcissen bloeien in de lente, helder en vrolijk na een sombere, donkere winter. Het is de kleur van de zon die over het hele keizerrijk schijnt. Het is ook de kleur van goud, een metaal dat zijn glans nooit verliest. Het is de perfecte kleur als symbool van mijn regering.'

Ze liepen door de tuin naar het Paviljoen van de Veelbelovende Nachtegaal.

Het uitzicht vanuit dit paviljoen was weer anders. Het keek uit op het zuiden, waar dichte bossen zich uitstrekten vanaf de grenzen van de tuin zo ver als het oog reikte.

'Het Ming Yang Jachthuis is het keizerlijke jachthuis,' legde Liu Che uit. 'Mijn vader heeft het laten bouwen zodat hij in het woud kon jagen.'

'Op welke dieren ging hij jagen?'

'Herten, beren, tijgers.'

'Zitten er hier tijgers?' vroeg Ping. Ze keek angstig tussen de boomstammen door.

De keizer lachte. 'Niet hier in de tuin, maar wel in het woud.'

'Heb je ooit een tijger gezien?'

'Ik heb er nog nooit een gezien,' antwoordde de keizer. 'Ik geloof niet dat er nog veel over zijn.'

'Dat is jammer,' zei Ping, hoewel ze blij was dat ze er geen zouden tegenkomen.

'Maar je kunt wel de apen horen.'

Ping luisterde. Ze hoorde gekwebbel in de verte.

'Ik hou niet van jagen,' ging de keizer verder.

'Ik denk erover het Tijgerwoud te veranderen in een park waar niet gejaagd mag worden. Ik zou graag andere dieren hierheen brengen – vreemde dieren uit barbaarse landen.'

'Dat klinkt als een prachtig idee,' zei Ping.

De keizer draaide zich om naar Danzi, die nors gehurkt zat op het pad. Zijn grote groene kop was bestrooid met kersenbloesem.

'Mijn draak zal het eerste schepsel zijn in mijn nieuwe lusthof,' zei Liu Che. 'Ik zal een speciaal stuk van de tuin laten omheinen, met een meertje erin. Draken houden van zwemmen, hè?'

'Ja,' zei Ping, terwijl ze probeerde niet te luisteren naar de angstige geluiden die de draak liet horen.

'Jij zult hier ook wonen, Ping,' zei Liu Che.

'O,' zei Ping. 'Dank je, Liu Che. Dat zou ik leuk vinden.'

Het was geen leugen. Ze zou niets leuker vinden dan te wonen in het Ming Yang Jachthuis. Maar dat kon niet.

Raadsman Tian verscheen op dat moment, dus hoefde ze de zaak niet verder te bespreken.

'Ah, grote raadsman,' zei de keizer vrolijk. 'Ik wilde u graag spreken. Ik ga een keizerlijke verordening maken. Twee in feite! Ten eerste wordt het Tijgerwoud vanaf nu een park voor dieren. Jagen is daar verboden. Ten tweede zal van nu af aan geel de keizerlijke kleur zijn. Wilt u regelen dat er nieuwe mantels worden gemaakt en dat alle paleizen in het keizerrijk gele daken krijgen?'

Raadsman Tian keek helemaal niet blij nu hij deze keizerlijke mededelingen hoorde.

'Misschien wilt u graag advies over deze zaken, uwe Keizerlijke Majesteit,' antwoordde hij.

'Nee, ik heb mijn besluit genomen,' zei Liu Che vrolijk. 'Wat kan ik voor jou doen?'

'Ik kwam vertellen dat de eerste groep wetenschappers is aangekomen.' De Grote Raadsman keek geïrriteerd omdat hij nog steeds niet wist waarom de keizer de wetenschappers bij elkaar had geroepen. 'Ze wachten in de Zaal van Waaiervormige Wolken.'

'Ping, ga met me mee, dan kun je die geleerden ontmoeten,' zei Liu Che. 'Ik wil zo graag dat ze me zien met mijn draak.'

Ping vond het allemaal zo leuk dat ze de draak aan het eind van het touw in haar hand bijna vergeten was. Danzi's grommende ergernis werd luider.

'Heeft hij honger?' vroeg de keizer.

Ze liepen naar de Zaal van de Waaiervormige Wolken. Opeens voelde Ping een steek in haar maag. Het warme, vredige gevoel dat haar had vervuld terwijl ze genoot van de tuin en van Liu Che's vriendschap bevroor in haar binnenste. Er was iemand die ze kende in die zaal, maar ze wist niet wie. Het was niet Diao, dat wist ze zeker. Misschien was het de dodenbezweerder. Liu Che zou hem toch zeker niet hebben uitgenodigd?

Schildwachten openden de deuren naar de zaal. Ping en de draak liepen achter de keizer naar binnen.

Tien en twee ernstig kijkende mannen wachtten in de Zaal van Waaiervormige Wolken. De geleerden staarden naar de draak. Liu Che keek tevreden dat hij indruk had gemaakt op de geleerde mannen. Ping keek de rij gezichten langs. Ze waren bijna allemaal heel oud met lange, grijze baarden. Er was maar één man bij die jonger was. Een opgeluchte glimlach verspreidde zich over Pings gezicht toen ze besefte wie het was. Het was Wang Cao. Ze wilde net naar hem toe rennen en hem begroeten, toen het grommen van de draak veranderde in een dringend gonggeluid.

'Ping moet doen alsof ze hem niet kent,' zei de drakenstem in haar hoofd.

Wang Cao keek belangstellend naar de draak alsof hij hem voor het eerst zag. Hij keek vlug naar Ping zonder een teken van herkenning terwijl hij met de andere geleerden op zijn knieën viel voor de keizer.

'Ik moet mijn gasten verwelkomen,' zei de keizer tegen Ping.

Liu Che liep naar de groep geleerden toe. Ping voelde dat Danzi aan het touw trok.

'Ga terug naar stal,' zei hij.

Ping bracht de draak terug naar de stal en haalde het touw van zijn hals. Ze keek de draak schuldig aan. Ze was zich ervan bewust dat hij niet zo genoten had van de wandeling naar de Tuin van de Rustige Harmonie als zij.

'Hoe wist Wang Cao dat we hier waren?' vroeg Ping.

De draak schudde zijn grote kop. 'Hij wist het niet. Wang Cao is geen helderziende.'

'Dus hij is gewoon toevallig hier?'

'Het net van de hemel wordt breed uitgeworpen. Hoewel zijn mazen niet erg fijn zijn, glipt niets erdoorheen.'

Ook deze keer begreep Ping niets van deze drakenwijsheid.

Ping liet Danzi achter in de stal. Ze moest nadenken. Ze moest een manier vinden om te ontsnappen. Ze liep terug de heuvel op naar de Tuin van de Rustige Harmonie.

Toen ze ging zitten in het Open Paviljoen om de Bloeiende Magnolia te Bewonderen besefte ze dat ze niet helemaal naar de zee hoefde te gaan om als een prinses te leven. Ze stelde zich een leven op deze prachtige plek voor. Het zou heerlijk zijn om hier elke dag te kunnen wandelen, naar de bomen te kijken en de bloemen te zien veranderen met de seizoenen. Ze kon eindeloos luisteren naar de vogels en het verre geklets van apen, zich misschien in het Tijgerwoud wagen en tussen de bomen door glimpen zien van gele en zwarte strepen. Ze speelde met de zegel die om haar middel hing. Als ze wilde, kon ze voor dat leven kiezen. Ze kon gebakken uil eten en dadelpruimen. Liu Che zou met haar wandelen zodra hij het Ming Yang Jachthuis bezocht en haar raad vragen over keizerlijke zaken. De belangrijkste persoon in het keizerrijk zou een vriend van haar zijn. Als ze ontsnapte met de draak zou ze weer een opgejaagd meisje zijn. De keizer zou niet meer haar vriend zijn.

Een eekhoorn kwam langs de stam van een boom naar beneden rennen. Zijn ruige staart sloeg zenuwachtig, zijn heldere oogjes schoten heen en weer op zoek naar gevaar. Ping zat zo stil dat hij haar niet opmerkte. Ze stond op en het geschrokken beestje rende weer tegen de boomstam op en was in een flits verdwenen. Zo'n leven was voor haar niet mogelijk. Zij moest een draak naar zee brengen.

De draak zat ellendig in elkaar gedoken in zijn box.

'Ik moet een manier zoeken om te ontsnappen,' zei de draak.

'Ik heb al iets bedacht,' antwoordde Ping.

Zes geroosterde zwaluwen lagen op een bord voor de draak, onaangeraakt. Zelfs Hua had geen eetlust, leek het.

'We moeten vanavond weg,' zei ze.

'Goed,' antwoordde de draak.

'We gaan door het Tijgerwoud,' ging ze verder. 'Niemand durft daar naar ons te zoeken.'

'Goedenavond,' zei Ping. Ze knielde en boog diep zodat haar hoofd de grond raakte, toen de keizer de eetzaal binnenkwam.

Ping was die avond niet Liu Che's enige gast aan tafel. De geleerden waren er ook, allemaal op hun knieën en met hun voorhoofd op de grond.

Liu Che glimlachte blij. 'Het is een nuttige dag

geweest, Ping,' zei hij, terwijl hij met zijn hand beduidde dat ze naast hem moest komen zitten.

De geleerden namen allemaal hun plaats in op een eerbiedige afstand van hun keizer. Ping ging naast hem zitten en voelde dat Wang Cao naar haar keek.

'Ik heb al veel van de wetenschappers geleerd,' ging Liu Che verder.

Bedienden begonnen het eten op te dienen.

'Ze weten al heel veel over het maken van elixers die het leven kunnen verlengen. Wist je dat een van de alchemisten meer dan honderd jaar oud is?'

Hij wees naar een man die geen dag ouder leek dan zes tienen. De bouillon van mus die voor haar was neergezet, rook heerlijk, maar Ping kon maar een paar lepels ervan eten. Ze was zenuwachtig en haar maag kwam in opstand. De keizer kon eten en praten tegelijk. Hij vertelde haar over de dingen die die dag waren gebeurd.

'Ze denken dat een elixer voor de eeuwige jeugd nog een kleine correctie nodig heeft en dan is het klaar.'

Er werden nog meer gangen binnengebracht – geroosterde kwartels, gevulde karper, kraanvogelei-eren. Ping at niet meer dan een paar happen van elke gang.

'Ze beginnen te werken aan een nieuw elixer als ze terugkeren naar Chang'an. Ik heb hun een klein paleis ter beschikking gesteld. Intussen moet ik perziken eten en kraanvogeleieren en elke dag een beetje zwavelkwik. Heb je ooit zwavelkwik gezien, Ping?'

Ping schudde haar hoofd, maar ze had wel zwavelkwik gezien – in het explosieve mengsel van Wang Cao.

'Laat Ping zwavelkwik zien,' was het bevel van de keizer aan de geleerden.

Ze keken Ping allemaal even argwanend aan.

'Het is goed, heren,' zei Liu Che terwijl hij gedroogde pruimen en waterkastanjes op zijn bord schepte. 'Jullie hoeven niet bang te zijn voor Ping. Wang Cao, wil jij alsjeblieft wat zwavelkwik halen zodat ik het haar kan laten zien?'

Wang Cao boog voor de keizer en liep de eetzaal uit. Hij kwam een paar minuten later terug met een leren zakje. Hij knielde naast Ping neer. Hij schoof haar wijnbeker opzij en schudde het leren zakje leeg op de tafel. De inhoud bestond uit dieprode kristallen.

'Ze zijn mooi,' zei Ping. Ze durfde de kruidengenezer niet aan te kijken.

'Ping is de keizerlijke drakenhoeder,' legde Liu Che uit.

Wang Cao keek haar scherp aan terwijl hij in haar richting boog.

'De geleerden zijn zeer geïnteresseerd in mijn draak,' ging de keizer verder. 'Ze zeggen dat hij nuttig is, nietwaar?'

'Ja, Keizerlijke Majesteit,' zei Wang Cao. 'Drakenschubben zijn een belangrijk ingrediënt in het elixer.'

'Ping haalt wel een paar schubben, of niet, Ping?'

'Natuurlijk, Keizerlijke Majesteit,' antwoordde Ping, hoewel ze niet zeker wist of Danzi haar een van zijn schubben zou afstaan.

'Het is misschien ook nuttig de eigenschappen van drakenbloed te onderzoeken, uwe Keizerlijke Majesteit,' zei een andere wetenschapper.

Ping knikte tegen de man, hoewel ze niet van plan was aan de draak te vragen zichzelf te verwonden.

De keizer vertelde haar over zijn plannen. Hoe hij een onderzoeker het westen in zou sturen om de Kunlunbergen te vinden en te zoeken naar de levensvrucht. Ping dronk de rest van haar wijn op. Nu ze besloten had dat het tijd was om te ontsnappen, wilde ze dat ook zo snel mogelijk doen. Maar ze kon niet de eetzaal uitlopen vóór de keizer. Ze onderdrukte een geeuw.

Toen Liu Che zich eindelijk terugtrok voor de nacht, liep Ping terug naar haar kamer. De zijden lakens en het warme bed zagen er heel uitnodigend uit. Ze gaapte. Hoe kon ze zich zo moe voelen met zo'n belangrijke taak in het vooruitzicht?

Ze deed de blauwzijden jurk uit die ze de laatste twee dagen had gedragen en legde hem netjes op het bed. Ze trok haar eigen jurk aan – die ze schoon en lekker ruikend had teruggekregen – en pakte haar mand op.

Ze keek voor het laatst naar de zijden draperieën tegen de muur en de muurschilderingen die ze in het maanlicht kon onderscheiden en ging de prachtige kamer uit.

Er stonden drie keizerlijke schildwachten op het binnenplein. Ping glipte langs hen heen zonder dat ze het merkten. Ze liep door de tuin naar de stal. Het was niet de kortste weg, maar ze wilde de tuin nog een keer zien. Hij baadde in het maanlicht. De bladeren zagen eruit alsof ze bespat waren met zilververf. In elke vijver, in elke beek was de gerimpelde weerspiegeling van de maan te zien. Alleen de zachte geluiden van de nacht – het roepen van een nachtvogel, het flapperen van de vleugels van een overvliegende vleermuis, het geritsel van kleine dieren – verstoorden de stilte.

Het maanlicht had zijn weg in de stal niet gevonden. Ping vond het jammer dat ze geen lamp had meegenomen. Ze liep langzaam naar de box van de draak, zocht haar weg op de tast langs de ruwe planken van de wanden.

Ze kon de draak in het donker maar net onderscheiden. Hij was niet alleen. Wang Cao was bij hem en hij zat dicht tegen Danzi aan. De kruidengenezer praatte zachtjes fluisterend. De draak maakte tevreden tinkelende geluiden alsof dunne metalen staafjes tegen elkaar sloegen door een lichte bries. Ping had hem al dagen dat geluid niet meer horen maken. Toen ze Ping zagen binnenkomen hielden ze op met praten.

'Ping,' zei Wang Cao. 'Wie had gedacht dat we elkaar nog eens zouden ontmoeten?'

Het klonk alsof hij blij was haar te zien, maar zijn gezicht bleef strak.

Ping glimlachte. 'Ik vind het ook leuk om u te zien, Wang Cao.'

De kruidengenezer had iets in zijn schoot. Ping keek beter. Haar glimlach verdween. Hij hield de drakensteen in zijn handen.

'Ik kan zien dat je beter voor de drakensteen hebt gezorgd,' zei Wang Cao.

'We gaan vanavond weg,' zei Ping. Om de een of andere reden had ze problemen met haar mond: ze kon de woorden maar moeilijk vormen.

'Dat vertelde Danzi me.'

Ping stak haar handen uit en pakte de drakensteen uit Wang Cao's handen. Ze zag dat hij een leren tas over zijn schouder had. Ze voelde de koele buitenkant van de steen onder haar vingers. Een rilling van plezier liep langs haar armen en haar hele lijf. Op hetzelfde moment kwam de maan van achter een wolk tevoorschijn en wierp een bleek licht op de steen. De paarse kleur was vol en diep. De steen was prachtig geaderd, wat net zichtbaar was in het schemerlicht. Ze legde de steen in haar mand. Hij paste maar net.

Ping voelde zich duizelig.

'Weet Ping zeker dat ze weg wil?' vroeg de draak.

Ping tilde de mand op haar schouder en voelde de steen op haar heup. 'Ik weet het zeker,' zei ze.

'Keizer zal boos zijn.'

'Weet ik. Liu Che zal het bevel dat ik onthoofd zal worden, weer invoeren,' zei Ping treurig. 'Niets aan te doen.'

Ping maakte de knoop om de drakenhals los en gooide het touw weg. Ze controleerde of Hua veilig achter een van de schubben zat die ondersteboven zaten.

'Danzi,' zei ze. 'Ik moet je om een gunst vragen.'

Ze aaide het zachte plekje onder de kin van de draak.

'Liu Che's wetenschappers willen een draken-schub hebben voor het elixer dat iemand jonger maakt,' zei ze. 'Mag ik er eentje voor hen achter-laten?'

De draak ging plotseling op zijn achterpoten staan. Ping deed geschrokken een stap naar achte-ren. Toen begon Danzi de schubben op zijn buik te onderzoeken met zijn voorpoten.

'Deze schubben zijn gemakkelijker weg te halen,' zei hij. 'En groeien vlugger weer aan.'

Ping keek terwijl hij een schub uitkoos. Ze herin-nerde zich wat Danzi tegen haar had gezegd over zijn schubben, sommige hebben eigenschappen om goed te doen, andere om slecht te doen.

'Zorg ervoor dat je er een kiest die voor altijd goed is,' zei ze.

Ze kromp ineen toen de draak de schub eruit trok. Het zag er pijnlijk uit. Hij trok er nog een uit en toen nog een. Hij gaf Ping drie schubben.

'Als ik kon schrijven, zou ik hem een briefje

achterlaten,' zei Ping. 'Kunt u ervoor zorgen dat hij ze krijgt, Wang Cao?'

De kruidengenezer nam de schubben aan en knikte.

Danzi ging door met zoeken tussen zijn schubben. Hij trok er nog een uit.

'Deze is voor Ping,' zei hij, terwijl hij haar de schub gaf. 'Misschien nodig op een dag.'

Ping kon zich niet voorstellen dat ze ooit een tekort aan drakenschubben zou hebben. Ze was ten slotte met een grote draak op reis. Toch nam ze de schub aan. Hij had de vorm van een kleine waaier en paste in de palm van haar hand. Hij was zo hard als een vingernagel en voelde ruw aan. De schubben waren groen, maar de kleur had iets vreemds waardoor ze de indruk kreeg dat als ze een schub tegen een helder licht zou houden, ze er doorheen kon kijken. Ze zag een druppel bloed waar de schub uit het vlees van de draak was getrokken.

Ping draaide zich om naar Wang Cao.

'Ik zal u niet meer zien,' zei ze. Althans dat probeerde ze te zeggen, maar het klonk als gebrabbel en was onbegrijpelijk.

Ze zette een stap, maar verloor haar evenwicht.

Ze zocht een houvast aan de muur om haar evenwicht terug te vinden, maar haar benen begaven het onder haar voordat haar hand bij de muur was.

De stal vervaagde.

Ze zag de uitdrukking op het ernstige gezicht van Wang Cao veranderen. Ze dacht dat het een zinsbegoocheling was van het maanlicht, maar ze vergiste zich niet. Hij glimlachte.

Ping zag opeens alles wazig en zakte op de grond.

Ping kwam bij en wachtte tot haar ogen weer scherp zagen. Dat duurde even. Ze kwam overeind en voelde dat haar knieën knikten. Ze hoefde niet te zoeken naar de drakensteen. Ze wist dat hij verdwenen was. Bleek maanlicht baande zich een weg door de bamboepaaltjes waaruit de wand van de stal was opgebouwd. Hij was leeg. De draak was ook weg.

Een verschrikkelijk geluid verbrak de doodse stilte van de nacht. Het was een schreeuw van pijn en verraad. Het was de soort verscheurende schreeuw die iedereen die het hoort tot wanhoop brengt. Ping zat op handen en knieën. Iets kleins en zachts klauterde tegen haar op en nestelde zich in de plooien van haar jurk. Het gaf haar geen troost. Keizerlijke schildwachten verschenen achter haar en schenen met een lamp in haar richting, maar ze waren te bang om dichter bij te komen. Hun gezichten weerspiegelden het ellendige effect van de schreeuw. Het schreeuwen ging nog steeds door. Het zou al het geluk van de hele wereld laten verdwijnen. Ping had geen band met het lichaam dat gehurkt zat in het stro. Er was niets anders dan de schreeuw. Meer was ze niet. Meer zou ze nooit worden.

De schildwachten gingen weg en een gestalte in een wit nachtgewaad kwam eraan. Ping was zich maar vaag bewust van deze bewegingen. Ze gebeurden ergens anders, ver weg van waar zij nu was. Toen pakte de figuur in het wit haar bij haar armen en schudde haar door elkaar.

'Ping,' zei hij.

Het schreeuwen stopte en Ping legde haar hoofd tegen de schouder van de keizer en huilde.

'Ik wil dat je met me meegaat,' zei Liu Che.
'De Tai Shan is prachtig, heb ik gehoord.'

Ping was terug in het warme bed tussen de gladde zijden lakens. Ze dronk iets warms uit een blauwe beker. Het was gemaakt door de lijfarts van de keizer. De keizer zelf stond aan het voeteneinde van het bed, omgeven door schildwachten, ministers en bedienden. Hoewel de keizer haar bezorgd aankeek, staarden de anderen met een angstig gezicht naar de bron van die verschrikkelijke schreeuw. Ping wilde dat het allemaal een boze droom was geweest, maar zelfs die kleine troost was onmogelijk.

Ping had het gevoel dat iemand met zijn hand in haar hart had geknepen.

'De draak is weg,' zei ze.

De keizer knikte. 'Hij is niet de enige die weg is,' zei hij. 'Wang Cao, de kruidengenezer uit Chang'an is vannacht ook verdwenen. Mijn schildwachten ontdekten dat de zuidelijke poort open is geweest. Ze geloven dat de kruidengenezer en de draak het Tijgerwoud zijn ingegaan.'

Pings handen trilden. De dokter stak zijn hand uit en greep de beker voor ze hem liet vallen. Ze zakte terug in de kussens.

'Ze heeft rust nodig, uwe Keizerlijke Majesteit,' zei de dokter. 'Dit verlies heeft haar heel erg verzwakt.'

Andere dingen werden gezegd, maar Ping hoorde ze niet. De figuren rond haar bed verdwenen. Ze was zich vaag ervan bewust dat ze weggingen. Het zonlicht drong de kamer binnen. Ze bedekte haar hoofd met het zijden laken. Ze wilde de schittering van de dageraad niet zien. De wereld buiten was een spookwereld geworden die niet echt bestond. Het enige waar ze zich van bewust was, was de pijn in haar binnenste alsof ze een steekwond had. Lao Ma had haar verhalen verteld over prinsessen die een gebroken hart hadden. Ping had niet beseft dat hartzeer een lijfelijke pijn was.

Danzi was weg en hij had de drakensteen meegenomen. Hij had tegen haar gezegd dat ze een bijzondere persoon was, een drakenhoeder. Hij had haar de spiegel van de drakenhoeder voorgehouden. Ze had haar hand ernaar uitgestoken omdat ze hem wilde pakken. Maar ze had hem nooit in haar handen gehad, ze was afgeleid geweest. Ze had teveel tijd doorgebracht met Liu Che. De gemakken van het keizerlijke leven hadden haar verleid. Ze had zich laten afleiden van haar zoektocht naar de zee door de vriendschap van iemand die niet veel ouder was dan zij.

Het ergste van alles was dat ze de zegel van de keizerlijke drakenhoeder had aangenomen. Danzi had gezien hoe ze hem van de keizer aannam en aan haar riem vastmaakte. Wang Cao moest hem hebben zien hangen aan haar riem. Ze werd boos toen ze dacht aan de kruidengenezer. Ze herinnerde zich hoe zijn hand over haar drinkbeker ging terwijl hij haar de zwavelkwik liet zien. Hij moest een soort slaapmiddel in haar wijn hebben gedaan zodat ze niet in staat zou zijn hen te volgen. De draak had haar niet vertrouwd. Danzi had in plaats van haar Wang Cao gekozen om met hem naar de zee te gaan. Ze had de test niet doorstaan.

Ping kwam drie dagen niet uit haar bed. Ze kon geen goede reden vinden om op te staan. Wanneer ze wegdoezelde, droomde ze over de drakensteen. Ze werd wakker met de jammerende geluiden in haar oren die ze in Wucheng had gehoord.

Ze at niet en toen een van de bedienden kwam om haar te wassen en haar haar te kammen, trok ze Hua onder de lakens uit. De bediende rende gillend de kamer uit.

De keizer kwam haar elke dag opzoeken. Hij stuurde muzikanten en spelende apen om te proberen haar wat op te vrolijken. Hij liet bedienden haar de tuin in dragen. Ze had nergens belangstelling voor.

'Je hebt de bedienden bang gemaakt,' zei Liu Che toen hij Ping op de derde dag kwam opzoeken. 'Het meisje dat jou zou verzorgen weigert in je kamer te komen. Ze zegt dat je een toverheks bent. Iets over een rat in je bed.'

Liu Che schrok toen Ping de rat onder de lakens uit trok.

'Dit is Hua,' zei ze.

Liu Che glimlachte toen hij haar de rat over zijn buik zag aaien. 'Maak je er een gewoonte van vrienden te worden met schadelijk gedierte?'

'Alleen met deze,' antwoordde Ping.

De keizer zat op het voeteneinde van haar bed en aaide voorzichtig de rat.

'Ping, ik ga morgen naar Tai Shan,' zei hij. 'Mijn sjamanen zeggen dat de gunstigste dag gauw komt om de top te beklimmen en de zegen te vragen van de hemel.'

Ping zei niets.

'Ik wil dat je meegaat,' zei Liu Che. 'De Tai Shan schijnt volgens de verhalen prachtig te zijn. Misschien dat het zien van de berg je zal opvrolijken.' De keizer dacht even na. 'Je kunt je rat meenemen.'

Ping had geen bezwaar. Het had geen zin de keizer tegen te spreken.

Het was niet ver naar Tai Shan, iets meer dan honderd li, maar de keizer hoefde er niet te voet heen. En hij was evenmin alleen. Een hele karavaan van mensen vergezelde hem. Vier mannen droegen hem in een gesloten draagstoel die gemaakt was van glanzend ebbenhout, versierd met een mooi schilderwerk van wervelende wolken, geschilderd in zilver en zachtpaars en ingelegd met paarlemoer. Geborduurde draperieën hielden de keizer uit het zicht. Tian Fen, de ministers en de sjamaan die de plechtigheid zou leiden, reisden in rijtuigen. Een legertje dragers droeg de keizerlijke bagage – waarbij inbegrepen het eten, de kookuitrusting, dozen met lange mantels voor de keizer, een draagbaar bed, een tent. Er waren ook keizerlijke schildwachten, bedienden en een kok. Het slot van de karavaan werd gevormd door tien en vijf geiten die geofferd zouden worden. Ze werden verzorgd door twee groezelige jongens.

Toen de keizer erop aandrong dat Ping in een van de rijtuigen bij de ministers zou stappen, had Ping geen bezwaar. Ze had de energie niet om te lopen. Ze keek naar de vlakke velden die ze passeerden, maar veel aandacht had ze niet. Het rijtuig hobbelde over de ruwe landwegen en dat maakte het onmogelijk te slapen tijdens de reis. De ministers spraken niet tegen haar. Ze werd overgelaten aan haar eigen gedachten, en dacht voortdurend na over de gebeurtenissen in de afgelopen weken. Ze wenste dat ze dingen anders had gedaan.

Terwijl de keizerlijke karavaan over het platteland

reed, lieten de boeren op de akkers hun schoffel vallen en lieten hun ploeg in de steek. Ze knielden en
raakten met hun gezicht de grond terwijl hun keizer voorbijreed. Toen de karavaan stopte om te overnachten, was hun kamp helder verlicht en bruiste
van de activiteit. De volgende morgen gingen ze
weer verder, maar ze lieten geplette gewassen achter, weggegooide visgraten, schillen van fruit en
ossenflatsen. Ping herinnerde zich hoe gemakkelijk
het reizen met de draak was geweest. Hoe weinig
bagage ze hadden, hoe snel ze door bossen en velden waren getrokken. Hoe weinig mensen hun voor-
bijgaan hadden gemerkt.

Toen de karavaan aan het einde van de tweede
dag stopte, klom Ping uit het rijtuig. Aan de noord-,
zuid- en westkant was het landschap dat zich voor
hen uitstrekte vlak en kleurloos, maar in oostelijke
richting was het anders. In het oosten lag een steile
berg als onderdeel van een serie kaarsrechte, grijze
klippen. De rotsachtige pieken verdwenen in de wolken. De enige vegetatie waren pijnbomen die zich
vastklampten aan de helling door wortel te schieten in gleuven, barsten en spleten waarin wat aarde
te vinden was. De bomen waren klein en gedraaid
omdat ze naar de zon groeiden. De berg was majes-
teitelijk en op een vreemde manier kwam hij haar
bekend voor. Opeens flitste een beeld van Huangling
door Pings hoofd. Het was niet zo dat de prachtige
Tai Shan haar deed denken aan de grauwe hellingen van de berg die vroeger haar thuis was. Er was

geen vergelijking. Wat Ping zich herinnerde was een cirkel lamplicht in het donker. Een van de schilderijen die ze aan de muren van Huangling had gezien was een schilderij van deze berg geweest. Ze had gedacht dat zo'n steile en prachtige berg alleen kon bestaan in de verbeelding van kunstschilders.

Het had Ping tot op dat moment niet geïnteresseerd waar ze heengingen, maar nu ze de heilige hellingen van Tai Shan kon zien, voelde ze zich anders. Ze trok Hua voor de dag om de rat dit te laten zien.

'Kijk, Hua,' zei ze. 'Dat is de Tai Shan en die gaan we beklimmen.'

De volgende ochtend reisde ze niet in het rijtuig. Ze liep naast de draagstoel van de keizer mee. Ze hield haar ogen op de berg gericht. Hij werd hoger en imposanter terwijl ze dichterbij kwamen.

'De Tai Shan is een van de vijf heilige bergen van mijn keizerrijk,' zei Liu Che toen ze stopten voor het middagmaal. 'Hij reikt bijna tot de hemel. Dit is de plaats waar elke keizer heengaat om te praten met zijn hemelse voorouders en zegeningen haalt voor een lange en succesvolle regering.'

De keizer praatte vrolijk terwijl hij at, maar Ping zag dat hij op de huid rond zijn duimnagels had zitten bijten, tot bloedens toe.

De karavaan bereikte die avond de voet van de Tai Shan. De dragers zetten de keizerlijke tent op. Liu Che's persoonlijke bedienden pakten tafels uit, het keizerlijke bed, matten en kussens om de tent te meubileren. De kok installeerde een fornuis en begon een keizerlijk maal te toveren uit manden en dozen. De keizer kwam naar Ping.

'We zullen hier morgen rusten,' zei hij. 'En dan gaan we 's avonds de berg beklimmen.'

'Waarom klim je niet overdag, Liu Che?' vroeg Ping. 'Ik weet zeker dat dat veel gemakkelijker zal zijn.'

'Als we 's nachts klimmen, komen we tegen de ochtendschemering bij de Keizertop van Jade. Dat is de gunstigste tijd om je tot de hemel te wenden en tot mijn geëerde voorouders. Alleen ik, de sjamaan, raadsman Tian en een paar bedienden gaan klimmen. Jij kunt in het kamp blijven, Ping.'

'Ik zou graag met je mee klimmen als dat mag, Keizerlijke Majesteit.'

'Alleen ik mag staan op de Keizertop van Jade,' zei Liu Che. 'Maar je mag met mij naar de Zuidelijke Poort klimmen, als je dat wilt.'

'Graag!'

Liu Che keek haar aan. 'Weet je zeker dat je zo'n moeilijke klimpartij aankunt, Ping?'

'Ja, ik voel me veel beter.'

Ze aten soep van berenpoten, geroosterde kraanvogels met pruimensaus, gepekelde vis en rode linzen, gevolgd door schijven sinaasappel, gedroogde perziken en hazelnoten. Het was de laatste maaltijd voor de keizer voor hij aan zijn klim begon. Hij zou de hele volgende dag moeten vasten.

'Zodra ik mijn offer aan de hemel heb gebracht,' zei de keizer, 'zal ik mijn ministers raadplegen en erover nadenken wat we moeten doen om mijn draak weer terug te krijgen.'

Ping zei niets. Danzi had er dan voor gekozen haar achter te laten, maar hij was vrij. Ze zou de keizer niet helpen Danzi te vangen. Dat wist ze zeker.

De volgende dag leek tweemaal zo lang als welke andere dag ook. Ping was ongeduldig en wilde dat de klim begon. De anderen waren allemaal bezig zich voor te bereiden op het beklimmen van de berg, maar zij had niets te doen om de tijd te verdrijven. Ze keek naar de jonge geitenhoeders die speelden tussen de geiten. Ze gooiden een leren bal over de rug van de dieren en zaten elkaar achterna tussen de tientallen geitenpoten. Hun vrolijkheid was aanstekelijk. Ping kon het niet helpen, ze moest lachen. Ze wist niet waarom, maar de gedachte dat ze de Tai Shan ging beklimmen maakte haar blij en dat was ze sinds de draak weg was niet meer geweest.

Die middag ging Liu Che met de sjamaan naar zijn tent om het reinigingsritueel uit te voeren. Ping, Tian Fen en de bedienden aten een kleine maaltijd naar keizerlijke maatstaven, maar hij was nog overvloedig vergeleken bij de eenvoudige maaltijden die zij en Danzi hadden gegeten toen ze op reis waren. Er waren dagen geweest dat ze honger hadden gekregen omdat ze niets te eten konden vinden. Ze moest glimlachen toen ze zich herinnerde hoe blij Danzi was geweest als hij een zwaluw kon vangen die zij dan boven een vuurtje roosterde. Ze was zwaluw intussen ook lekker gaan vinden. Het keizerlijke eten was heel lekker, maar ze had er alles voor over gehad als ze nu met Danzi bij een vuurtje zat na een lange dag lopen, en niets anders te eten had dan noten en bessen.

Ping voerde Hua zoveel als hij wilde, zodat hij zou slapen tijdens de klim en niet onrustig zou worden.

Na het eten – ze begon net slaperig te worden – sloeg een van de ministers op een gong. Hij liet iedereen weten dat de keizer op het punt stond aan de beklimming van de Tai Shan te beginnen. Het aantal mensen dat meedeed aan de klim was niet groot. Behalve Tian Fen, de sjamaan, twee keizerlijke schildwachten en een bediende, dreven de geitenhoeders de heilige geiten ook de berg op.

Liu Che kwam uit zijn tent, gekleed in een prachtige mantel van zwart satijn, geborduurd met zilverdraad. Tussen het borduursel schitterden kostbare edelstenen die ook op de mantel bevestigd waren.

'Ga je met me mee de berg beklimmen, Ping?' vroeg hij.

'Graag, uwe Keizerlijke Majesteit.'

'We doen er de hele nacht over. Weet je zeker dat je de kracht hebt?'

'Ja.'

De keizer mocht niets eten tot de volgende ochtend, maar de kok pakte gierstkoeken in voor de mensen die de keizer op zijn tocht vergezelden. Een keizerlijke schildwacht liep voorop met een brandende toorts. De sjamaan volgde. Ping verwachtte dat Liu Che weer in zijn draagstoel zou klimmen, maar dat deed hij niet. Hij begon de berghelling op te lopen.

'Loop je met mij mee, Ping?' vroeg hij.

Raadsman Tian keek haar boos aan, maar Ping deed wat de keizer vroeg. De raadsman nam zijn plaats in achter Liu Che, gevolgd door de bediende. Achter hem liepen de geiten en de geitenhoeders. Aan het einde liep nog een keizerlijke schildwacht met een toorts.

De klim was in het begin gemakkelijk. De berg begon met een lichte helling en Ping hoefde niets te dragen. De maan stond aan de hemel. Terwijl ze onder een geverfde houten poort doorliepen, zag Ping dat er draken en *qilin* in gegraveerd waren.

'Deze poort wordt "Het Begin van de Reis" genoemd,' zei Liu Che.

'Ben je hier eerder geweest, Liu Che?' vroeg Ping.

'Nee,' antwoordde de keizer, 'maar mijn ministers hebben me van deze punten onderweg verteld. Het volgende punt is de Tunnel van Cipressen.'

Na een halfuur lopen verdween de maan plotseling achter iets heel groots en donkers. Ping zag boomstammen aan weerskanten van het pad. De donkere takken van de bomen hadden zich naar elkaar toe gebogen, waren samengekomen en hadden zich dooreengevlochten. Op die manier vormden ze een levende tunnel. Toen ze aan de andere kant van de Tunnel van Cipressen kwamen, werd het pad steiler. De geiten achter haar klaagden over de klim. De jonge geitenhoeders gaven hen een klap op hun rug om hen in beweging te houden en scholden de dieren uit. De sjamaan begon zachtjes op één toon te zingen. Het duurde niet lang of iedereen plaatste zijn ene voet voor de andere op het ritme van het eentonige lied.

Toen hield het pad op en Ping voelde de harde rots van de berg onder haar voeten. Ze struikelde toen ze haar voet tegen een soort trede stootte. Ze keek op en de maan verlichtte het pad voor hen. Het bestond uit honderden treden, uitgehouwen in de rotswand van de Tai Shan. De trap liep de berg op zover ze het kon zien bij het licht van de maan.

'Hoeveel treden zijn er?' vroeg ze.

'Zevenduizend,' antwoordde Liu Che.

De keizer klonk moe. Hij had de hele dag niet gegeten. Ping vond het beter om geen vragen meer te stellen en de keizer zich te laten concentreren op de klim. De trap was te smal om naast elkaar te lopen, dus paste ze zich achter hem aan aan zijn stap.

Ping begon de treden te tellen onder het klimmen. Ze kwam tot driehonderd, vijf tienen en zes en toen raakte ze de tel kwijt. Ze begon opnieuw, maar het ritme van het zingen van de sjamaan maakte haar slaperig. Ze deed haar ogen dicht en stapte op de maat van het eentonige lied elke keer een tree hoger. Ping vroeg zich af of het mogelijk was om te lopen en slapen tegelijkertijd. Toen werd ze wakker uit een droom waarin Meester Lan tegen haar schreeuwde dat ze moest opstaan. Ze voelde dat ze op de trap was gevallen. Ze was heel even ingedoezeld en gevallen. De geitenhoeders schreeuwden tegen haar dat ze moest doorlopen, omdat ze de geiten ophield. Ping haastte zich om haar voorgangers in de processie in te halen.

Het duurde minstens nog een uur voor raadsman Tian de groep liet stoppen en een paar minuten liet rusten. Ze at een gierstkoek en dronk wat water van een bergstroom. Liu Che zat er stilletjes bij.

Ze liepen nog een aantal uren door. Op een nachtelijke tocht als deze waren er geen fantastische uitzichten om de klimmers te belonen. Ping kon alleen maar de zwarte vormen van de rotsen langs het pad zien, af en toe een paar kronkelige pijnbomen en de eindeloze trap die zich voor haar uitstrekte. Ze liepen weer onder een houten poort door. 'Komen we dicht bij de top van de berg?' vroeg Ping aan Tian Fen.

Hij schudde zijn hoofd en wees naar de poort. 'Deze poort heet: "Halverwege de Poort naar de Hemel".'

Pings voeten leken versteend. De spieren in haar kuiten deden pijn. Ze was zo moe dat ze alleen maar naast het pad wilde gaan liggen, al werd het intussen steeds kouder. Zij was niet belangrijk bij de plechtigheid. Niemand zou het merken als ze er niet was. Maar ze wilde Liu Che niet in de steek laten. Hoewel de top van de Tai Shan van daaruit niet meer leek dan een zwarte vorm zonder sterren tegen de nachtelijke hemel, voelde ze wel dat de top haar naar boven trok. Het beeld van de hoge berg dat ze overdag had gezien was nog steeds zichtbaar als ze haar ogen dichtdeed. Ze moest de berg beklimmen.

De volgende uren gingen in een waas voorbij. De trap werd zo steil als een ladder. Het pad kronkelde en draaide. Ping concentreerde zich er alleen maar op haar ene voet pijnlijk recht voor de andere te zetten en was zich van niets anders bewust. Ze verloor de schildwacht met de toorts en de donkere gestalte van Liu Che uit het oog. Toen hield de trap op en het pad werd een zachte helling. Het was bijna een rustpauze na zoveel uren de trap beklimmen. Een windvlaag vloog opeens over het pad. Ping zag het spoor, gemarkeerd door kleine witte steentjes die soms schitterden in het bleke maanlicht, maar aan weerskanten van het pad was het aardedonker. Ze had net aan weerskanten de rotsen kunnen zien toen ze de trap beklom. Nu leek de omringende duisternis eindeloos en ijl. De wind kwam van beneden en deed haar mantel opbollen. Ze voelde dat er aan weerskanten van het pad een steile afgrond was en was blij dat ze die niet kon zien. De geiten waren ergens achter haar gestopt en mekkerden klaaglijk. Ze wilden het pad niet oversteken.

Raadsman Tian draaide zich om, om de jongens tot snelheid te manen. 'Zorg dat jullie die dieren over de Wolkenbrug hebben voor er wolken voor de maan schuiven,' schreeuwde hij.

Ping stapte op de smalle brug. Ze concentreerde zich op de heldere kiezelstenen die zo duidelijk de weg aangaven alsof hij werd verlicht door duizenden kleine lichtjes. Toen verdween de maan achter een wolk en de kiezellampjes gingen uit. Ping bleef midden op de brug staan. Voor haar was er niets anders dan duisternis. Ze draaide zich om, om te zien of de anderen achter haar waren, maar de toortsdrager aan het einde van de groep was uit het zicht, hij beklom de laatste treden van de trap. Ping kon niemand zien. Ze was alleen op het smalle pad met niets dan pikzwarte duisternis om zich heen. De kille wind blies onder haar lange jurk. De grond lag aan weerskanten heel diep.

Ze draaide weer om maar was opeens de richting kwijt. Ze wist niet zeker welke kant ze uit moest lopen. Als ze de verkeerde kant nam stortte ze van de berg. De wind die om de rotsen gierde overstemde de stemmen van de geitenhoeders en het mekkeren van de geiten.

Ze riep, maar de wind pakte haar zwakke stem zodra het geluid uit haar mond kwam en nam het mee, de duisternis in. Haar hart klopte steeds harder in haar oren, tot het geluid het bulderen van de wind overstemde. Pings knieën knikten – van de kou, van vermoeidheid en van angst.

Een paar dagen daarvoor, toen de draak was weggegaan, had het haar niets kunnen schelen als ze van een berg was neergestort en dood was gegaan. Maar ze wist nu dat ze niet wilde sterven. Ze voelde dat ze nieuwe kracht kreeg. Die haalde ze niet uit de duisternis om haar heen. De kracht kwam uit haar binnenste. Ze herinnerde zich wat Danzi had gezegd over haar helderziendheid. In plaats van in het donker te turen om de weg te vinden, deed ze haar ogen dicht. Het pad werd duidelijker. Ze kon het nog steeds niet zien, maar ze voelde hoe rotsachtig het was. Ze zette aarzelend een stap en toen nog een. Toen liep ze vol vertrouwen naar voren, haar ogen stijf dicht, tot ze voelde dat de wind ging liggen. Ze deed haar ogen open. De maan kwam van achter de wolken tevoorschijn. De kiezels – verlicht door de maan – gaven het pad achter haar aan. Als ze nog een paar minuten gewacht had, had ze het pad duidelijk kunnen zien, maar ze was blij dat ze in de duisternis over de Wolkenbrug was gelopen. De jonge geitenhoeders lokten de geiten een voor een over de brug, ze sloegen hen niet meer met hun stokken. Ze scholden niet meer tegen de dieren, maar lokten hen met zacht gemompel over de brug.

De trap ging weer verder, kronkelend de contouren van de berg volgend. De trap werd zo steil dat er langs het pad een touw door een aantal ijzeren ringen in de rotsen was getrokken om de klimmers te helpen. Terwijl Ping zich hand voor hand de steile trap op trok, vroeg ze zich af hoe de geitenhoeders hun geiten de trap op zouden krijgen.

Eindelijk zag ze dat de duisternis veranderde in

grijs. De hemel had een zweem van roze tinten. De treden hielden opeens op en het pad liep over vlak grasland. Nog een poort boog zich over het pad.

'We zijn bij de zuidelijke poort naar de hemel,' kondigde Tian opgelucht aan.

Een kleine bergbeek zocht zijn weg door het grasland en stortte over de rand van de berg naar beneden. In het schemerlicht zag Ping dat de sjamaan een smalle dolk om zijn middel bond. Ze zag Liu Che in zijn zwarte mantel zich voorbereiden op het laatste deel van de reis. Vóór hen was een laatste trap.

Voor het laatste stuk van zijn reis werd de jonge keizer alleen vergezeld door de sjamaan, de geiten en hun hoeders. De dieren dromden samen op het pad achter hen. De hoeders huiverden in de vroege ochtendschemering. Hun gezichten waren bleek en stonden angstig. Een van hen huilde. Tian Fen gaf de jongens iets te drinken. Tot haar verbazing zag Ping dat de grote raadsman aardig was tegen de hoeders. Hij bood Ping geen beker aan. De drank scheen de jongens te kalmeren. Toen trok de grote raadsman hun ruige, vettige jassen en broeken uit en gaf hun er korte, zwarte jakken voor in de plaats.

De sjamaan zei iets dat Ping niet kon verstaan. Toen begon Liu Che de trap op te lopen. De sjamaan volgde hem. De geitenhoeders bleven huiverend staan. Hun gezichten werden rustig. Niemand zei een woord en de twee jongens leidden de tien en vijf geiten de laatste honderd treden op naar de hemel. Deze trap was niet steil. Na de beproevingen tot nu toe, zoveel treden, zou dit laatste stuk van de tocht redelijk gemakkelijk zijn. De dieren klommen de trap op. Ze hadden niet meer dan een klopje op hun rug nodig. Liu Che keek niet om.

Omdat het steeds lichter werd zag Ping dat ze omgeven waren door een zee van wolken. De wolken werden lichtgevend roze. Hoewel ze het niet kon zien door de wolken, was de zon opgekomen. De Keizertop van Jade stak door deze zachte zee van wolken heen en steeg naar de hemel in de stille ochtendlucht.

Helemaal boven op de top van de berg stond een heiligdom. De jongens zagen er klein uit, de geiten leken speelgoedgeitjes toen ze helemaal boven waren. Ping kon Liu Che of de sjamaan niet zien. Ze waren het heiligdom al binnengegaan. Het gebouwtje moest groot genoeg zijn geweest om de geiten ook te huisvesten, omdat ze een voor een uit het zicht verdwenen.

Ping verwachtte het paniekerige mekkeren van de geiten te horen wanneer de sjamaan hun keel doorsneed, maar geen enkel geluid verstoorde de stille ochtend. De zon piepte over de rand van de wolken heen en bescheen hen met gouden licht. De stralen weerspiegelden op de gouden patronen die geschilderd waren op het heiligdom ver boven hen.

Nog een uur verstreek. Twee aasgieren begonnen boven de top te cirkelen. Toen kwam er een kleine figuur het heiligdom uitlopen. Hij was alleen.

'Waar zijn de jongens en de sjamaan?' fluisterde Ping tegen Tian Fen.

'De laatste treden naar de hemel mag de keizer alleen lopen,' antwoordde hij. 'De straf als iemand anders – wie dan ook – dat doet is de dood.'

Ping hield haar adem in. De vrolijke geitenhoeders die de zware tocht met haar hadden gemaakt, waren samen met hun viervoeters geofferd.

'Heeft de keizer hen gedood?' fluisterde ze.

'Nee, dat was de plicht van de sjamaan, voor hij zichzelf doodde.'

De grote raadsman keek naar Pings ontstelde gezicht. 'Ze zijn gezegend,' zei hij. 'Ze krijgen een speciaal plekje in de hemel.'

Terwijl de keizer afdaalde, werd hij omgeven door een krans van zonnestralen. Ping werd duizelig toen ze naar hem keek. Liu Che zag er werkelijk uit als een god. Toen hij bij de laatste trede was gekomen zag Ping pas waarom hij er zo stralend uitzag. Hij had zijn sombere zwartsatijnen mantel geruild voor een goudgele. De ministers knielden voor hem neer. De schildwachten en de bediende lagen al geknield met hun voorhoofd op de grond vanaf het moment dat de keizer aan de afdaling begon. Ping knielde op het laatste moment en boog haar hoofd naar de grond.

'De hemel heeft mijn offergave aangenomen,' kondigde Liu Che aan. 'De hemel heeft mijn bewind gezegend en verklaard dat het lang en voorspoedig zal zijn.'

Ping keek op. Ze zag dat hij zijn nieuwe mantel gladstreek.

'De hemel heeft ook de verandering van de keizerlijke kleur goedgekeurd. Die zal niet meer zwart zijn, maar geel.'

Liu Che wankelde. Raadsman Tian liep vlug naar hem toe en ving hem op voor hij viel.

'U mag nu uw vasten verbreken, Keizerlijke Majesteit,' zei hij.

Hij zette de keizer op een rotsblok. De dienaar gaf hem een paar gierstkoeken. Raadsman Tian gaf Ping een gouden beker. 'Vul die in de bergbeek.'

Ping nam de gouden beker aan, liep naar de schuimende stroom en hield de beker erin. Ze stond op het punt de boordevolle beker naar Liu Che te brengen, toen twee emoties die met elkaar in tegenspraak waren haar troffen als een dubbele klap in haar gezicht. De ene was een gevoel van blijdschap die ze als een golf warmte door haar lichaam voelde en klonk als zacht, hoog zingen. De andere was een gevoel van angst dat op haar maag lag als een rottende meloen.

Ze liet de beker vallen en keek rond. Om haar heen was niets veranderd, behalve dat raadsman Tian haar uitschold en riep dat ze onhandig was. Ping deed of zij hem niet hoorde.

De gevoelens in haar binnenste benamen haar bijna de adem. Het leek of haar eigen emoties met elkaar vochten. Het kon uitputting zijn, of een gebrek aan slaap of de ijle lucht die haar zo deden voelen. Maar ze wist dat dat niet zo was. Ze deed haar ogen dicht. Het leek onmogelijk, maar ze wist zeker dat de drakensteen in de buurt was. En dus ook de drakenjager.

Hoofdstuk 22

BLOED OP DE TAI SHAN

Terwijl ze naar de drakenjager liep,
vloog een glimlach, bitter als een abrikozenpit,
over Pings gezicht.

Ping deed haar ogen niet open. Ze liet haar geest uitzoeken waar het zingen vandaan kwam, en vond het goed dat haar voeten haar daarheen brachten. Ze voelde een koude vochtigheid om zich heen en wist dat ze in de wolken afdaalde. Terwijl ze ademhaalde vervulde de koude vochtige lucht haar. Hij omgaf haar hart als ijs dat zich rond de oever van een vijver vormt in de winter. Het was alsof ze treurigheid inademde. Dit, gecombineerd met de brok zure angst in haar maag, zou haar haar moed hebben doen verliezen als ze het zingen niet had gehoord. Ze kwam dichter bij het geluid, dichter bij de steen.

Toen werd het zingen opeens een angstige schelle weeklacht. Een verschrikkelijk geluid van koperen schalen die tegen elkaar werden geslagen, vulde de lucht met nog een ander geluid. Het deed pijn aan haar tanden zoals twee roestige messen die tegen elkaar geschraapt werden en ook het opgewonden geluid van iemand die op een kleine gong sloeg. Het waren Danzi's geluiden van pijn, nood en verlangen. Ze had ze hem nooit allemaal tegelijk horen maken.

Ping deed haar ogen open. Ze had geen boosheid meer nodig om haar zoekkrachten te activeren. Ze hoefde niet meer haar ogen dicht te doen om de draden te voelen die haar verbonden met wat ze zocht. Haar pad lag zo duidelijk voor haar alsof het verlicht werd met toortsen.

Ping begon te rennen zonder een moment te denken aan haar eigen veiligheid. Ze kwam bij de Wolkenbrug. De mist trok op terwijl ze daar stond. Ze zag dat het niet een brug was, gebouwd door mensen, maar een natuurlijke formatie, een smalle rotsplaat, niet breder dan een kleine meter. De mist trok helemaal op en onthulde een adembenemend uitzicht. Aan weerskanten van het smalle pad liep de berghelling heel steil naar beneden. Aan een kant ging de rots over in een beboste vallei, verborgen binnen de rij bergen. Aan de andere kant liep de rotswand bijna loodrecht naar beneden, naar de voet van de berg. Ze kon helemaal tot op de vlakte kijken. Op elk ander moment zou Ping bij het zien van zo'n duizelingwekkende daling misselijk zijn geworden. Maar nu niet. Ze rende de brug over alsof hij zo breed was als een keizerlijke weg, met vlakke velden die zich veilig aan weerskanten uitstrekten.

Aan de andere kant van de brug, naar het oosten, was nog een bergtop. Hij was minder hoog en breed dan de Keizertop van Jade. Ping keek neer op die top, die vlak was, alsof een van de goden tijdens een aanval van woede de piek eraf had gehakt. Er groeide een enkele pijnboom op de top, kronkelig en knoestig. Danzi stond op dit kleine plateau, op zijn achterpoten. Naast hem stond Wang Cao met een bronzen zwaard in zijn ene hand en de mand met de drakensteen in zijn andere hand. Het was voor Ping te ver weg om te kunnen zien of alles goed was met de steen. Ze stonden samen tegenover een derde figuur. Dat was Diao.

Tussen Ping en deze lagere piek was een vallei die bezaaid was met grote, hoekige rotsblokken met vlijmscherpe randen. Geen van de drie gestalten waren zich bewust van haar aanwezigheid. Danzi haalde plotseling uit naar de drakenjager. Met zijn klauwen trok hij diepe schrammen over Diao's gezicht. Diao gooide zijn dolk naar de draak, maar Danzi wist hem te ontwijken. Hij had al de paarse streep van een wond over zijn buik. Wang Cao bewoog zich niet. Het was alsof zijn voeten vastplakten aan de rots. Ping klom naar beneden in de vallei die haar van het plateau scheidde. De drakenjager trok de kruisboog van zijn schouder en richtte hem op het hart van de draak.

Ping schreeuwde op het moment dat Diao de trekker overhaalde. Drie paar ogen zochten de bron van de schreeuw, terwijl Diao's schicht naar de draak schoot. Het geluid van metaal op steen echode hol tegen de rotsen van de hogere piek toen Wang Cao's zwaard op de grond viel. De kruidengenezer keek naar de pijl, die zo diep in zijn vlees was gedrongen dat alleen de gevederde staart nog zichtbaar was. Door Pings schreeuw had de drakenjager zijn doel gemist. Hij had in plaats daarvan Wang Cao getroffen.

Ping hoorde Diao vloeken terwijl hij nog een pijl uit zijn koker haalde zonder zelfs maar te kijken naar zijn slachtoffer. Wang Cao zakte op de grond. Diao klemde de pijl tussen zijn tanden. Het opnieuw spannen van een kruisboog was een karwei waarbij hij beide handen nodig had. De drakensteen rolde uit Wang Cao's handen.

In Pings hoofd klonk het schrille geluid van de angstige schreeuw van de steen. Ze begon van het ene rotsblok op het andere te springen, zo zeker van zichzelf als een berggeit, tot ze bij de voet van de lagere piek stond. Ze wenste dat ze vleugels had. Het was geen hoge piek, niet hoger dan de lengte van vier mannen, maar het was steil. Ze kon Diao boven horen vloeken terwijl Danzi hem opnieuw aanviel. Toen hoorde ze de geluiden van de woede en de angst van de draak. Het geluid echode tegen de steile hellingen van de Keizertop van Jade.

Ping kon niet zien wat er gebeurde. Ze moest

een weg naar boven zien te vinden. Terwijl ze haar vingers in een ondiepe scheur stak en een houvast zocht voor haar voeten op de smalste richel, klom ze als een insect tegen de piek op.

Ping trok zichzelf over de rand van de rots. Diao stond met zijn rug naar haar toe. Haar maag draaide zich om toen ze zijn smerige lucht rook. Wang Cao lag bewegingloos op de rots, terwijl een bloedvlek onder hem steeds groter werd. Diao had zijn kruisboog opnieuw geladen en hield hem op Danzi gericht. De draak zag er verdoofd uit met zijn glazige ogen, alsof hij niet wist wat hij nu moest doen. Diao concentreerde zich, zich niet bewust van Pings aanwezigheid. Zijn vinger bewoog de trekker.

Ping besprong Diao, die ze tegen de grond sloeg, maar niet voordat hij de pijl had afgeschoten. De pijl schoot door de achterpoot van de draak heen en zette zich vast in de stam van de pijnboom. Ping greep Diao rond zijn hals. Hij porde met zijn elleboog in haar borst. Van dichtbij was zijn lelijke gezicht door zijn woede nog lelijker geworden. Hij had vier diepe schrammen in zijn wang, waar de klauwen van de draak hem hadden geraakt. Hij gooide Ping opzij en kroop naar de drakensteen. Hij raapte hem op met zijn vrije hand. Hij trok hem uit de rieten mand en op zijn lelijke gezicht verscheen een verschrikkelijke glimlach.

In Pings hoofd werd het angstige weeklagen van de steen een doordringende schreeuw van schrik. Het leek onmogelijk dat alleen zij dit kon horen.

Ping voelde de kracht in haar binnenste zich samenballen in een adembenemende golf. Ze tintelde van top tot teen. Ze hoefde niet terug te tellen of zich pioenen voor te stellen, dit gebeurde op haar bevel. Ze spreidde haar armen en de kracht schoot naar buiten door haar vingertoppen, zo hard dat de kruisboog uit Diao's hand sloeg. Terwijl ze naar de drakenjager liep, vloog een glimlach, zo bitter als een abrikozenpit, over Pings gezicht. Ze was maar een slavenmeisje en ze was een hoofd kleiner dan Diao, maar hij had angst in zijn ogen. De drakenjager deed een uitval naar Ping met zijn lelijke ijzeren dolk. Ze draaide de dolk weg met haar onzichtbare kracht. Het was moeilijker de *qi*-kracht op iets te richten dat zo dichtbij was. Ze had meer ruimte nodig. Diao deed opnieuw een uitval met zijn dolk. Ping blokkeerde de slag met haar arm. Zijn arm trilde van inspanning terwijl hij probeerde haar tegen de grond te drukken, maar ze was opgewassen tegen de kracht van de drakenjager. Op het moment dat ze het van hem zou winnen, gaf hij haar een stomp in haar maag.

Kronkelend van de pijn wankelde Ping naar achteren. Ze stond op de rand van het kleine plateau. De rots was glad geworden door wind en regen. Pings voet gleed uit. De zolen van haar schoenen, versleten van zoveel wandelen, hadden geen greep meer op de grond. Ze schoot naar voren en greep naar de rots, probeerde een houvast te vinden. Er zat een bosje taai gras dat het had klaargespeeld genoeg aarde in een rotsspleet te vinden om wortel te schieten. Ping greep zich er met beide handen aan vast. Diao had zijn dolk weer geheven. Hij richtte op Pings handen. Ping keek naar beneden. Het was niet zo'n grote val, vergeleken bij sommige die ze gezien had op de Tai Shan. Maar net ver genoeg om haar nek te breken.

Terwijl de dolk in haar richting schoot, schoot een grijze schaduw tussen de plooien van Pings mantel uit en rende tegen Diao's been op. De drakenjager schreeuwde geschrokken van de pijn terwijl Hua zijn tanden in Diao's al gewonde nek zette. Diao liet zijn dolk vallen terwijl hij probeerde de rat kwijt te raken. De dolk viel kletterend langs de bergwand naar beneden. Hij had nog steeds de drakensteen in zijn andere hand.

De wortels van het gras waaraan Ping zich had vastgegrepen werden uitgetrokken door haar gewicht. Haar voeten zochten krabbelend langs de helling van de rots naar een houvast. Diao liet de drakensteen los. Hij sloeg tegen de rots. Van het geluid kromp Ping in elkaar. Hij rolde naar de rand en stortte bijna naar beneden. Haar rechtervoet vond een kleine richel. Ze duwde zichzelf omhoog, greep de rots met haar knieën beet en reikte naar de drakensteen. Ze greep hem vast met haar vingertoppen net voor hij over de rand stortte. Diao schreeuwde terwijl hij de rat van zijn gezicht probeerde te trekken. Hua's tanden zaten nog steeds diep in de wang van de drakenjager.

Ping voelde de drakensteen onder haar vingers. Haar hart bonkte van blijdschap toen zijn verschrikkelijke geschreeuw veranderde in zingen. Ze drukte de steen tegen zich aan. Diao greep een stok van zijn riem en sloeg Hua ermee, hoewel de klap zijn eigen kaakbeen moet hebben verbrijzeld. Hua viel op de grond met een stuk uit Diao's wang nog steeds in zijn bek.

Ping zag de stok door de lucht zeilen in haar richting. Nog steeds op haar knieën, gooide ze haar linkerhand naar voren en de *qi*-kracht stroomde uit haar, krachtiger dan eerst. De drakenjager werd van zijn voeten getild en achteruit gedragen over het plateau. Hij belandde op de rand aan de overkant. Hij keek achter zich en zag dat alleen maar lucht hem scheidde van de rotsen beneden. Hij probeerde zenuwachtig een houvast te vinden voor zijn voeten, maar ze gleden uit op de gladde rots. Hij viel over de rand, waarbij zijn armen doelloos door de lucht zwaaiden. Ping wachtte, kalm en onverschillig tot een botversplinterende klap haar zei dat hij de rots beneden geraakt had.

Ping wist niet waar ze heen moest. Danzi bloedde en zat met de pijl uit de kruisboog aan de boom vast. Hua lag bewegingloos op de rots. Het bloed stroomde uit een wond op zijn kop en een van zijn poten lag in een onnatuurlijke hoek gedraaid.

Ze ging naar de draak, greep de pijl en wrikte hem los uit de drakenpoot. Bloed vloeide uit de wond. Ping trok een handvol mos uit de grond onder de pijnboom. Ze stelpte de wond ermee. Ze maakte de zegel los van haar middel. Met het paarse lint bond ze het mos op de drakenpoot.

Toen liep ze naar Hua en tilde zijn kleine, slappe lijf op. Ze hield hem voor haar gezicht. Ze voelde zijn warme vacht tegen haar wang. Tranen vulden Pings ogen.

'Rat niet dood,' zei een stem in haar hoofd. Het was de eerste keer dat Danzi iets zei.

Ping keek naar het gebroken lijf van de rat, maar ze wist dat de draak gelijk had.

Ping was zich er opeens van bewust dat iemand naar haar keek. De gouden gestalte van de keizer stond aan de rand van de Wolkenbrug. Raadsman Tian, de schildwachten en de bediende waren bij hem. Ze staarden roerloos naar haar. Liu Che schreeuwde een bevel tegen zijn schildwachten. Ze kwamen in actie, renden over de Wolkenbrug naar Ping en de draak.

'Danzi moet weg,' zei de draak.

'Je kunt niet naar de zee lopen met een gewonde poot en een gapend gat in je buik,' zei Ping.

De schildwachten waren al over de brug en klommen over de rotsen.

'Hoef niet te lopen,' antwoordde de draak. Hij sloeg zijn vleugels uit. 'Kan vliegen.'

Pings rode steken zaten er nog, maar ze hadden hun werk gedaan. De scheur in Danzi's linkervleugel was helemaal genezen.

'Ben je sterk genoeg om passagiers te dragen?'

Het tinkelende geluid van klokjes in de wind vulde de lucht. Ping zette Hua achter een van de omgekeerde schubben van de draak.

De draak draaide zich naar de Keizertop van Jade. 'Keizer zal blij zijn. Ping heeft zijn draak gered van Diao,' zei hij. 'Ping zal geëerd worden als ze blijft.'

'Ik blijf niet bij de keizer, Danzi,' zei ze.

De zegel van de keizerlijke drakenhoeder lag op de rots aan haar voeten. Ze raapte hem op en streek met haar vingertoppen over de mooie gegraveerde draak. Toen hield ze hem boven haar hoofd, klaar om hem weg te gooien, de verte in. Ze keek over de vallei naar Liu Che. Ze liet haar hand zakken en stopte de zegel in haar leren zakje bij haar bezittingen. Hoewel Liu Che het zich niet realiseerde deed ze wat het beste was voor de draak. Ze was nog steeds de keizerlijke drakenhoeder.

Ping hoorde de schildwachten aan de voet van de rots. Ze probeerden naar boven te klimmen.

Toen hoorde Ping een grom. Ze draaide zich om naar Wang Cao. Ze had niet meer aan hem gedacht. Ze knielde naast de kruidengenezer neer. De plas plakkerig bloed om hem heen werd nog steeds groter.

'Ik had niet de moed om tegen Diao te vechten,' fluisterde hij. 'Ik heb Long Danzi weer in de steek gelaten. Jij bent de echte drakenhoeder, Ping.'

Hij reikte naar de drakensteen, maar zijn hand viel terug voor hij hem had aangeraakt.

'Hij die probeert de plaats van de timmerman

in te nemen, zal altijd zijn handen bezeren.' zei de draak zachtjes. 'Danzi's schuld.'

De keizerlijke schildwachten hadden een gemakkelijker weg naar boven ontdekt. De eerste klom op dat moment op het plateau.

'Moet weg,' zei Danzi. 'Pak Wang Cao's touw.'

Ping pakte de rol touw die om het middel van de kruidengenezer zat gebonden. Ze pakte ook zijn leren zak en de rieten mand. De keizerlijke schildwacht krabbelde overeind en rende naar Ping met zijn zwaard geheven. Ze sloeg hem met gemak opzij met haar *qi*-kracht.

Ping klom op de rug van de draak. De draak zette vijf stappen en sloeg met zijn vleugels. De zesde stap tilde hem van de rand van de piek. Hij viel niet, hij verloor helemaal geen hoogte. Zijn slaande vleugels konden hun gezamenlijke gewicht gemakkelijk dragen.

'Moet ver vliegen,' zei de draak. 'Ping en de steen moeten veilig zitten.'

Ping legde de steen in de mand. Ze moest hard drukken om hem erin te krijgen. Toen hing ze de mand aan een van Danzi's hoorns. Ze draaide ook het touw rond de hoorns en toen tweemaal om haar middel voor ze de einden stevig aan elkaar knoopte.

Danzi vloog op en om de Keizertop van Jade heen. Ping keek naar beneden, naar Liu Che. Hij zag hen ontsnappen met zijn handen op zijn heupen. Ping kon zijn gezicht duidelijk zien. Zijn mond had dezelfde boze uitdrukking als toen ze hem voor het eerst ontmoette. Ze had het korte tijd leuk gevonden om bevriend te zijn met de keizer, maar ze had zijn vriendschap afgewezen en zijn draak gestolen. Nu was de keizer haar vijand.

Hoofdstuk 23

DE ZEE

Ping zag de zee steeds groter worden,
tot het leek of ze hen helemaal omringde
en ze niets anders zag dan blauw.

Ping keek tot de gestalte van de jonge keizer niets
meer was dan een gouden stip terwijl de draak weg-
vloog van de Tai Shan.

Ze raakten verder weg van de berg en onder hen
lag nu de vlakte, die verdeeld was in vierkanten
van geel en bruin. Door sommige bruine vierkanten liepen groene strepen waar de voorjaarsgewas-
sen begonnen te groeien. De hagen en wallen tussen
de velden leken op geborduurde zomen, zodat het
landschap veel weg had van een lappendeken. Ping
had veel vragen voor Danzi. De eerste vraag was
het belangrijkste.

'Hoe gaat het met Hua?' Ze moest schreeuwen om boven het ruisen van de wind en het ritmische geflapper van Danzi's vleugels uit te komen.

'Kan zijn hartslag voelen.' De drakenstem in haar hoofd was even duidelijk als altijd.

Ping glimlachte even. Ze had in haar hart geweten dat de rat nog leefde, maar vertrouwde nog steeds niet op haar helderziendheid.

'Hoe ver is het naar de zee?'

'Niet ver meer. Vandaag komen we aan, als vleugels het houden.'

'Wat deed jij op de Tai Shan, Danzi?'

'Ontsnappen aan Diao,' antwoordde de draak. 'Moet spion geweest zijn tussen keizerlijke schildwachten. Wist dat we in Tijgerwoud waren. Stond te wachten toen we eruit kwamen.'

'Wat gebeurde er?'

'Diao verwondde me. We ontsnapten, maar Diao volgde ons. Wang Cao zei vleugels waren oké voor vliegen, dus beklommen we de Tai Shan voor de hoogte en om aan Diao te ontsnappen.'

'Het spijt me van Wang Cao, Danzi,' zei Ping. 'Ik was te langzaam om hem ook nog te redden.'

'Is Danzi die moet sorry zeggen, Ping,' zei de draak. 'Want Cao was jaloers op Ping. Hij wilde drakenhoeder zijn. Ik hoorde zijn bittere woorden. Hij hield vol dat Ping niet de echte drakenhoeder was. Het spijt me.'

Het was bewolkt. Danzi vloog steeds hoger. Aanvankelijk deden de wolken denken aan stoom uit een ketel. Maar toen werden ze dichter, tot Ping en de draak omgeven waren door een koude, witte mist. Danzi werd heen en weer geschud door wind-vlagen, maar hij bleef klimmen. Plotseling braken ze door de wolken en vlogen ze weer in het warme zonlicht. Het enige dat Ping onder zich kon zien was een golvende witte massa die zich in alle richtingen uitstrekte alsof ze over een wereld van ijs en sneeuw vlogen.

Ze kon het maar nauwelijks geloven, maar ze zou-den weldra bij de zee zijn. Na al hun pogingen, alle schijnbewegingen, na alle mensen die geprobeerd hadden hen tegen te houden, waren ze bijna bij de zee. Dit laatste stuk vroeg helemaal geen inspan-ning van haar. Ping gaapte. Ze wilde de wolken onder zich van vorm zien veranderen, maar ze had al twee dagen niet geslapen. Ze was blij dat ze met het touw zat vastgebonden aan de draak. De dra-kensteen in de mand vormde een kussen voor haar hoofd. Ze deed haar ogen dicht en stond zichzelf toe een dutje te doen.

Toen ze wakker werd had Ping het koud. Ze voelde zich stijf. Ze had wel een paar uur geslapen, dacht ze. De wolken waren helderwit in het licht van de zon, met een zweem van roze erdoorheen. Door gaten in de wolken zag het landschap bene-den er donker en niet erg uitnodigend uit. De draak flapperde niet meer zo snel met zijn vleugels. Zijn ademhaling was zwaar.

Ping wilde net vragen hoe ver het nog was, toen ze zag dat de mand aan een kant gescheurd was en de steen er half doorheen stak. De kleur van de steen leek anders in het staalachtige licht. Hij was donkerpaars, als rijpe pruimen. De kastanjebruine nerven die eerder op dunne draden hadden geleken, waren dikker. Ping pakte de steen voorzichtig uit de mand, angstig dat de mand helemaal open zou scheuren en de steen eruit zou vallen.

Het wolkendek onder hen hield plotseling op en de miniwereld was weer zichtbaar. Het geruite patroon van akkers en velden was verdwenen. In plaats daarvan zag Ping lage, groene heuvels. Iets aan de horizon weerkaatste het zonlicht als een strook glanzend zilver. Terwijl ze dichterbij kwamen werd de strook breder. De ademhaling van de draak klonk schor, zijn vleugels sloegen trager. De afstand tot de aarde nam af. De heuvels maakten plaats voor vlak land.

De zilveren streep werd breder en breder en veranderde in blauw toen ze nog dichterbij kwamen. De golvende oppervlakte steeg en daalde. Ping kon zich niet voorstellen wat ze zouden vinden als ze beneden aankwamen. Het land eindigde plotseling in een steile rots en toen was er nog maar een dunne streep bleke aarde tussen het land en het golvende blauw. Waar het blauw met het bleke land in aanraking kwam zag ze kleine rolletjes wit. Ping besefte opeens dat ze naar water keek. Het strekte zich zover ze kon kijken uit naar het noorden, het zuiden en het oosten tot het overging in de lucht. Ze vond de grootte angstaanjagend.

'Wat is dit?' vroeg Ping

'De zee,' antwoordde Danzi.

'Maar ik dacht dat de zee een plaats was, een land, een provincie.'

'Nee. Het is het water dat alle landen omringt.'

Pings beeld van de zee, een soort tuinparadijs, verdween. 'Maar je zei...'

'Kan zee niet beschrijven aan iemand die haar nooit heeft gezien.'

'Ze is zo groot.'

'Het is het grootste ding op de wereld.'

Ping zag dat de zee nog steeds groter werd tot ze hen helemaal leek te omringen en er alleen nog maar blauw was.

'Ga jij in de zee?' vroeg Ping, denkend dat het einddoel van de draak misschien onder de golven was.

'Nee. Moet plek vinden om te rusten.'

Danzi draaide zich met een grote bocht om en vloog terug naar het land. Aan de horizon waren grijze wolken verschenen. De lucht om hen heen voelde levendig aan. Hij deed Pings huid prikkelen en haar haar scheen uit zichzelf te bewegen. Het wapperde en kraakte als ze probeerde het glad te strijken. Het was angstaanjagend stil. Danzi vloog in cirkels en bereidde zich voor op de landing. Een plotselinge windvlaag blies de drakenvleugels naar achteren en het was of Pings maag zich omdraaide

toen hij bijna een *chang* viel voor hij zich herstelde.
De wolken die uit het oosten kwamen waren dik en
donker. De zon was er niet en het was zo donker
als de schemering. De wind werd sterker De wolken werden verlicht door een verblindende flits en
vrijwel onmiddellijk daarna klonk er een oorver-
dovende knal. Water begon uit de lucht te stromen
alsof iemand een sluis in de wolken had geopend.
De lucht veranderde binnen enkele seconden van
droog naar vochtig. Ping drukte de steen steviger
tegen haar borst. Weer een bliksemflits verlichtte
de onderkant van de wolken. Het begon zo hard te
waaien dat Ping bang was dat ze van de drakenrug
zou worden geblazen, hoewel ze er met een touw
aan vastgebonden zat. Ze kon niets zien door de
regen in haar ogen. Ze drukte de steen nog steviger
tegen zich aan.

Danzi's breekbare vleugels werden door de wind
heen en weer geslingerd als herfstbladeren. Ping was
bang dat ze er zo zouden worden afgeblazen. Hij
vloog naar het bleke, vlakke stuk tussen de zee en
het land. De draak had geen controle over de daling.
De grond kwam met een vaart op hen af, leek het.
Terwijl ze daalden kon Ping zien dat het stuk land
niet helemaal vlak was. Hier en daar lagen rotsblokken. Het was moeilijk te zien door de regen. Ze boog
zich naar voren om een beter uitzicht te krijgen en
zocht naar een veilige landingsplek. De wind beuk-
te tegen het drakenlijf. Hij blies het dier in de rond-
te alsof het een vlieger was. De draak helde zwaar

over in een bocht. Hij probeerde een plek te vinden zonder rotsblokken. De natte drakensteen gleed uit Pings handen. Ze schreeuwde van de schrik toen ze de paarse steen zag vallen.

Ze wriemelde aan de knopen in het touw dat haar vastgebonden hield. Ze wilde achter de steen aan en hem redden. Ze keek hulpeloos toe toen hij tegen de rotsen sloeg. Even later kwam de draak met een klap op de grond terecht. Ping hoorde zijn botten kraken. Hij schoot door in het fijne, witte zand en maakte een groef van bijna een meter diep. Het benam Ping even de adem, maar toen maakte ze het touw los, sprong op en rende naar de drakensteen.

Hij lag tussen twee rotsblokken. Ze knielde en raapte hem op en draaide hem om en om. Er zat een grote barst in over de hele lengte. Op de grond was het weer even woest als in de lucht. De wind dreigde haar omver te blazen. De bliksem flitste boven haar hoofd, onmiddellijk gevolgd door rollende donder. Terwijl ze naar de drakensteen keek, ontstonden er meer barsten, water druppelde uit de gebarsten steen. De barst werd breder en de waterstroom werd groter, zo groot dat het water over Pings handen gutste. Het was warm. Het leek onmogelijk dat de steen zoveel vloeistof kon bevatten

'Danzi, de drakensteen is gebroken.'

De uitgeputte draak kroop naar Ping.

Ping nam de kapotte steen in haar handen. Een laatste plens warm water spleet de steen in tweeën. De twee helften lagen in haar handen. De wind ging liggen. De regen werd stiller. De hemel werd lichter. Er zat iets in de halve steen in haar linkerhand, iets met dezelfde paarse kleur als de steen zelf. Maar het was niet stevig, geen kristallijn zoals ze had verwacht. Het was iets als een vreemde paarse groente bedekt met een plakkerige substantie. Het gleed uit de halve steen in haar schoot. Nee, het leek meer op een bal, gemaakt van resten stof die om elkaar heen waren gedraaid. Terwijl ze keek, bewoog de bal krampachtig en een van de paarse strengen rolde zich af en viel op Pings knie.

Het was zacht en week en gerafeld aan het einde. Nog een paarse streng wikkelde zich af uit de vormeloze massa, toen nog een. Al met al waren er vijf strengen die zich afrolden. Ze waren buigzaam, zacht en plakkerig van slijm. Vier ervan hadden gerafelde einden, de vijfde eindigde in een punt. Ze wilde net het lelijke ding van haar schoot vegen, toen het laatste deel zich ontvouwde. Deze streng was dikker, steviger, en niet zo vormeloos. De streng kwam overeind. Hij was symmetrisch op een bepaalde manier. Er waren twee ronde bobbels, twee minuscule gaatjes. Aan het einde van de streng was een groter gat, een beetje vochtig. In het gat zag Ping twee rijen kleine witte puntjes. Ping hield haar adem in toen ze het ding plotseling voor het eerst als één geheel bekeek. Het was geen groente, het was geen bal van restjes. Het leefde. Het gat met de witte puntjes was een mond, de kleinere gaatjes neusgaatjes en de bobbels twee ongeopende ogen.

Het was een schepseltje met een kop, vier pootjes en een staart.

Danzi tilde het schepseltje voorzichtig van Pings schoot en likte het slijm eraf met zijn lange, rode tong. Toen zette hij het in het zand. Het wankelde even op zijn dunne pootjes en viel toen op zijn buik. Ping zag dat het kleine beestje bedekt was met fijne paarse schubben – glanzend en glad als de schubben van een vis. Over de hele lengte van het lijfje zag Ping een rij zachte puntjes van zijn kop naar de punt van zijn staart. De gerafelde hoeken aan het eind van elke poot waren kleine tenen. Het was een babydraak.

'Danzi,' fluisterde Ping. 'Waarom zei je niet tegen me dat de drakensteen een ei was?'

Toen de babydraak Pings stem hoorde, draaide hij zijn kopje naar haar toe. Voor de eerste keer gingen zijn ogen open. Ze waren groen. Het draakje maakte een hoog, spinnend geluid. Ping staarde er verbaasd naar. Hij was helemaal niet lelijk. Hij was mooi. Ze tilde hem op en hield hem tegen zich aan.

'Wilde Ping niet bang maken.'

'Maar ik had het ei kunnen breken!'

'Heb je gebroken.'

'Ik bedoel voor het klaar was en uitkwam.' Ze kon haar ogen niet van het kleine draakje afhouden. 'Was hij klaar om uit te komen?'

Danzi boog zijn hoofd.

'Is het een jongen of een meisje?'

'Het is een jongen. Kun je zien aan rechte neus.'

'Wat zal hij eten, Danzi?'

'In het begin drinkt hij alleen melk. Dan krijgt hij insecten. Later kleine vogels.'

Ping keek ongerust 'Wat voor soort melk? Wat voor soorten insecten?'

'Schapenmelk heel goed. Geitenmelk ook goed. Wat insecten betreft: motten en libellen zijn het beste. Rupsen ook goed. Niets met harde schildjes, niets dat prikt.'

Ping had tienduizend vragen te stellen. Danzi's stem in haar hoofd klonk zwak, moeilijk te horen boven het voortdurende spinnende geluid van het babydraakje uit.

De zon verscheen in de nauwe ruimte tussen de wolken en de horizon.

De pas gedroogde paarse schubben van de baby glinsterden in de zonnestralen. Ping keek voor het eerst naar Danzi sinds hij met een klap op het strand terecht was gekomen. De oude draak zag er uitgeput uit. Zijn schubben weerkaatsten de zon niet meer. Ze zagen er dof en verschoten uit. Zijn ogen waren weer geelachtig van kleur, dezelfde kleur die ze ook hadden gehad toen hij in de kerker op Huangling woonde.

Ping hield haar adem geschrokken in. 'Hua!' riep ze. 'Ik ben Hua vergeten!'

Danzi stak zijn klauw achter zijn bovenste omgekeerde schub en tilde de rat eruit. Ping legde de babydraak in haar schoot. Hij rolde zich in elkaar en ging slapen. Ze pakte voorzichtig de roerloze rat uit Danzi's klauwen. Hij lag over haar handen gedrapeerd als een vod. Ze hield hem tegen zich aan. Zijn smalle borst bewoog heel licht toen hij begon te ademen.

'Hij leeft nog,' fluisterde Ping.

'Misschien niet overleven,' zei Danzi.

'Dit is mijn schuld,' zei Ping. De tranen sprongen in haar ogen. 'Arme Hua.'

'Duisternis komt. Moet op zoek naar slaapplaats.'

Ping voelde zich opeens overstelpt door emoties. Ze had een pasgeboren babydraak, een bejaarde draak en een gewonde rat die ze moest verzorgen. Ze had geen onderdak, geen eten. Een beeld van de prachtige slaapkamer in het Ming Yang Jachthuis schoot door haar hoofd. Ze herinnerde zich de geur van het keizerlijke banket. Een seconde lang vroeg ze zich af of ze de juiste beslissing had genomen. Ze keek naar het draakje in haar schoot. Als ze bij Liu Che was gebleven zouden ze het allemaal gemakkelijker hebben gehad, maar de baby zou een lang leven in gevangenschap te wachten staan. Ze zette Hua zachtjes terug achter de omgekeerde schub en legde de babydraak in haar rechterarm. Ze stond op. Ze had werk te doen.

'Kun je zo ver vliegen?'
'Wie weet hoe dit eindigt? Misschien is er geen einde.'

Ping zocht tussen de rotsen naar een grot, maar ze vond er geen. Ze liep in beide richtingen langs het strand, op zoek naar een schuilplaats voor de nacht. Uiteindelijk vond ze een raar bouwwerk, gemaakt van het geraamte van een reusachtig zeedier. Zijn kop en staart waren verwijderd, alleen het lijf was over. Zijn ribbenkast was zo groot dat Ping erdoorheen kon lopen. De gedroogde huid vormde een volkomen waterdichte bedekking. Binnenin was aan bepaalde dingen te zien dat er ooit een visser had gewoond.

Voor het donker werd, verzamelde Ping brandhout

en regenwater en vond een paar kleine vissen en krabben in een plas tussen de rotsen. Ze maakte een vuur. In de tas van Wang Cao zaten een pan, linzen en graan. Er zat ook een pot in met de rodewolk-kruidzalf, wat van Danzi's groentemengsel en een klein pakje thee. Wang Cao had zich goed voorbereid.

Ping kookte eten voor Danzi en zichzelf, maar de oude draak at weinig.

'En de baby?' vroeg Ping. 'Ik heb geen melk.'

Tot Pings verbazing stak Danzi een klauw in de wond in zijn borst die net gestopt was met bloeden.

'Wat doe je?'

Danzi liet wat van zijn paarse bloed in een schelp lopen. De babydraak likte het op.

'Hij leeft wel een paar dagen op bloed,' zei Danzi.

Toen hij klaar was met de voeding van de kleine draak, legde Ping de babydraak in een bed van gedroogd zeewier. Hij viel al gauw in slaap. Ze maakte een groentehapje voor Danzi en deed zalf op zijn wonden. Toen haar dieren sliepen liep ze het strand op en keek naar de reusachtige zee die lag te schitteren in het maanlicht. Golven sloegen op het strand en werden door een of andere onzichtbare kracht weer teruggezogen. Ze dronk iets van het water en spuwde de zoute vloeistof meteen weer uit. De zee was niet zoals ze die zich had voorgesteld.

De volgende ochtend werd Ping vroeg wakker en pookte het vuur op. De pootjes van de babydraak waren sterker. Hij kon over het strand waggelen. Danzi zag er nog steeds flets en moe uit. Ping wist een zeevogel te vangen die ze voor hem roosterde. Ze gaf een paar druppels visbouillon aan Hua.

'Je hebt tegen me gelogen over het water van de zee, Danzi,' zei ze. 'Het is te zout om te drinken en ik geloof niet dat het toverkracht heeft.'

'Ping heeft gelijk,' antwoordde Danzi, 'maar kon toen nog niet vertellen wat je taak zou zijn. Ping zou het niet kunnen begrijpen.'

'Dus hier is de zee,' zei Ping. 'Waarom hebben we zo ver gereisd om hier te komen?' Ze keek naar zijn magere lijf vol littekens. 'Zal het water je genezen?'

'Nee. Moet oversteken naar het Eiland van de Gezegenden.'

'Waarom moet je daarheen?'

'Als ik in keizerrijk blijf, ga ik dood. Op Eiland van de Gezegenden is de stroom met levenswater. Die zal me genezen.'

Ping tuurde naar de horizon, maar zag geen spoor van land.

'Hoe ver weg is het? Denk je dat je ons zo ver kunt dragen?'

'Alleen Danzi gaat.'

Ping kon haar oren niet geloven. 'Je laat de baby achter?'

'Wilde drakensteen naar Eiland van de Gezegenden meenemen, zodat baby geboren zou worden weg van de wereld van mensen.'

'Je kunt hem nog steeds meenemen.'

De draak schudde zijn hoofd. 'Wereld zonder draken is treurige plek. Zal hem hier laten bij drakenhoeder.'

Ping besefte dat hij haar bedoelde.

'Maar ik weet niet hoe ik voor hem moet zorgen.'

'Jonge draken zijn meestal eerste honderd jaar bij moeder.' Danzi slaakte een verdrietige zucht. 'Ping neemt plaats in van drakenmoeder Lu Yu. Doe wat zij zou doen. Voed hem, maar tem hem niet. Vorm hem, maar neem niet de leiding.' Danzi raakte de kop van de kleine draak aan met een geklauwde poot. 'Ping weet het wel.'

Ping wilde dat ze evenveel vertrouwen had in haar talent om de draak groot te brengen als Danzi.

De oude draak klom langzaam tegen het steile pad op naar de top van de klif.

'Moet nu weg.'

Ping tilde het babydraakje op en liep achter hem aan.

'Maar je hebt geen eten bij je. Je moet vers water meenemen.'

'Wordt voor gezorgd.'

'Zul je niet eenzaam worden?'

'Danzi neemt Hua mee als maatje. Hij heeft ook levenswater nodig om te overleven.'

'Hoe zal ik het redden zonder je, Danzi?'

'Het pad is gemakkelijk als je het goed blijft volgen.'

'Kun je zo ver vliegen?'

'Wie weet hoe dit eindigt? Misschien is er geen

einde.'

Ping wist uit ervaring dat discussie met de draak geen zin had. Ze legde de baby in een nest van gras en haalde Hua uit de ruimte achter de omgekeerde schub. Voor de laatste keer hield ze zijn zachte, warme vacht tegen haar gezicht. Hua draaide zijn kopje naar haar toe. Hij knipperde met zijn ogen, maar maakte geen geluid. Ze stopte hem voorzichtig terug. Danzi gaf Ping al het goud en andere dingen die hij verborgen had achter zijn omgekeerde schubben. Ze had geen tijd om te kijken wat die dingen waren. Hij gaf haar de spiegel van de drakenhoeder. Hij flitste in het zonlicht.

'Jij bent de laatste drakenhoeder, Ping.'

'De laatste?'

De draak knikte vermoeid. 'De laatste en de beste.'

'Het babydraakje is toch niet de laatste draak, of wel?'

'Hij is de laatste en de eerste.'

Ping wist niet wat hij bedoelde.

'Laatste keizerlijke draak. De eerste die vrij leeft met de echte drakenhoeder.'

Danzi sloeg zijn vleugels uit.

'Wacht!' riep Ping. 'Hoe heet de baby?'

De draak dacht even na. 'Noem hem Kai Duan. Dat betekent begin,' zei hij. 'Long Kai Duan.'

Voor Ping een kans had nog iets te zeggen flapperde de draak met zijn vleugels en rende in drie stappen van de rand van de klif. Hij was zo mager dat de sterke wind hem gemakkelijk over de brekende golven droeg. Hij vloog weg zonder om te kijken. Zijn leven was vol tegenspoed geweest. Ping hoopte dat hij rust zou vinden op het Eiland van de Gezegenden. Het leek onmogelijk dat zijn breekbare vleugels hem over zo'n afstand konden dragen. Ping keek hem na tot hij te klein was geworden om hem nog te kunnen zien. Ze bad dat hij genoeg kracht had om zijn bestemming te vinden.

Ze keek neer op de babydraak, die onzeker aan haar voeten stond. Zou ze in staat zijn zo te leven dat ze voldeed aan Danzi's verwachtingen? In de afgelopen weken had ze onmogelijke dingen bereikt. Ze had haar naam gevonden. Ze had de vriendschap van een keizer gewonnen – en weer verloren. Ze had een draak geholpen.

'Kom, Kai,' zei ze, terwijl ze het schepseltje optilde. 'We moeten op zoek gaan naar een geit.'

Ze was niet meer het verlegen meisje dat liever een ellendig leven van slavernij verdroeg. Ze was verantwoordelijk voor de laatste draak. Ze keerde de zee haar rug toe. Haar pad lag anders en ze zag uit naar de reis.

Chang
Een afstandsmaat gelijk aan ongeveer 2,3 meter.

Confucius
Een Chinese filosoof die leefde rond 500 jaar v.C.

De Vijf Klassieken
Vijf Chinese boeken, meer dan 2.000 jaar oud, die de basis vormden van de kennis in het oude China.

Vier Spirituele Dieren
De draak, de qilin, de rode feniks en de reuzenschildpad. De Oude Chinezen noemden vier sterrenbeelden naar deze dieren.

Han Dynasty
Een periode in de Chinese geschiedenis, waarin de keizers allemaal behoorden tot een bepaalde familie. De periode duurde van 202 v.C. tot 220 n.C.

Han-voet
Een lengtemaat gelijk aan ongeveer 23 centimeter.

Jade
Een halfedelsteen, ook bekend als nefriet. De kleur varieert van groen naar wit.

Jin
De gewichtsmaat voor goud.

Li
Een afstandsmaat gelijk aan ongeveer een halve kilometer.

Mou
Een maat voor landoppervlakte, een stap breed en 240 stappen lang.

Pangolin
Een dier met een geschubde huid en een lange snuit. Hij eet mieren.

Qi
Volgens de traditionele Chinese zienswijze is qi de levensenergie die door ons stroomt en de werkingen van het lichaam regelt.

Qilin
Een mythisch Chinees dier met het lijf van een hert, staart van een os en maar één hoorn.

Rode feniks
Een mythische Chinese vogel die veel lijkt op een pauw.

Shen
Volgens het traditionele Chinese geloof is *shen* de spirituele energie die onze geestelijke en spirituele activiteiten aandrijft. Soms wordt het vertaald als de ziel.

Shu
Een gewichtsmaat gelijk aan ongeveer een halve gram.